Alfred Döblin:

Die Ermordung einer Butterblume

Ausgewählte Erzählungen

Mit einem Nachwort
von Walter Muschg

Deutscher
Taschenbuch
Verlag

dtv

Von Alfred Döblin
sind im Deutschen Taschenbuch Verlag erschienen:
Berlin Alexanderplatz (295)
November 1918 (1389)
Hamlet (1484)
Berge, Meere und Giganten (1591)

1. Auflage Januar 1965
3. Auflage November 1980: 31. bis 40. Tausend
Deutscher Taschenbuch Verlag GmbH & Co. KG,
München
Auswahl aus dem gleichnamigen Werk mit
freundlicher Erlaubnis des Walter-Verlags

Umschlaggestaltung: Celestino Piatti
Gesamtherstellung: C. H. Beck'sche Buchdruckerei,
Nördlingen
Printed in Germany · ISBN 3-423-01552-7

Die Ermordung einer Butterblume

Der schwarzgekleidete Herr hatte erst seine Schritte gezählt, eins, zwei, drei, bis hundert und rückwärts, als er den breiten Fichtenweg nach St. Ottilien hinanstieg, und sich bei jeder Bewegung mit den Hüften stark nach rechts und links gewiegt, so daß er manchmal taumelte; dann vergaß er es.

Die hellbraunen Augen, die freundlich hervorquollen, starrten auf den Erdboden, der unter den Füßen fortzog, und die Arme schlenkerten an den Schultern, daß die weißen Manschetten halb über die Hände fielen. Wenn ein gelbrotes Abendlicht zwischen den Stämmen die Augen zum Zwinkern brachte, zuckte der Kopf, machten die Hände entrüstete hastige Abwehrbewegungen. Das dünne Spazierstöckchen wippte in der Rechten über Gräser und Blumen am Wegrand und vergnügte sich mit den Blüten.

Es blieb, als der Herr immer ruhig und achtlos seines Weges zog, an dem spärlichen Unkraut hängen. Da hielt der ernste Herr nicht inne, sondern ruckte, weiter schlendernd, nur leicht am Griff, schaute sich dann, am Arm festgehalten, verletzt um, riß erst vergebens, dann erfolgreich mit beiden Fäusten das Stöckchen los und trat atemlos mit zwei raschen Blicken auf den Stock und den Rasen zurück, so daß die Goldkette auf der schwarzen Weste hochsprang.

Außer sich stand der Dicke einen Augenblick da. Der steife Hut saß ihm im Nacken. Er fixierte die verwachsenen Blumen, um dann mit erhobenem Stock auf sie zu stürzen und blutroten Gesichts auf das stumme Gewächs loszuschlagen. Die Hiebe sausten rechts und links. Über den Weg flogen Stiele und Blätter.

Die Luft laut von sich blasend, mit blitzenden Augen ging der Herr weiter. Die Bäume schritten rasch an ihm vorbei; der Herr achtete auf nichts. Er hatte eine aufgestellte Nase und ein plattes bartloses Gesicht, ein ältliches Kindergesicht mit süßem Mündchen.

Bei einer scharfen Biegung des Weges nach oben galt es aufzuachten. Als er ruhiger marschierte und sich mit der Hand gereizt den Schweiß von der Nase wischte, tastete er, daß sein Gesicht sich ganz verzerrt hatte, daß seine Brust heftig keuchte. Er erschrak bei dem Gedanken, daß ihn jemand sehen könnte, etwa von seinen Geschäftsfreunden oder eine Dame. Er strich sein Gesicht und überzeugte sich mit einer verstohlenen Handbewegung, daß es glatt war.

Er ging ruhig. Warum keuchte er? Er lächelte verschämt. Vor die Blumen war er gesprungen und hatte mit dem Spazierstöckchen gemetzelt, ja, mit jenen heftigen aber wohlgezielten Handbewegungen geschlagen, mit denen er seine Lehrlinge zu ohrfeigen gewohnt war, wenn sie nicht gewandt genug die Fliegen im Kontor fingen und nach der Größe sortiert ihm vorzeigten.

Häufig schüttelte der ernste Mann den Kopf über das sonderbare Vorkommnis. »Man wird nervös in der Stadt. Die Stadt macht mich nervös«, wiegte sich nachdenklich in den Hüften, nahm den steifen englischen Hut und fächelte die Tannenluft auf seinen Schopf.

Nach kurzer Zeit war er wieder dabei, seine Schritte zu zählen, eins, zwei, drei. Fuß trat vor Fuß, die Arme schlenkerten an den Schultern. Plötzlich sah Herr Michael Fischer, während sein Blick leer über den Wegrand strich, wie eine untersetzte Gestalt, er selbst, von dem Rasen zurücktrat, auf die Blumen stürzte und einer Butterblume den Kopf glatt abschlug. Greifbar geschah vor ihm, was sich vorhin begeben hatte an dem dunklen Weg. Diese Blume dort glich den andern auf ein Haar. Diese eine lockte seinen Blick, seine Hand, seinen Stock. Sein Arm hob sich, das Stöckchen sauste, wupp, flog der Kopf ab. Der Kopf überstürzte sich in der Luft, verschwand im Gras. Wild schlug das Herz des Kaufmanns. Plump sank jetzt der gelöste Pflanzenkopf und wühlte sich in das Gras. Tiefer, immer tiefer, durch die Grasdecke hindurch, in den Boden hinein. Jetzt fing er an zu sausen, in das Erdinnere, daß keine Hände ihn mehr halten konnten. Und von oben, aus dem Körperstumpf, tropfte es, quoll aus dem Halse weißes Blut, nach in das Loch, erst wenig, wie einem Gelähmten, dem der Speichel aus dem Mundwinkel läuft, dann in dickem Strom, rann schleimig, mit gelbem Schaum auf Herrn Michael zu, der vergeblich zu entfliehen suchte, nach rechts hüpfte, nach links hüpfte, der drüber wegspringen wollte, gegen dessen Füße es schon anbrandete.

Mechanisch setzte Herr Michael den Hut auf den schweißbedeckten Kopf, preßte die Hände mit dem Stöckchen gegen die Brust. »Was ist geschehen?« fragte er nach einer Weile. »Ich bin nicht berauscht. Der Kopf darf nicht fallen, er muß liegen bleiben, er muß im Gras liegen bleiben. Ich bin überzeugt, daß er jetzt ruhig im Gras liegt. Und das Blut – –. Ich erinnere mich dieser Blume nicht, ich bin mir absolut nichts bewußt.«

Er staunte, verstört, mißtrauisch gegen sich selbst. In ihm starrte alles auf die wilde Erregung, sann entsetzt über die Blume, den gesunkenen Kopf, den blutenden Stiel. Er sprang noch immer über den schleimigen Fluß. Wenn ihn jemand sähe, von seinen Geschäftsfreunden oder eine Dame.

In die Brust warf sich Herr Michael Fischer, umklammerte den Stock mit der Rechten. Er blickte auf seinen Rock und stärkte sich an seiner Haltung. Die eigenwilligen Gedanken wollte er schon unterkriegen: Selbstbeherrschung. Diesem Mangel an Gehorsam würde er, der Chef, energisch steuern. Man muß diesem Volk bestimmt entgegentreten: »Was steht zu Diensten? In meiner Firma ist solch Benehmen nicht üblich. Hausdiener, raus mit dem Kerl.« Dabei fuchtelte er, stehen bleibend, mit dem Stöckchen in der Luft herum. Eine kühle, ablehnende Miene hatte Herr Fischer aufgesetzt; nun wollte er einmal sehen. Seine Überlegenheit ging sogar soweit, daß er oben auf der breiten Fahrstraße seine Furchtsamkeit bespöttelte. Wie würde es sich komisch machen, wenn an allen Anschlagsäulen Freiburgs am nächsten Morgen ein rotes Plakat hinge: »Mord begangen an einer erwachsenen Butterblume, auf dem Wege vom Immental nach St. Ottilien, zwischen sieben und neun Uhr abends. Des Mordes verdächtig« et cetera. So spöttelte der schlaffe Herr in Schwarz und freute sich über die kühle Abendluft. Da unten würden die Kindermädchen, die Pärchen finden, was von seiner Hand geschehen war. Geschrei wird es geben und entsetztes Nachhauselaufen. An ihn würden die Kriminalbeamten denken, an den Mörder, der sich schlau ins Fäustchen lachte. Herr Michael erschauerte wüst über seine eigne Tollkühnheit, er hätte sich nie für so verworfen gehalten. Da unten lag aber sichtbar für die ganze Stadt ein Beweis seiner raschen Energie.

Der Rumpf ragt starr in die Luft, weißes Blut sickert aus dem Hals.

Herr Michael streckte leicht abwehrend die Hände vor.

Es gerinnt oben ganz dick und klebrig, so daß die Ameisen hängen bleiben.

Herr Michael strich sich die Schläfen und blies laut die Luft von sich.

Und daneben im Rasen fault der Kopf. Er wird zerquetscht, aufgelöst vom Regen, verwest. Ein gelber stinkender Matsch wird aus ihm, grünlich, gelblich schillernd, schleimartig wie Erbrochenes. Das hebt sich lebendig, rinnt auf ihn zu, gerade auf Herrn Michael zu, will ihn ersäufen, strömt klatschend gegen seinen Leib an, spritzt an seine Nase. Er springt, hüpft nur noch auf den Zehen.

Der feinfühlige Herr fuhr zusammen. Einen scheußlichen Geschmack fühlte er im Munde. Er konnte nicht schlucken vor Ekel, spie unaufhörlich. Häufig stolperte er, hüpfte unruhig, mit blaubleichen Lippen weiter.

»Ich weigere mich, ich weigere mich auf das entschiedenste, mit Ihrer Firma irgendwelche Beziehungen anzuknüpfen.«

Das Taschentuch drückte er an die Nase. Der Kopf mußte fort, der Stiel zugedeckt werden, eingestampft, verscharrt. Der Wald roch nach der Pflanzenleiche. Der Geruch ging neben Herrn Michael einher, wurde immer intensiver. Eine andere Blume mußte an jene Stelle gepflanzt werden, eine wohlriechende, ein Nelkengarten. Der Kadaver mitten im Walde mußte fort. Fort.

Im Augenblick, als Herr Fischer stehen bleiben wollte, fuhr es ihm durch den Kopf, daß es ja lächerlich war, umzukehren, mehr als lächerlich. Was ging ihn die Butterblume an? Bittere Wut lohte in ihm bei dem Gedanken, daß er fast überrumpelt war. Er hatte sich nicht zusammengenommen, biß sich in den Zeigefinger: »Paß auf, du, ich sag dir's, paß auf, Lump, verfluchter.« Zugleich warf sich hinterrücks Angst riesengroß über ihn.

Der finstere Dicke sah scheu um sich, griff in seine Hosentasche, zog ein kleines Taschenmesser heraus und klappte es auf.

Inzwischen gingen seine Füße weiter. Die Füße begannen ihn zu grimmen. Auch sie wollten sich zum Herrn aufwerfen; ihn empörte ihr eigenwilliges Vorwärtsdrängen. Diese Pferdchen wollte er bald kirren. Sie sollten es spüren. Ein scharfer Stich in die Flanken würde sie schon zähmen. Sie trugen ihn immer weiter fort. Es sah fast aus, als ob er von der Mordstelle fortliefe. Das sollte niemand glauben. Ein Rauschen von Vögeln, ein fernes Wimmern lag in der Luft und kam von unten herauf. »Halt, halt!« schrie er den Füßen zu. Da stieß er das Messer in einen Baum.

Mit beiden Armen umschlang er den Stamm und rieb die Wangen an der Borke. Seine Hände fingerten in der Luft, als ob sie etwas kneteten: »Nach Kanossa gehn wir nicht.« Mit angestrengt gerunzelter Stirn studierte der totblasse Herr die Risse des Baumes, duckte den Rücken, als ob von hinten etwas über ihn wegspringen sollte. Die Telegrafenverbindung zwischen sich und der Stelle hörte er immer wieder klirren, trotzdem er mit Fußstößen die Drähte verwirren und zudrücken wollte. Er suchte es sich zu verbergen, daß seine Wut schon gelähmt war, daß in ihm eine sachte Lüsternheit aufzuckte, eine Lüsternheit nachzugeben. Ganz hinten lüsterte ihn nach der Blume und der Mordstelle.

Herr Michael wippte versuchend mit den Knieen, schnupperte in die Luft, horchte nach allen Seiten, flüsterte ängstlich: »Nur einscharren will ich den Kopf, weiter nichts. Dann ist alles gut. Rasch, bitte, bitte.« Er schloß unglücklich die Augen, drehte sich wie versehentlich auf den Hacken um. Dann schlenderte er, als wäre nichts geschehen, geradeaus abwärts, in gleichgültigem Spaziergängerschritt, mit leisem Pfeifen, in das er einen sorglosen Ton legte, und streichelte, während er befreit aufatmete, die Bäumstämme am Wege. Dabei lächelte er, und sein Mäulchen wurde rund wie ein Loch. Laut sang er ein Lied, das ihm plötzlich einfiel: »Häschen in der Grube saß und schlief.« Das frühere Tänzeln, Wiegen der Hüften, Armschlenkern machte er nach. Das Stöckchen hatte er schuldbewußt hoch in den Ärmel hinaufgeschoben. Manchmal schlich er bei der Biegung des Weges rasch zurück, ob ihn jemand beobachte.

Vielleicht lebte sie überhaupt noch; ja woher wußte er denn, daß sie schon tot war? Ihm huschte durch den Kopf, daß er die Verletzte wieder heilen könnte, wenn er sie mit Hölzchen stützte und etwa ringsherum um Kopf und Stiel einen Klebeverband anlegte. Er fing an schneller zu gehen, seine Haltung zu vergessen, zu rennen. Mit einmal zitterte er vor Erwartung. Und stürzte lang an einer Biegung hin gegen einen abgeholzten Stamm, schlug sich Brust und Kinn, so daß er laut ächzte. Als er sich aufraffte, vergaß er den Hut im Gras; das zerbrochene Stöckchen zerriß ihm den Ärmel von innen; er merkte nichts. Hoho, man wollte ihn aufhalten, ihn sollte nichts aufhalten; er würde sie schon finden. Er kletterte wieder zurück. Wo war die Stelle? Er mußte die Stelle finden. Wenn er die Blume nur rufen könnte. Aber wie hieß sie denn? Er wußte nicht einmal, wie sie hieß. Ellen? Sie hieß vielleicht Ellen, gewiß Ellen. Er flüsterte ins Gras, bückte sich, um die Blumen mit der Hand anzustoßen.

»Ist Ellen hier? Wo liegt Ellen? Ihr, nun? Sie ist verwundet, am Kopf, etwas unterhalb des Kopfes. Ihr wißt es vielleicht noch nicht. Ich will ihr helfen; ich bin Arzt, Samariter. Nun, wo liegt sie? Ihr könnt es mir ruhig anvertrauen, sag ich euch.«

Aber wie sollte er, die er zerbrochen hatte, erkennen? Vielleicht faßte er sie gerade mit der Hand, vielleicht seufzte sie dicht neben ihm den letzten Atemzug aus.

Das durfte nicht sein.

Er brüllte: »Gebt sie heraus. Macht mich nicht unglücklich, ihr Hunde. Ich bin Samariter. Versteht ihr kein Deutsch?«

Ganz legte er sich auf die Erde, suchte, wühlte schließlich blind im Gras, zerknäulte und zerkratzte die Blumen, während sein Mund offen stand und seine Augen gradaus flackerten. Er dumpfte lange vor sich hin.

»Herausgeben. Es müssen Bedingungen gestellt werden. Präliminarien. Der Arzt hat ein Recht auf den Kranken. Gesetze müssen eingebracht werden.«

Die Bäume standen tiefschwarz in der grauen Luft am Wege und überall herum. Es war auch zu spät, der Kopf gewiß schon vertrocknet. Ihn entsetzte der endgültige Todesgedanke und schüttelte ihm die Schultern.

Die schwarze runde Gestalt stand aus dem Grase auf und torkelte am Wegrand entlang abwärts.

Sie war tot. Von seiner Hand.

Er seufzte und rieb sich sinnend die Stirn.

Man würde über ihn herfallen, von allen Seiten. Man sollte nur, ihn kümmerte nichts mehr. Ihm war alles gleichgültig. Sie würden ihm den Kopf abschlagen, die Ohren abreißen, die Hände in glühende Kohlen legen. Er konnte nichts mehr tun. Er wußte, es würde ihnen allen einen Spaß machen, doch er würde keinen Laut von sich geben, um die gemeinen Henkersknechte zu ergötzen. Sie hatten kein Recht, ihn zu strafen, waren selbst verworfen. Ja, er hatte die Blume getötet, und das ging sie garnichts an, und das war sein gutes Recht, woran er festhielte gegen sie alle. Es war sein Recht, Blumen zu töten, und er fühlte sich nicht verpflichtet, das näher zu begründen. Soviel Blumen, wie er wollte, könnte er umbringen, im Umkreise von tausend Meilen, nach Norden, Süden, Westen, Osten, wenn sie auch darüber grinsten. Und wenn sie weiter so lachten, würde er ihnen an die Kehle springen.

Stehen blieb er; seine Blicke gifteten in das schwere Dunkel der Fichten. Seine Lippen waren prall mit Blut gefüllt. Dann hastete er weiter.

Er mußte wohl hier im Wald kondolieren, den Schwestern der Toten. Er wies darauf hin, daß das Unglück geschehen sei, fast ohne sein Zutun, erinnerte an die traurige Erschöpfung, in der er aufgestiegen war. Und an die Hitze. Im Grunde seien ihm allerdings alle Butterblumen gleichgültig.

Verzweifelt zuckte er wieder mit den Schultern: »Was werden

sie noch mit mir machen?« Er strich sich mit den schmutzigen Fingern die Wangen; er fand sich nicht mehr zurecht.

Was sollte das alles; um Gotteswillen, was suchte er hier!

Auf dem kürzesten Wege wollte er davonschleichen, querabwärts durch die Bäume, sich einmal ganz klar und ruhig besinnen. Ganz langsam, Punkt für Punkt.

Um nicht auf dem glatten Boden auszugleiten, tastet er sich von Baum zu Baum. Die Blume, denkt er hinterlistig, kann ja auf dem Wege stehen bleiben, wo sie steht. Es gibt genug solch toten Unkrauts in der Welt.

Entsetzen packt ihn aber, als er sieht, wie aus einem Stamm, den er berührt, ein runder blaßheller Harztropfen tritt; der Baum weint. Im Dunkeln auf einen Pfad flüchtend, merkt er bald, daß sich der Weg sonderbar verengt, als ob der Wald ihn in eine Falle locken wolle. Die Bäume treten zum Gericht zusammen.

Er muß hinaus.

Wieder rennt er hart gegen eine niedrige Tanne; die schlägt mit aufgehobenen Händen auf ihn nieder. Da bricht er sich mit Gewalt Bahn, während ihm das Blut stromweise über das Gesicht fließt. Er speit, schlägt um sich, stößt laut schreiend mit den Füßen gegen die Bäume, rutscht sitzend und kollernd abwärts, läuft schließlich Hals über Kopf den letzten Abhang am Rand des Waldes herunter, den Dorflichtern zu, den zerfetzten Gehrock über den Kopf geschlagen, während hinter ihm der Berg drohsam rauscht, die Fäuste schüttelt und überall ein Bersten und Brechen von Bäumen sich hören läßt, die ihm nachlaufen und schimpfen.

Regungslos stand der dicke Herr an der Gaslaterne vor der kleinen Dorfkirche. Er trug keinen Hut auf dem Kopf, in seinem zerzausten Haarschopf war schwarze Erde und Tannennadeln, die er nicht abschüttelte. Er seufzte schwer. Als ihm warmes Blut den Nasenrücken entlang auf die Stiefel tropfte, nahm er langsam mit beiden Händen einen Rockschoß hoch und drückte ihn gegen das Gesicht. Dann hob er die Hände an das Licht und wunderte sich über die dicken blauen Adern auf dem Handrücken. Er strich an den dicken Knollen und konnte sie nicht wegstreichen. Beim Ansingen und Aufheulen der Elektrischen trollte er weiter, auf engen Gäßchen, nach Hause.

Nun saß er ganz blöde in seinem Schlafzimmer, sagte laut vor sich hin: »Da sitz ich, da sitz ich«, und sah sich verzweifelt im Zimmer um. Auf und ab ging er, zog seine Sachen aus und versteckte sie in einer Ecke des Kleiderspindes. Er zog einen andern schwarzen Anzug an und las auf seiner Chaiselongue das Tagblatt. Er zerknäulte es im Lesen; es war etwas geschehen, es war etwas geschehen. Und ganz spürte er es am nächsten Tage, als er an seinem Pulte saß. Er war versteinert, konnte nicht fluchen, und mit ihm ging eine sonderbare Stille herum.

Mit krampfhaftem Eifer sprach er sich vor, daß alles wohl geträumt sein müsse; aber die Risse an seiner Stirn waren echt. Dann muß es Dinge geben, die unglaublich sind. Die Bäume hatten nach ihm geschlagen, ein Geheul war um die Tote gewesen. Er saß versunken da und kümmerte sich zum Erstaunen des Personals nicht einmal um die brummenden Fliegen. Dann schikanierte er die Lehrlinge mit finsterer Miene, vernachlässigte seine Arbeit und ging auf und ab. Man sah ihn oft, wie er mit der Faust auf den Tisch schlug, die Backen aufblies, schrie, er würde einmal aufräumen im Geschäft und überall. Man würde es sehen. Er lasse sich nicht auf der Nase herumtanzen, von niemandem.

Als er rechnete, bestand aber am nächsten Vormittag unerwartet etwas darauf, daß er der Butterblume zehn Mark gutschrieb. Er erschrak, verfiel in bitteres Sinnen über seine Ohnmacht und bat den Prokuristen, die Rechnung weiterzuführen. Am Nachmittag legte er selbst das Geld in einen besonderen Kasten mit stummer Kälte; er wurde sogar veranlaßt, ein eigenes Konto für sie anzulegen; er war müde geworden, wollte seine Ruhe haben. Bald drängte es ihn, ihr von Speise und Trank zu opfern. Ein kleines Näpfchen wurde jeden Tag für sie neben Herrn Michaels Platz gestellt. Die Wirtschafterin hatte die Hände zusammengeschlagen, als er ihr dies Gedeck befahl; aber der Herr hatte sich mit einem unerhörten Zornesausbruch jede Kritik verbeten.

Er büßte, büßte für seine geheimnisvolle Schuld. Er trieb Gottesdienst mit der Butterblume, und der ruhige Kaufmann behauptete jetzt, jeder Mensch habe seine eigene Religion; man müsse eine persönliche Stellung zu einem unaussprechlichen Gott einnehmen. Es gebe Dinge, die nicht jeder begreift. In den Ernst seines Äffchengesichts war ein leidender Zug gekommen; auch seine Körperfülle hatte abgenommen, seine Augen lagen tief. Wie ein Gewissen sah die Blume in seine Handlungen, streng, von den größten bis zu den kleinsten alltäglichen.

Die Sonne schien in diesen Tagen oft auf die Stadt, das Münster und den Schloßberg, schien mit aller Lebensfülle. Da weinte der Verhärtete eines Morgens am Fenster auf, zum ersten Male seit seiner Kindheit. Urplötzlich, weinte, daß ihm fast das Herz brach. All diese Schönheit raubte ihm Ellen, die verhaßte Blume, mit jeder Schönheit der Welt klagte sie ihn jetzt an. Der Sonnenschein leuchtet, sie sieht ihn nicht; sie darf den Duft des weißen Jasmins nicht atmen. Niemand wird die Stelle ihres schmählichen Todes betrachten, keine Gebete wird man dort sprechen: das durfte sie ihm alles zwischen die Zähne werfen, wie lachhaft es auch war und er die Hände rang. Ihr ist alles versagt: das Mondlicht, das Brautglück des Sommers, das ruhige Zusammenleben mit dem Kuckuck, den Spaziergängern, den Kinderwagen. Er preßte das Mündchen zusammen; er wollte die Menschen zurückhalten, als sie den Berg hinaufzogen. Wenn doch die Welt mit einem Seufzer untergegangen wäre, damit der Blume das Maul gestopft sei. Ja, an Selbstmord dachte er, um diese Not endlich zu stillen.

Zwischendurch behandelte er sie erbittert, wegwerfend, drängte sie mit einem raschen Anlauf an die Wand. Er betrog sie in kleinen Dingen, stieß hastig, wie unabsichtlich, ihren Napf um, verrechnete sich zu ihrem Nachteil, behandelte sie manchmal listig wie einen Geschäftskonkurrenten. An dem Jahrestag ihres Todes stellte er sich, als ob er sich an nichts erinnerte. Erst als sie dringender auf eine stille Feier zu bestehen schien, widmete er ihrem Andenken einen halben Tag.

In einer Gesellschaft ging einmal die Frage nach dem Leibgericht herum. Als man Herrn Michael fragte, was er am liebsten esse, fuhr er mit kalter Überlegung heraus: »Butterblumen; Butterblumen sind mein Leibgericht.« Worauf alles in Gelächter ausbrach, Herr Michael aber sich zusammenduckte auf seinem Stuhl, mit verbissenen Zähnen das Lachen hörte und die Wut der Butterblume genoß. Er fühlte sich als scheusäliger Drache, der geruhsam Lebendiges herunterschluckt, dachte an wirr Japanisches und Harakiri. Wenngleich er heimlich eine schwere Strafe von ihr erwartete.

Einen solchen Guerillakrieg führte er ununterbrochen mit ihr; ununterbrochen schwebte er zwischen Todespein und Entzücken; er labte sich ängstlich an ihrem wütenden Schreien, das er manchmal zu hören glaubte. Täglich sann er auf neue Tücken; oft zog er sich, hoch aufgeregt, aus dem Kontor in sein Zimmer zurück, um ungestört Pläne zu schmieden. Und so heimlich verlief dieser Krieg, und niemand wußte darum.

Die Blume gehörte zu ihm, zum Komfort seines Lebens. Er dachte mit Verwunderung an die Zeit, in der er ohne die Blume gelebt hatte. Nun ging er oft mit trotziger Miene in den Wald nach St. Ottilien spazieren. Und während er sich eines sonnigen Abends auf einem gefallenen Baumstamm ausruhte, blitzte ihm der Gedanke: hier an der Stelle, wo er jetzt saß, hatte seine Butterblume, Ellen, gestanden. Hier mußte es gewesen sein. Wehmut und ängstliche Andacht ergriff den dicken Herrn. Wie hatte sich alles gewendet! Seit jenem Abend bis heute. Er ließ versunken die freundlichen, leicht verfinsterten Augen über das Unkraut gehen, die Schwestern, vielleicht Töchter Ellens. Nach langem Sinnen zuckte es spitzbübisch über sein glattes Gesicht. Oh, sollte seine liebe Blume jetzt eins bekommen. Wenn er eine Butterblume ausgrübe, eine Tochter der Toten, sie zu Hause einpflanzte, hegte und pflegte, so hatte die Alte eine junge Nebenbuhlerin. Ja, wenn er es recht überlegte, konnte er den Tod der Alten überhaupt sühnen. Denn er rettete dieser Blume das Leben und kompensierte den Tod der Mutter; diese Tochter verdarb doch sehr wahrscheinlich hier. Oh, würde er die Alte ärgern, sie ganz kaltstellen. Der gesetzkundige Kaufmann erinnerte sich eines Paragraphen über Kompensation der Schuld. Er grub ein nahes Pflänzchen mit dem Taschenmesser aus, trug es behutsam in der bloßen Hand heim und pflanzte es in einen goldprunkenden Porzellantopf, den er auf einem Mosaiktischchen seines Schlafzimmers postierte. Auf den Boden des Topfes schrieb er mit Kohle: »§ 2403 Absatz 5.«

Täglich begoß der Glückliche die Pflanze mit boshafter Andacht und opferte der Toten, Ellen. Sie war gesetzlich, eventuell unter polizeilichen Maßregeln zur Resignation gezwungen, bekam keinen Napf mehr, keine Speise, kein Geld. Oft glaubte er, auf dem Sofa liegend, ihr Winseln, ihr langgezogenes Stöhnen zu hören. Das Selbstbewußtsein des Herrn Michael stieg in ungeahnter Weise. Er hatte manchmal fast Anwandlungen von Größenwahn. Niemals verfloß sein Leben so heiter.

Als er eines Abends vergnügt aus seinem Kontor in seine Wohnung geschlendert war, erklärte ihm seine Wirtschafterin gleich an der Tür gelassen, daß das Tischchen beim Reinemachen umgestürzt, der Topf zerbrochen sei. Sie hätte die Pflanze, das gemeine Mistzeug, mit allen Scherben in den Mülleimer werfen lassen. Der nüchterne, leicht verächtliche Ton, in dem die Person von dem Unfall berichtete, ließ erkennen, daß sie mit dem Ereignis lebhaft sympathisiere.

Der runde Herr Michael warf die Tür ins Schloß, schlug die kurzen Hände zusammen, quiekte laut vor Glück und hob die überraschte Weibsperson an den Hüften in die Höhe, so weit es seine Kräfte und die Deckenlänge der Person erlaubten. Dann schwänzelte er aus dem Korridor in sein Schlafzimmer, mit flackernden Augen, aufs höchste erregt; laut schnaufte er und stampften seine Beine; seine Lippen zitterten.

Es konnte ihm niemand etwas nachsagen; er hatte nicht mit dem geheimsten Gedanken den Tod dieser Blume gewünscht, nicht die Fingerspitze eines Gedankens dazu geboten. Die Alte, die Schwiegermutter, konnte jetzt fluchen und sagen, was sie wollte. Er hatte mit ihr nichts zu schaffen. Sie waren geschiedene Leute. Nun war er die ganze Butterblumensippschaft los. Das Recht und das Glück standen auf seiner Seite. Es war keine Frage. Er hatte den Wald übertölpelt.

Gleich wollte er nach St. Ottilien, in diesen brummigen, dummen Wald hinauf. In Gedanken schwang er schon sein schwarzes Stöckchen. Blumen, Kaulquappen, auch Kröten sollten daran glauben. Er konnte morden, so viel er wollte. Er pfiff auf sämtliche Butterblumen.

Vor Schadenfreude und Lachen wälzte sich der dicke, korrekt gekleidete Kaufmann Herr Michael Fischer auf seiner Chaiselongue.

Dann sprang er auf, stülpte seinen Hut auf den Schädel und stürmte an der verblüfften Haushälterin vorbei aus dem Hause auf die Straße.

Laut lachte und prustete er. Und so verschwand er in dem Dunkel des Bergwaldes.

Die Tänzerin und der Leib

Sie wurde mit elf Jahren zur Tänzerin bestimmt. Bei ihrer Neigung zu Gliederverrenkungen, Grimassen und bei ihrem sonderbaren Temperament schien sie für diesen Beruf geeignet. Läppisch bis dahin in jedem Schritt, lernte sie jetzt ihre federnden Bänder, ihre zu glatten Gelenke zwingen; sie schlich sich behutsam und geduldig in die Zehen, die Knöchel, die Kniee ein und immer wieder ein, überfiel habgierig die schmalen Schultern und die Biegung der schlanken Arme, wachte lauernd über dem Spiel des straffen Leibes. Es gelang ihr, über den üppigsten Tanz Kälte zu sprühen.

Mit achtzehn Jahren hatte sie eine kleine seidenleichte Figur, übergroße schwarze Augen. Ihr Gesicht fast knabenhaft lang und scharfgeschnitten. Die Stimme hell, ohne Buhlerei und Musik, abgehackt; ein rascher ungeduldiger Gang. Sie war lieblos, sah klar auf die unbefähigten Kolleginnen und langweilte sich bei ihren Klagen.

Mit neunzehn Jahren befiel sie ein bleiches Siechtum, so daß ihr Gesicht abenteuerlich fahl vor dem blauschwarzen Haarknoten schimmerte. Ihre Glieder wurden schwer, aber sie spielte weiter. Wenn sie allein war, stampfte sie mit dem Fuße, drohte ihrem Leib und mühte sich mit ihm ab. Keinem sprach sie von ihrer Schwäche. Sie knirschte mit den Zähnen über das Dumme, Kindische, das sie eben zu besiegen gelernt hatte.

Als Ella sich in Schmerzen auf die Lippen biß, warf sich die Mutter über das Sofa hin und weinte stundenlang. Nach einer Woche faßte die alte Frau einen Entschluß und sagte, während sie auf den Boden sah, zu ihrer Tochter, sie solle ein Ende machen und ins Krankenhaus gehen. Worauf Ella kein Wort antwortete, nur einen gehässigen Blick auf das runzlige, hoffnungslose Gesicht warf.

Sie fuhr schon am nächsten Tage ins Krankenhaus. Im Wagen weinte sie unter ihrer Decke vor Wut. Ihren leidenden Körper hätte sie anspeien mögen, bitter höhnte sie ihn; es ekelte sie vor dem schlechten Fleisch, an dessen Gesellschaft sie gebunden war. In leiser Angst öffnete sie die Augen, als sie die Glieder betastete, die sich ihr entzogen. Wie machtlos sie war, o wie machtlos sie war. Sie rasselten über das Pflaster des Hofes. Die Tore des Krankenhauses schlossen sich hinter ihr. Die Tänzerin sah mit Abscheu Ärzte und Kranke. Die Schwestern hoben sie weich ins Bett.

Nun verlernte die Tänzerin zu sprechen. Das Befehlerische ihrer Stimme hörte sie nicht mehr. Es geschah alles ohne ihren Willen. Man achtete aber auf jede Äußerung ihres Leibes, behandelte ihn mit einem maßlosen Ernst. Täglich, fast stündlich fragten sie die Tänzerin nach seinen Dingen, schrieben es sorgfältig in Akten auf, so daß sie erst darüber unwillig wurde, dann sich immer tiefer verwunderte. Sie trieb bald in eine dunkle Angst und Haltlosigkeit hinein; ein Grauen überkam sie vor diesem Leib. Sie wagte gar nicht, ihn zu berühren, an ihm zu wischen, starrte auf ihre Arme, ihre Brüste, erschauerte, als sie sich lange im Spiegel besah. Ihr Mund schluckte Medizin, die sie ihm zu trinken gab; sie begleitete die bitteren Tropfen, wie sie hinunterrannen und sann darüber nach, was er daraus machte, er der Leib, der kindische, o der herrische, der finstere. Klein wie eine Fliege wurde sie; und nachts stand die Todesangst hinter ihrem Bett. Ihre Augen, die in Unheimliches sahen, wurden steif. Die Spöttische mit dem Knabengesicht war nun fromm und betete vor Anbruch der Nacht mit den Schwestern. Die Mutter erschrak, als sie die Tochter besuchte. So kleinmütig, hilfsbedürftig war ihr Kind nie gewesen. »Wir stehen alle in Gottes Hand«, tröstete die Mutter die Verfallene, die sich an ihr festhielt. »Ja«, flüsterte die Tänzerin, »wir stehen alle in Gottes Hand.«

Das gleichmäßige Treiben um sie beruhigte sie wieder, schnell schwand das Entsetzen, wie es hereingebrochen war. Der Widerwillen gegen die Kranken im Saal flackerte auf. Und die Empörung lungerte in den scharfen Zügen, daß man ihm Ehrfurcht zolle, dem Verderbten, Verderbenden, und über sie fortsehe, als wäre sie tot. Das beleidigte die Herrische. Sie sperrte den Leib ein, legte ihn in Ketten. Es war nun ihr Leib, ihr Eigentum, über das sie zu verfügen hatte. Sie wohnte in diesem Haus; man sollte ihr Haus zufrieden lassen. Jeden Tag schlugen sie mit Hämmern gegen ihre Brust und belauschten das Gespräch ihres Herzens. Sie malten ihr Herz auf die Brust, so daß es alle sehen konnten; rissen an das Licht, das sich drin versteckt hatte. Oh man beraubte sie. Mit jeder Frage trugen sie ein Stück von ihr weg. Man drang mit Giften auf sie ein, die feiner waren als Nadeln und Sonde; kamen ihr auf alle Schliche, trieben sie ganz in ihren Fuchsbau zurück. Alles nahmen ihr die Diebe, und so wunderte sie sich nicht, daß sie täglich schwächer wurde und totblaß dalag. Jetzt wurde sie erbittert und wehrte sich. Sie belog die Ärzte, beantwortete ihre Fragen nicht, ihren Schmerz verheimlichte sie. Und als man sie wieder befragen wollte, machte sie sich im Bette steif, stieß die Schwestern zurück, ja lachte in plötzlich auflodernden Hasse den Ärzten, die den Kopf schüttelten, ins Gesicht und schnitt ihnen eine höhnische Fratze.

Aber so krampfhaft tapfer konnte sie sich nicht lange halten. Täglich gingen ohne Unterlaß die weißen Mäntel durch die Säle, klopften an den Kranken, schrieben alles auf. Täglich und stündlich kamen die Schwestern, brachten ihr Nahrung und Heilkräfte: daran erlahmte die Tänzerin. Sie warf das Spielzeug wieder hin; dumpf verachtend ließ sie mit sich geschehen. Es ging sie nichts an, was geschah. Ein kindisches Wesen lag da, das sie elend machte; was sollte sie um ihn kämpfen, was sollte sie ihn um seine Ehren beneiden? Schlaff ruhte sie in ihrem Bett. Der Leib lag wieder, ein Stück Aas, unter ihr; um seine Schmerzen kümmerte sie sich nicht. Wenn er sie nachts stach und quälte, sagte sie zu ihm: »Sei ruhig bis morgen zur Visite; sag es den Ärzten, deinen Ärzten, laß mich zufrieden.« Sie führten getrennte Wirtschaft; der Leib konnte sehen, wie er sich mit den Doktoren abfand. »Es wird schon protokolliert werden.« Damit schnitt sie der Belästigung das Wort ab.

Oft empfand sie ein lächelndes Mitleid mit diesem dummen kranken Kindchen, das in ihrem Bette lag. Sie teilte ruhig und gewissenhaft mit, was ihn drückte. Gleichgültig und leicht ironisch beobachtete sie die Ärzte und konstatierte ironisch die Erfolglosigkeit ihrer Anstrengungen. Eine Spannung und Lustigkeit kam wieder über sie und eine wild sich schüttelnde Schadenfreude über das Mißgeschick der Ärzte und den Verderb des Leibes. Wie sie unter Gelächter ihren Mund in das Kissen drückte, hatte sie ihren alten Hohn und ihre Kälte wieder.

Als am Mittag Soldaten mit klingender Marschmusik an dem Krankenhause vorbeizogen, saß die Tänzerin jach in ihrem Bette auf, mit glühenden Augen, gepreßten Lippen, ganz über sich gebückt. Nach einer Weile rief eine scharfe, wenn auch leise Stimme die Schwester an das Bett. Die Tänzerin wollte sticken und begehrte Seide und Leinwand. Mit einem Bleistift warf sie rasch auf das weiße Tuch ein sonderbares Bild. Drei Figuren standen da: ein runder unförmiger Leib auf zwei Beinen, ohne Arm und Kopf, nichts als eine zweibeinige dicke Kugel. Neben ihm ragte ein sanftmütiger großer Mann mit einer Riesenbrille, der den Leib mit einem Thermometer streichelte. Aber während er sich ernst mit dem Leib beschäftigte, machte ihm auf der andern Seite ein kleines Mädchen, das auf nackten Füßen hüpfte, eine lange Nase mit der linken Hand und stieß mit der rechten eine spitze Schere von unten in den Leib, so daß der Leib wie eine Tonne auslief in dickem Strahl.

Mit roten Fäden stickte die Tänzerin das Bild roh aus und lachte lustig zwischendurch für sich.

Sie wollte wieder tanzen, tanzen.

Wie einstmals, als sie Kälte über jede Üppigkeit des Tanzes sprühte, als ihr straffer Leib wie eine Flamme geweht hatte, wollte sie ihren Willen wieder fühlen. Sie wollte einen Walzer, einen wundersüßen, mit ihm tanzen, der ihr Herr geworden war, mit dem Leib. Mit einer Bewegung ihres Willens konnte sie ihn noch einmal bei den Händen fassen, den Leib, das träge Tier, ihn hinwerfen, herumwerfen, und er war nicht mehr der Herr über sie. Ein triumphierender Haß wühlte sie von innen auf; nicht er ging zur Rechten und sie zur Linken, sondern sie – sie sprangen mitsamt. Sie wollte ihn auf den Boden kollern, die Tonne, das hinkende Männlein, Hals über Kopf es hintrudeln, ihm Sand ins Maul stecken.

Sie rief mit einer Stimme, die urplötzlich heiser geworden war, nach dem Doktor. Über sich gebeugt, sah sie ihm von unten ins Gesicht, wie er erstaunt die Stickerei betrachtete, sagte dann mit ruhiger Stimme zu ihm auf: »Du – du Affe – du Affe, du Schlappschwanz.« Und stieß sich, die Decke abwerfend, die Nähschere in die linke Brust. Ein geller Schrei stand irgendwo in einer Ecke des Saales. Noch im Tode hatte die Tänzerin den kalten, verächtlichen Zug um den Mund.

Herr Götting, Adolf Götting, Privatgelehrter, wohnhaft Albrechtstraße 15, drei Treppen rechts bei Frau Schülke. Er sitzt in seinem Zimmer auf einem Sofa und läßt sich von der Lampe wärmen. Ein gedrücktes Männlein mit verschrumpeltem Gesicht, gelblich, entzündeten Augen und rascher weicher Stimme. Seine Finger spielen mit den Fransen der braunen Wolldecke, welche über seinen dünnen Beinen liegt.

Mit kurzen Handbewegungen belehrt das Männlein seine Frau, ein blasses angenehmes Wesen, welches ihm gegenüber auf einem Stuhl mit gefalteten Händen sitzt, daß Übung die Grundlage der Kultur sei und daß es wisse, was es sage. Auch wirke der Most erfreulich auf Magen und jegliche Schleimhaut und werde wahrscheinlich im Darm zu Wein umgewandelt. Die Kraft des Lebens zur Verwandlung sei unermeßlich. Es wisse, was es sage.

Sanft haucht die verblühte Frau etwas über feuchte Herbstwitterung, über Aufregungen einer Sitzung, über vieles Trinken.

Indessen hebt das katarrhalische Männlein langsam mit gespreizten Fingern die Wolldecke von seinen Beinen auf, legt sie neben sich auf das Sofa. Schlurrend, mit geknickten Beinen geht es an das Fenster, öffnet es mit Knarren und sieht in den Nachthimmel.

Seine Stimme klingt geduldig und fromm.

»Ich sollte dich nicht anhören, Elfriede. Du weißt nicht, was du sprichst. Heut ist Neumond. Du verstehst mich.«

Er sagt das: »Heut ist Neumond« ganz einfach, ohne Pathos.

»Das Gemüt, das Gemüt. Wenn wir das Gemüt bereit halten, haben wir alles getan. Heute ist Neumond. Von innen heraus werde ich alles überwinden. Wie ich schon manche Bedrängnis überwunden habe. Und der Most« – mit einmal schlägt ein Entzücken in seiner Stimme auf und Feierlichkeit –, »siehst du es nicht? Das Gemüt wird geölt durch ihn; es wird behende gemacht, und dann kann es frei springen, in die Luft, wo es frei ist. Da kann es hinspringen. Oder auf die Felder oder in die Kartoffeln – das ist ganz egal. Und noch anderes, ja Elfriede: es kann zwitschern, das Gemüt, für alle Ohren zirpen, zwitschern, glaubwürdig singen.«

Das Licht flackert, die Lampe blakt.

Aber als die bekümmerte blasse Frau ins Licht sieht, seufzt das Männlein.

Das sanfte Wesen weht auf das Männlein zu, bindet ihm einen braunen, schwarzgestopften Strumpf um den Hals.

»Zieh dich warm an, lieber Adolf. Nimm dir auch eine Leibbinde um; sie liegt auf deinem Bett. Ach, das lange Ausbleiben nachts. Nein.«

Das aufgeschwemmte liebevolle Nichts läßt sich von dem Männlein die Hände drücken und verschwindet aus dem Zimmer.

Herr Götting, Adolf Götting, Privatgelehrter, wohnhaft Albrechtstraße 15, drei Treppen hoch bei Frau Schülke. Verfasser einer Geschichte der hauptsächlichen Fehler im menschlichen Handeln seit dem Sündenfall bis zur Gegenwart, Verlag Schultze & Velhagen, Berlin, neunzehnhundertunddrei, dreihundertundsiebenzig Quartseiten, gebunden vier Mark, Mitglied mehrerer frommer Vereine. Gründete die freie Brüderschaft »Astralia«, arbeitet augenblicklich über »das innere Leben und seine körperliche Darstellung«. Er geht jetzt im dicksten Dunkel, schweren Nebel, auf dem Wall der Stadt. Er geht spazieren, weil er Denker ist. Er weiß, daß er Denker ist; seine Frau weiß es nicht.

Der gedrückte kleine Herr geht unter den schwarzen Ulmen und preßt sein Taschentuch gegen Mund und Nase. Er ist kein Spaßdenker, mehr als ein Denker, ein Verkünder, ein Seher, der seine Zeit abwartet. Er schlendert behaglich und froh, mit einer gewissen Sehnsucht; er nimmt mit seinen kleinen Augen Gedanken von den Bäumen herunter wie Äpfel. Die Jahre sind ja vorbei, wo etwas Bitteres, Schwarzes neben den Ulmen hier kroch, abends, und die Hände ausstreckte. Man war still, wenn er redete, aber bald kicherte man und stieß sich an. Und das Gucken und Quietschen und unterdrückte Gelächter, wenn das Alräunchen eintönig seine Lehre hersang, seine Bußsalbadereien, mit den langen Armen fuchtelte, plötzlich abbrach und starr in den Lärm hineinhörte. Zu Hause versteckte es sich dann und sann über das Gebaren der Leute nach. Das verdüsterte Alräunchen konnte die Menschen dann hassen, drohte ihnen, aber erschrak bald über seinen Rachedurst und weinte verzweifelt, weil ihm die Kraft nicht gegeben war.

Eines Tages aber wird ein Wunder geschehen, darum schleicht es jetzt sehnsüchtig unter den Ulmen in der Sturmwindnacht; da werden sie glauben und nicht spötteln. An einem angststarren Abend ist ihm das zur Gewißheit geworden. Von innen heraus wird es ihn ergreifen, berühren, wenn das Gemüt sich hoch genug gestaut hat; es wird ihn verwandeln, er weiß selbst nicht wie. Seine Arme werden nicht mehr dünn, lang wie Affenarme sein; seine Stimme nicht mehr krächzen. Ein Heiligenschein wird über seinem Kopfe stehen.

»Hallo, der Segen Gottes mit dir und alle guten Geister.« Die kleine Brüderschaft, ehrbare dicke und dünne Männer, erhebt sich vor ihrem Vorsitzenden in der niedrigen Schenke am Wall.

Sie trinken Most aus Holzbechern, preisen die unsterbliche Seele. Eins spricht nach dem andern. Alle Güter müssen geteilt werden, und das Töten von Tieren ist Mord, und wenn man nicht bald in sich geht, steht der Weltuntergang bevor.

Sie trinken Most. In den plumpen schmutzigen Händen halten sie blaugeheftete Gebete, singen »Ich weiß, daß mein Erlöser lebt«, und er ist nahe, mit einer Fußsohle steht er schon auf der Erde.

Sie rauchen aus langen schwarzen Pfeifen mit Totenköpfen, qualmen heftig.

Ein gedrücktes Männlein mit verschrumpeltem gelben Gesicht, entzündeten Augen und rascher weicher Stimme steht an einer Ecke des Tisches auf, mit geröteten Wangen.

Es ruft in das erregte Gläserklirren hinein; daß der Prophet nahe sei, daß der Erwartete die Ungläubigen niederstürzen werde, Völker und Könige und Brüder. Er müsse kommen bald. Der süße Trank beselige es. Im stillen habe das Zukünftige sich vorbereitet, gleichsam wie das Kind in einer Schwangeren; wer wisse, in welchem Leid. Es versichere die Brüder, es sei so. Der große Krieg werde ausbrechen, in dem die Menschen sich gegenseitig vernichten; schon sei die Spannung auf Erden nicht mehr zu steigern, schon starre die Welt in Rüstung, und nur die Friedfertigen blieben übrig. In den Wolken stünde schon der Heiland, bereit, sein Werk zu vollenden, in den Wolken, welches seine eigenen Worte sind.

Sie trinken Most. Sie öffnen der Neumondnacht die kleine Tür der Schenke.

Auf einmal verstummen alle.

Einer steht mit wirren Worten auf.

Sie erschrecken.

Es geschehen heimliche Dinge. –

Am nächsten Morgen schurrt etwas Verhutzeltes mit dünnen Beinen aus der Tür der Schenke.

Erst taumelt es, und die Hände suchen, greifen nach jedem Festen, Pfahl, Baum, Gartenzaun. Dann geht es gerade und fest. Den Kopf auf die linke Schulter gefallen; geblähte Nüstern; wäßrige, starre, halboffene Augen. Es geht halbnackt; in bloßen Hemdärmeln, ohne Stiefel und Hut. Es wirft die Beine bei jedem Schritt weit nach vorn, preßt die Arme vor die Brust aneinander. Als die Menschen oben auf der Ulmenallee stehen bleiben, ein kleines Milchmädchen mit ihrer Blechkanne und zwei Straßenkehrer, verschlafene weiße Gesichter, fährt der Verhutzelte zusammen.

Man sieht es an. Es muß gerade gehen, jawohl, gerade gehen.

Es singt vor sich hin . . .

Es geht langsam seines Weges fürbaß, so selig, leidvoll, getragen von einer schweren, dunklen Wolke. In den Wolken steht es, in den Wolken, welches seine eigenen Worte sind.

Ein heißer Schauer fährt plötzlich über das Männlein. Wenn es geschehen wäre, das Unglaubliche, die Verwandlung, heut über Nacht!

Die beiden Straßenkehrer hatten es angestarrt. Es reckt sich und hebt den Kopf, läßt ihn wieder fallen. Es war die heilige Neumondnacht. Und von ihm ginge etwas aus, eine Scheu, ein Schein, von seiner Stirne, von seinen Haaren. Besteche, bezwinge die Menschen. Es konnte ja nicht möglich sein.

Summend, mit stillem Singen und Träumen geht es weiter.

In den engen Straßen unten stoßen sich die Barbiere, die Rolljungen, die Bäcker an; sie treten zusammen und zischeln. Ein offenes gemeines Lachen hört Herr Götting plötzlich, wie er es nie gehört. Und nun entsetzt er sich tief und in glücklichem Graus: es ist geschehen, das Wunder hat sich vollzogen, der Herr hat es vollzogen. Laß, laß sie fluchen und speien! Und fester Boden liegt unter seinen Füßen, er träumt nicht, atmet die kühle Morgenluft. Mit beiden Sohlen steht er auf der Erde.

Während er in die Hauptstraße einbiegt, in der eben die Geschäfte geöffnet werden, laufen ihm die Schuljungen in Rotten nach, stoßen sich an, gröhlen laut, springen ängstlich beiseite.

Das Leid aller Jahre ist vergessen; oh, Dankbarkeit dem, der alles lenkt. Hosianna dir, Herr!

Das Männlein steigt die Treppen zu seiner Wohnung hinauf, Albrechtstraße 15. Im Hausflur verstummen die Menschen wie mit einem Schlage, als sein Blick sie trifft. Dann hebt ein langes Geraune hinter seinem Rücken an und tönt noch, als die Glocke gezogen wird. Mit Lächeln geht das Männlein über die Schwelle.

Das Seltsame sieht dem schwermütigen dicken Geschöpf in die Augen, das in das Zimmer huscht, wo das Verhutzelte steht, den Kopf auf die linke Schulter gefallen, die Arme gegen die Brust gepreßt, und Liebe um den Mund und die wäßrigen, verkniffenen Augen. Seine beiden Hände strecken sich nach ihr aus. Überströmt von Süße und Ernst sagt es mit weicher Stimme:

»Siehst du – siehst du; oh, ich wußte es, Elfriede. Nun bin ich wiedergekommen.«

Sie hält sich am Fensterbrett fest, sieht auf das Männlein, schreit auf: »Adolf!«

»Ja, Elfriede. Ich habe mich in allen Nöten für ihn bereit gehalten, ich habe so lange geharrt. So Bitteres darum erduldet. Aber freut euch, die mit mir gewartet haben!«

»Bist du so gegangen, Adolf? Den ganzen Weg, sag, Adolf, bist du so gegangen? Du hast ja gar keine Jacke an und gar keine Stiefel und gar keinen Hut.«

Die Augen ihr gegenüber halten still; ein Gesicht erkaltet, eine Stimme antwortet ihr, die sich jäh zu Erz erhärtet hat:

»Du, ich sagte es schon, bist auch du von der Rotte Korah? Heb dich von mir, auf daß ich nicht unrein an dir werde.«

Das gelle unflätige Gelächter aus dem Hausflur und von der Treppe schallt ins Zimmer.

»Adolf, was ist geschehen? Wo hast du deine Sachen gelassen?« Das Männlein sieht starr auf seine Füße, die Hände flackern auf der Brust, der Kopf fällt langsam nach vorn über.

»Die Stiefel. Die Rotte Korah. Ja, was meint das Weib damit? Was will das Weib in diesem Zimmer damit gesagt haben?«

Und dann brüllt es mit eherner Stimme, hervorquellenden Augen gegen die Tür:

»Nicht lachen, nicht lachen! Hier gibt es nichts zu lachen!«

Und glüht mit einmal auf, läuft an das Bett, versteckt den Kopf unter die Decke, stammelt: »Oh, nicht lachen . . . Bitte, bitte, nicht lachen. Oh, ich bitte euch, ich flehe, ich fle-he –«

Da hat sie nur das zitternde halbnackte Männlein zu halten.

Die Helferin

In New York erregte um die Mitte des vorigen Jahrhunderts der Prozeß des Fabrikanten Grasso ungeheures Aufsehen. Man sprach monatelang von der rätselhaften Angelegenheit und ihren furchtbaren Begleitumständen. Der Krieg mit den Südstaaten brach aus, ehe man sich beruhigt hatte. Als nach einundeinhalb Jahren der Friede geschlossen wurde, war die Erinnerung an den Vorgang ausgelöscht, und jetzt lassen sich die Einzelheiten nur noch stückweise zusammenfinden. Sie sind überwuchert von mythischen Bildungen; sie lassen staunen, wie Unglaubliches dem Menschen begegnen kann, mit wie lächelnder Lippe er daran vorübergeht und alles weiterzieht wie früher.

Gegen Ende der fünziger Jahre florierte an der Peripherie der Stadt – jetzt gehört die Gegend völlig zur City – ein Beerdigungsinstitut. Der Besitzer Grasso war mit seiner Frau vor fünf Jahren aus Italien eingewandert. Er hatte sich vergeblich als Hotelier versucht, war dann Schreiner geworden und hatte dabei soviel erworben, daß er ein älteres Sargmagazin übernehmen konnte. Es gab damals kaum 200000 Menschen in der Stadt. In nicht langer Zeit hatte der Italiener es fertig gebracht, daß das Beerdigungswesen völlig in seine Hände überging, daß nur noch einzelne, mehr behördliche Aufträge an andere Firmen gelangten, von Krankenhäusern, Militärlazaretten. Die Konkurrenzgeschäfte gingen rapid zurück. Nicht die kapitalkräftigsten, die sich verzweifelt wehrten, konnten sich neben Grasso behaupten, dem, ohne daß er Lärm machte, alles mühelos zufiel.

Erst später, bei der Untersuchung des Falles, stellte sich heraus, daß Grasso ganz unbeteiligt an diesem Aufschwung seines Geschäftes war. Die Blütezeit des Hauses fiel nämlich ziemlich genau zusammen mit dem Eintritt eines jungen Angestellten namens Mike Bondi. Dessen Herkunft war völlig unbekannt; nur bemerkte man, daß er sich italienisch mit seinem Herrn unterhielt. Man sagte, er sei schon bei seiner Anstellung etwa zwanzig Jahre alt gewesen. Aber jeder überzeugte sich, daß er in den fünfzehn Jahren seiner Tätigkeit um keine Spur älter geworden war. Und Photographien, die man später bei ihm fand, die ihn Arm in Arm mit Herrn Grasso zeigten, bewiesen überraschend, daß dieser Mensch anscheinend unbeweglich in der Zeit stand. Keine Linie seines knabenhaft zarten Gesichtes hatte sich vertieft, seine tiefschwarzen Haarsträhnen fielen noch immer in eine niedrige, weiße Stirn. Ja, auch seinen Kleidern – es ist etwas lächerlich, dies zu berichten – schien die Zeit nichts anzuhaben; denn niemand hatte gesehen, daß er sich neue kaufte; er trug immer einen schwarzen Anzug, eine lockere, blusenähnliche Jacke mit blanken Knöpfen, von einem altertümlichen Schnitt, wie man sie vor Jahrzehnten vielleicht getragen hatte. Es wußte bei den Prozeßvernehmungen auch niemand, wo der Mensch sich nachts aufhielt; manchmal soll er in dem Geschäft übernachtet haben, meist aber fuhr er abends auf einem Wägelchen, das ihm gehörte, nach St. Floridan zu, auf der alten Landstraße, und verschwand dann für viele Stunden völlig. Aber all dies ist unsicher und gehört in das Gebiet jener Sagenbildung, von der ich vorhin sprach. Mike war von kleiner Gestalt; er ging stets in einem weichen Filzhut, mit einem dünnen Stöckchen. Sein Gang war weich und schleichend. Über seine Augen läßt sich nichts sagen; denn die hatte niemand gesehen. Immer hielt er die Lider gesenkt, und wenn einer mit ihm sprach, so drehten sich die Augäpfel hinter der zarten Lidhaut. Nicht selten zogen sich seine sehr schmalen Lippen zu einem schönen, demütigen Lächeln zusammen. Die Sanftheit und Musik seiner Stimme war unsäglich; sie erklärt vielleicht zum Teil den außerordentlichen Einfluß Mikes. Denn, was er sagte, war einfach und ganz sachlich; er redete sehr wenig und neben seinen geschäftlichen Dingen nur von Bäumen, Wurzeln, Feldern und Tieren, für die sich die Städter sonst sehr wenig interessieren. Ihn begleitete das Glück. Es bildete sich heraus, daß täglich Mike Bondi durch die Straßen New Yorks wanderte, gefolgt von einem hohen russischen Windspiel, einem weißen, ungeheuren Tier, das auf seinen Beinen so lautlos wie er schritt und das mit leeren Augen um sich blickte. Mike Bondi ging in die Wohnungen der Kranken hinauf und sprach mit ihnen. Niemand wehrte ihm; die Kranken ließen ihn zu sich rufen, eher noch als einen Priester oder Arzt, und waren ihm dankbar für die Minuten, die er mit kargen Worten ausgefüllt hatte. Sie wurden ruhiger und schmerzfreier, die er verließ, aber sie starben alle, wie sich bei den Erhebungen des Prozesses ergab, starben nach nicht einer Woche in großem Frieden, ohne daß ihnen einer helfen konnte. Die ihn einmal gesehen hatten, faßten ein kaum erklärliches Zutrauen zu ihm und ließen ihn, wenn sie schwer erkrankten, wie in einer unentrinnbaren Sucht zu sich kommen. Er trat nicht an sie heran, er gab ihnen nichts, er berührte sie nicht. Dies stellte sich alles bei den Erhebungen des Prozesses heraus.

Mike Bondi war nicht befreundet mit der Frau seines Herrn. Frau Grasso liebte feurige Männer; aber eifersüchtig, wie untreue Weiber sind, freute sie sich, daß ihr Mann, Mädchen abhold, sich an Bondi anschloß. Wenn sie spät abends nach Hause kam, noch hochatmend von einer zarten Begegnung, warf sie sich ihrem Mann an den Hals, der Arm in Arm mit dem stillen Sonderling auf dunklen Straßen spazierte.

Am Ausgang des Frühlings starb plötzlich die junge Frau eines Rechtskonsulenten Martin in ihrer Wohnung neben Grassos Magazin. Der Witwer, dem sie zwei kleine Kinder hinterließ, konnte sich nicht trennen von dem toten Weibe; und in der angstvollen Nacht nach ihrem Abscheiden kam ihm die Idee, die Leiche von dem Sterbelager zu entfernen, sie so schön, so kostbar auf einem Sarkophage aufzubahren, wie seine Hände es vermochten. Er wurde unter dieser Vorstellung lebendig, stieg noch gegen elf Uhr von seinem Lager, kleidete sich an und ging zu Grasso herunter, mit dem er alte Freundschaft hielt. Die Türen des Magazins waren geschlossen; durch die Ritzen der Jalousien zitterte ein trübrotes Licht, lag in feinen Linien auf dem Straßenpflaster. Herr Martin öffnete den breiten Torweg, stolperte über den stockfinsteren Hof, kam durch eine angelehnte Seitentür auf den langen Korridor, der unmittelbar in das Magazin führte. Der Vorhang zum Magazin rauschte leise. Mit Mühe fanden sich seine Augen zurecht. An den Wänden, in den Gängen, unter niedrigen Wölbungen lagerten die Särge. Sie standen geöffnet. Sie standen da, nicht erwartungsvoll, nicht mit Gier – mit geheimnisvoller Leere, versunken in sich, und nur einige seufzend und schmachtend. Und in dem trübroten Flackern einer Lampe sah Herr Martin eine Bewegung in der Nische hinten, hörte flüstern. Herr Grasso kniete dort vor einem Sarge; aus dem hoben sich zwei weiße Arme; Spitzenärmel fielen von ihnen zurück. Herr Grasso beugte seinen Kopf tiefer, drückte sein Gesicht in die niedrigen Brüste eines Weibes. Er murmelte »Bessie« und vieles, was sehr leise war; sie antwortete »Ernesto«, lachte und weinte durcheinander; sie hatte eine sehr süße Stimme.

Herrn Martin schlug das Herz bis in den Hals hinauf; er ging aufs tiefste erschrocken rückwärts hinaus, vergaß seine Bestellung. Er lag, ehe er es wußte, in seinem Bett, kleidete sich mit dem Morgengrauen an und lief zu Frau Grasso, die in ihrer

Küche stand mit losen Röcken und sich, verblüfft über den frühen Besuch, ein Tuch umlegte.

Sie war erst ungläubig und beobachtete ihren Nachbarn, da sie glaubte, er sei verwirrt über den Tod seiner jungen Frau. Aber dann hielt sie inne mit dem Scheuern, stieß die Kaffeemühle auf den steinernen Boden herab, biß sich tief in den linken Vorderarm und wühlte in einer Schublade nach einem spitzen Küchenmesser, das sie einmal um das andere in die Holzwand der Küche stieß. Sie schrie, wem denn das gemeine Frauensbild ähnlich sähe, ob er denn so wenig teilnahmsvoll wäre, daß er nicht einmal eine Vermutung darüber aussprechen könnte. Nach lautem, hemmungslosen Weinen erhob sie sich resolut, erklärte, sie werde heute nacht alles selbst feststellen. Und mit einer Sicherheit, die Herrn Martin in Staunen versetzte, riß sie die Wohnungstür auf, rief ihren Mann herein und sagte ihm, indem sie zum Fenster hinaussah und das dichte schwarze Haar flocht, Herr Martin habe ihr mitgeteilt, daß ihre Mutter in Starton, einem Vororte, erkrankt sei; sie müsse gleich auf zwei bis drei Tage hin. Dann setzten sich die drei schweigend im Wohnzimmer am Kaffeetisch nieder, wo Frau Grasso öfter stark zitterte und einmal die Tasse auf den Boden fallen ließ. Herr Grasso meinte, dies bedeute Glück für ihre Mutter.

Abends gegen zehn Uhr schlüpfte sie, nachdem sie tagsüber in der Wohnung des Herrn Martin dessen kleine Kinder gehegt hatte, über die dunkle Straße in den Hof. Sie sah durch das offene Fenster Herrn Grasso allein im erleuchteten Wohnzimmer auf dem Sofa sitzen; mit traurigem Gesicht, zusammengesunken, blickte er vor sich hin. Der schwerfällige Mann bewegte seine Lippen; sein faltiges Gesicht war sehr schlaff; als er nach dem Fenster blickte, schwammen seine entzündeten Augen in Tränen.

In einem schmalen Sarge, dicht an der Tür, lag sie. Ihre Zähne klapperten; ihre Hände flogen, daß sie kaum das Küchenmesser festhalten konnten. Kurz vor elf Uhr kam ein Schritt über den Korridor, weich und schleichend; leicht rauschte der Vorhang. Ein kleines Licht flackerte und sie erkannte mit einem Blick Mike Bondi. Sie hatte ihn tausendmal gesehen, sie kannte seine leicht gebeugte Haltung, die glatten Haare in der weißen, niedrigen Stirn, die gesenkten Lider. Aber jetzt erfüllte sie sein lautloser Gang mit Entsetzen. Es war ihr, als würde sie matt. Dies war nicht der Gang eines Menschen. Sie mußte sich strecken, den vollen Arm auf den Mund pressen, um nicht zu kreischen.

Er drückte das Licht mit einem Finger aus, als er an ihr vorüberging. Sie schloß die Augen, und wie sie die Lider hob, sah sie Mike Bondi nicht mehr. Aber dort, wohin er gegangen war, stand in der Finsternis ein weißer Schein, ging lautlos ein gebücktes Skelett langsam weiter, schlurfte der leibhaftige Tod. Sie sah noch den Schein über einem Sarg, in den er sich geschwungen hatte. Da hallte der schwere Schritt des Herrn Grasso durch das Gewölbe; er ging an der Frau vorüber, die mit einer Ohnmacht rang, zündete die Öllampe an. Frau Grasso richtete sich, das Messer zwischen den Zähnen, auf; sie stieg hinter dem riesenhaften Mann her, hielt sich bei jedem Schritt an Pfeiler und Mauer fest.

Vor dem Sarge, in den sich das Gespenst geschwungen hatte, warf sich der breite Mann nieder; zwei weiße Arme hoben sich gegen ihn her; sie sah zurückprallend die offene Jacke und die niedrigen, mädchenhaften Brüste, in die sich ein faltiges, nasses Gesicht vergrub. Sie sah das stille Mädchengesicht Mike Bondis sich aufrichten, sah, an die Tür zurückweichend, wie Mike den Gebrochenen an sich zog unter zarten Abschiedsworten, wie sie sich umschlangen. Sie hatte noch die Kraft, sich in die Küche zu schleppen. Zwei Stunden lag sie besinnungslos. Den Rest der Nacht verblieb sie auf der Polizeiwache, wo man die Frau für krank hielt. Erst am nächsten Morgen, als Herr Rechtskonsulent Martin geholt wurde, gingen zwei Beamte mit ihr in die Wohnung und verhafteten den Besitzer und Bondi, die sich nicht widersetzten.

Herr Grasso schwieg sich bei den jetzt folgenden Verhandlungen völlig aus. Bondis körperliche Untersuchung ergab, daß man es mit einem zwanzigjährigen Mädchen zu tun habe. Man vermochte nicht festzustellen, wer sie eigentlich sei. Erst bei dem Lokaltermin, der nach drei Wochen in dem Gewölbe Grassos stattfand, redete sie. Sie äußerte von vornherein, man würde ihr kein Wort glauben, erzählte, daß sie Bessie Bennet hieße und aus Senn Fair bei New York gebürtig sei. Sie habe vor achtzig Jahren dort gelebt; in ihrem zwanzigsten Jahre sei sie von der Schwindsucht befallen gewesen und habe im Hospital gelegen. Sie wäre unsäglich ungern vom Leben geschieden. Sie habe mit dem Tode gerungen wie wenige Menschen, habe es nicht glauben wollen, daß sie sterben müsse, weil eine Lunge krank sei und sie selbst sei noch zum Springen gefüllt mit Lebensbegier. Die unbekannte Macht, deren Namen sie nicht nennen könne, stand da von ihrem Sessel auf und machte sie zu einer Dienerin des

Todes. Sie durfte wiederkehren, nicht aber zum Tanz. Sie durfte im Namen der gütigen Macht töten, was gehen wollte; die törichte Angst vor dem Sterben nehmen, sänftigen und rasch beenden. Sie sei als Helferin unter die Menschen geschickt und bringe den liebreichen Tod. Sie hätte Herrn Grasso liebgewonnen, und es wäre gut, daß sie jetzt schieden, denn sie müßte sonst bald für immer seinetwegen sterben.

Es bestätigte sich, daß eine Bessie Bennet vor etwa hundert Jahren in Senn Fair lebte, daß sie im dortigen Hospital in ihrem zwanzigsten Jahre starb; ihre Leiche verschwand aber in auffälliger Weise auf dem Wege zur Autopsie; zwei Krankenschwestern wurden wegen Dienstversäumnis trotz ihrer Beteuerungen entlassen; alle Nachforschungen blieben erfolglos.

Als die Richter bei dem zweiten Lokaltermin die Feststellungen erwogen, erhoben sie gegen Bessie Bennet, genannt Mike Bondi, die Anklage wegen Giftmordes in zahllosen Fällen. Sie forderten sie auf, unverzüglich das Pulver zu zeigen, dessen sie sich bedient habe, widrigenfalls man sie auf das Spannbrett legen wolle, das man angesichts der Scheußlichkeit ihrer Verbrechen werde hervorsuchen lassen. Auch befahl man ihr, endlich das betuliche Wesen abzulegen und den Richtern frei ins Gesicht zu sehen. Bessie, in dem schwarzen Anzug, den sie sonst trug, lächelte, aber ihre niedrige Stirn wurde rot; sie bat, man möchte ihr die Handfesseln abnehmen und sie gehen lassen. Die Richter, in Wut über den Hohn, schickten nach den beiden Schergen, um sie zu peitschen. Auch der vielen Zuhörer bei der Vernehmung hatte sich in Kürze eine unbezähmbare Erbitterung gegen die teuflische Giftmischerin bemächtigt; sie schickten sich an, von ihren Plätzen aufzustehen, gegen die Schamlose vorzudrängen; die Richter verloren die Zügel über die Menge. Bessie trat noch einmal vor die Richter, sagte leise, ihre gebundenen Hände zeigend, sie habe keine Zeit; man möchte ihr doch die Stricke abnehmen und sie herauslassen.

Ein wüster Bursche schlug ihr von hinten auf die Schulter; der Pöbel tobte über die Bänke weg. In diesem Augenblick legte sich über alle Brüste eine plötzliche Beklemmung. Einer schlug keuchend das Fenster ein, die frische Luft half ihm nicht. Ein Richter stürzte mit blauen Lippen nach der Tür auf die Straße und fiel hin. Die zehn Richter saßen wie schlafend auf ihren Stühlen. Die alte Stille herrschte für einen Augenblick in dem Gewölbe, unterbrochen von dem widerhallenden Aufschlagen von Körpern. Die Schwarzhaarige ließ die großen geöffneten

Augen schweifen. Sie pfiff zornig und scharf durch die Zähne. Ein Mann taumelte von draußen in den Raum, packte ihren Arm. Sie berührte sein Haar, blies gegen seine Füße; das Feuer loderte an ihm auf; unter heiserem Geschrei stolperte er zurück, krachte zu Boden.

Die Schwarzhaarige hatte sich selbst zusammengebogen. Sie brannte, sich aufrichtend, ihre Schläfen berührend, mitten im weiten Gewölbe stehend, gegen die Decke in schwarzer Flamme auf, stieg in einer qualmenden Feuersäule über das Haus.

Der schwere Dampf erstickte die Menschen in allen Straßen der Nähe. Gerade zwei Stunden währte die unerhört entsetzliche Brunst; etwa sechshundert Menschen, Kinder und Frauen, verbrannten.

Dann lag der ganze Stadtteil in Schutt. Tagelang näherte sich niemand den giftigen Dämpfen. Richter und Beschuldigte waren zugleich verschwunden. Den liebreichen Tod sah man von Stund an nicht mehr durch die Straßen gehen, gefolgt von seinem weißen, riesigen Windhund, der lautlos wie er schritt, mit leeren Augen um sich blickte. Sondern Kranke sollen in ihren Delirien angegeben haben, daß das fessellose weiße Tier sich auf ihre Brust schwang, mit seinen leeren Augen sie ängstigte, mit seinen langen Fängen ihre Kehle eindrückte.

Die Fabel von dem liebreichen Tod, von der Vertreibung seiner Gehilfin blieb in dem Lande lebendig.

Die Segelfahrt

Die Digue von Ostende lag in dem blitzenden Mittagslicht. Die geschmückten Menschen auf der breiten Meerespromenade lachten und gingen an einander vorüber. Unter dem Widerschein des unermeßlichen Wassers funkelten die Fenster der Strandhäuser zärtlich auf. Das unablässige Brausen des Meeres rollte von den Steindämmen zurück, schwoll wieder an, schwoll immer wieder ab.

Der schwere Brasilianer ging mit offenem Munde unter den geschmückten Menschen. Er ging dicht am Meeresgitter der Promenade. Er hielt den Kopf gesenkt wie überrieselt vom Badewasser; seine vollen Lippen waren feucht. Die schwarzen weißdurchzogenen Haarsträhnen fielen über seine Ohren. Er bog den Kopf mit dem Kalabreser nach rechts und links, um dem Anprall des scharfen Windes zu begegnen. Er streifte ab und zu mit einem freudigen Blick das graugrüne Wasser. Sein gelbbraunes schwammiges Gesicht zuckte, die Augen, die in grauen Höhlen lagen, schimmerten; er spürte den feinen Luftwirbeln nach, die um seinen bloßen Hals fuhren, das graue Schläfenhaar anhoben und gegen seine Wange mit feinen Stiletten anschwirrten. Er fror leise; blickte an seinem weißen Vorhemd entlang, über das weißer Sonnenschein floß, und einen Augenblick beunruhigte ihn der Gedanke, daß sein Blick vielleicht Schatten werfe. Er seufzte, drängte sich tiefer zwischen die Menschen.

Das Schüttern des Eisenbahnzuges schwang noch in ihm nach, der ihn gestern von Paris an die See getragen hatte.

Fluchtartig hatte er Paris verlassen, fluchtartig war er auf seiner Jacht aus der Heimat über den Ozean gefahren, aus einem hoffnungslosen Glück; plötzlich seiner achtundvierzig Jahr gedenk. In Paris hatte er vier Monate lang die Schwelgereien der Künste, die glatten Säle, die bestialischen Tänze ertragen: dann warf ihn eine schwere Lungenentzündung hin; er lag aufgegeben wochenlang im Hospital. Als er am Sonntag das Haus verließ mit schwachen Knieen, schlug er den Kragen seines Loden-Capes hoch, bestieg eine Droschke, fuhr auf die Bahn. Einen Tag schlich er gebeugt durch das tote Brügge. Dann raffte er sich auf, jagte in der Julihitze nach Ostende.

Er hob den Blick von dem dünnen Sande, der unter seinen Füßen wegzog.

Sie glitt zum zweiten Male an ihm vorüber; rostfarbenes Haar unter breitrandigem weißen Hut. Ein grauer Blick aus einem klugen nicht jungen Gesicht wich vor ihm zurück. Sie war vielleicht Mitte dreißig. Er hörte noch hinter sich eine hohe gesangvolle Stimme.

Bei dem Klang dieser Stimme wandte sich Copetta um. In dem Augenblick hörte der Wind auf mit Messern zu werfen. Sie sprach mit einer alten Dame, die sie stützte. Der Brasilianer schob den Hut in den Nacken; eben als er über ihre schmalen Schultern blickte, schwarzer Überwurf auf dunkelblauer Seide, verlor er sie. Der weiße Hut wippte über der Menschenmenge, verschwand um eine Ecke.

Copetta schlenderte in ein Café, löffelte eine Schokolade. Das Meer rollte unablässig gegen die Steindämme; leises Scharren der Sandkörnchen; der Wind warf mit dünnen Stiletten.

Nachmittags um die Zeit des Kurkonzertes ging der schwarze Brasilianer in einem langen grauen Gehrock über die Digue. Leicht und frech wehte die Musik. Als er mit seinem dicken gelben Stock vor dem Kurhaus Schritt um Schritt den Boden stampfte, wich ein grauer Blick wieder vor ihm zurück. Die alte Dame sprach auf sie ein. Ihr Gesicht war schmal, die Backenknochen traten scharf hervor; die kleinen Augen unter den dünnen roten Brauen blickten bestimmt und nüchtern, über der Nasenwurzel hatte sie Sommersprossen, von den Augenwinkeln zogen sich Fältchen. Ihr Gang schwebte.

Der Brasilianer strich sich über die Augen, blieb unwillig stehen, schlenderte weiter.

Gegen Abend saß er auf der Veranda seines Hotels. Als er die Weinkarte in die Hand nahm, fiel ihm ein, daß er heute dreimal eine Frau gesehen hatte, rostfarbenes Haar unter einem wippenden Hut; dreimal eine Frau, schwarzer Überwurf auf dunkelblauer Seide; ein grauer Blick. Still schob er seinen Stuhl zurück, mit Seufzen, Lächeln und Vorsichhinstarren zog er seine Brieftasche heraus, trug seine breite Visitenkarte in die Villa, in der er sie hatte verschwinden sehen, gab sie einem Mädchen ab. Als er wieder die Meerluft an seinem Hals fühlte, fragte er sich, wozu das eigentlich gewesen war. Dröhnend schlug er seine Zimmertür hinter sich zu, warf sich im finstern Zimmer auf einen Schreibsessel, zerriß die Bilder seiner beiden Kinder, nahm eine Nagelschere, zog seinen edelsteinbesetzten Trauring ab, hing ihn über die Schere, hielt den Ring über die brennende Kerze. Die Steine verkohlten; die Schere wurde heiß; er ließ sie fallen.

Wühlte mit beiden Armen in zwei großen Eimern mit Meersand, die er sich auf sein Zimmer hatte bringen lassen, stand ächzend auf, bestreute den Boden und Teppich blind mit Sand, fluchte leise auf die Hunde, die Hausdiener, die zu wenig Sand gebracht hatten. Schlief auf seinem Sessel ein.

Wie er am Mittag eben auf der Veranda, in einem Stuhle liegend, tief die scharfe Luft einatmete und schwindlig die Augen schloß, stand vor ihm das Bild der gehenden Frau, sehr schmales verwelktes Gesicht, ein klarer bestimmter Blick, der sich fest auf ihn richtete. Sie hatte ihn bitten lassen, nicht Mittags sie zu besuchen. Er warf die dünne Decke von seinen Füßen, stülpte den Hut über das zerwühlte Haar, schritt schwerfällig, die Arme auf der Brust verschränkt, die Stufen herunter, über die leere sonnige Promenade, auf ihre Villa zu, ein einstöckiges Haus mit schmalen geschlossenen Fenstern. Er schob sich durch einen dunklen Korridor, klopfte leise an die Tür, an der ihr Name auf einer Visitenkarte stand. Nichts verlautete. Er riß die Türe auf.

Sie lag halb im Bett; hatte, um herauszuspringen, die blaue Decke nach der Wand zu geworfen. Zwei volle frauenhafte Beine berührten mit feinen Zehen eben den Boden, ein sehr schmächtiger strenger Körper richtete sich auf in einfachem, bandlosen Hemd, ein ernstes schmales Gesicht unter dem aufgelösten Haar.

Erschüttert blieb der schwarze Brasilianer an der Türe stehen. Sie lächelte, deckte sich zu, bat ihn, in einer Viertelstunde wiederzukommen. Totenblaß, ohne ein Wort zu sprechen, hob er seinen Stock vom Boden auf. Das alte Mädchen gab ihm die Hand; er sah in kleine nüchterne Augen.

Am Abend kam ein Bote aus seinem Hotel zu ihr; er lud sie zu einer Segelfahrt für den nächsten Morgen ein; nicht einmal seinen Namen hatte er auf der Karte unterschrieben. Sie drehte den mächtigen Briefbogen in der Hand hin und her; halb unwillkürlich nahm sie einen Bleistift, schrieb auf dasselbe Blatt, er möchte kommen, er möchte recht früh kommen; sie machte unter ihren Namensbuchstaben L noch einen wunderlichen Schnörkel, den sie fast eine Minute malte.

Bei grauendem Morgen lief sie ihm vor der Tür in dünner Bastseide entgegen; sie sprangen eilig die schmale Steintreppe zu dem murmelnden Strand herunter; sie warf mit Muscheln nach ihm zurück und fand, als sie sich nach ihm umwandte, daß es in seinen Mienen leidenschaftlich zuckte. Ganz weißes Leinen trug er; er ging mit bloßem Kopf; die linke Hand trug er am

Gelenk verbunden; er sagte, er hätte sich gestern Abend beim Fall über Glas an der Ader geschnitten. Mit einem Ruck stieß er ein kleines Ruderboot in das Wasser, hob die Aufschreiende auf den Sitz, sprang nach, ruderte gemächlich auf ein Segelboot zu, das vor der Holzbrücke am Herrenbad schaukelte. Sie sprangen in den Segler; Copetta zog schon den Anker; ihre bloßen Arme hielten sich an der Steuerbank fest, leise klangen die hölzernen Mastringe an, nach einem Zug blähte sich das Großsegel; das Boot ging in See.

Sie fuhren durch die Strandgischt in das graugrüne Meer hinein. Über die scharfe Horizontlinie kam ein weißer Schein, der sich von Augenblick zu Augenblick verstärkte und höher rückte. An dem starken Morgenwinde flogen sie gleichmäßig hin. Nun hockte der Brasilianer neben dem Großbaum auf den Planken, legte die Takelung fest. Wild lachend richtete er sich auf, schwang breitbeinig ein dünnes Tau wie ein Lasso um seinen Kopf und warf es gegen sie; sie schüttelte sich umschnürt, löste sich mit einem Ruck, schleuderte das Seil geballt mit einem mädchenhaften Kichern gegen seine Brust. Rasch hatte sie das Ruder angebunden, sich über Bord gebückt, überschüttete ihr kaltes Gesicht mit Meerwasser, warf, einen Fuß auf der Ruderbank, bis über die Ärmel triefend, zwei volle Hände gegen ihn. Er fing das Salzwasser schlürfend mit offenem Munde auf, schluckte. In dem böig aufblasenden Wind ließen sie das Boot laufen, das anfing wie ein unruhiges Tier zu zittern. Sie jagten sich über die Planken. Johlend sprang die Schmächtige auf die Ruderbank und schlug mit den Fäusten gegen die Takelung. Sie riß sich ihre dünne Jacke ab, pfiff und drehte sich um sich selbst. Ihr Mund mit den dünnen Lippen öffnete sich oft zu einem kurzen, kindlichen Lachen.

Der breitschultrige Brasilianer saß zusammengesunken auf dem Bordrand; erschüttert hörte er ihr Lachen, mit bebenden Lippen, hochgezogener Stirn hielt er ihren Kopf, als sie sich über seine Kniee legte und ihn neugierig betrachtete. Seine steinharten Hände stemmten ihre aufstrebenden Schultern ab; er wiegte den Kopf verneinend hin und her. Die Wellen krochen über Bord, sie schlüpften wie kleine Hunde sacht an ihnen herunter auf die Planken. Der Wind nahm an Stärke zu. Das Boot legte sich stark über, das Kleid des Großsegels fing an zu flattern, sie schossen in den Wind. Die schwarzen fast glasigen Augen des Brasilianers sahen über ihr triefendes Haar weg, das alte Mädchen suchte mit rückgebogenem Kopf nach seinem Munde, seinem Hals, sie tastete sich an seiner Brust hin. Sein schwammiges zerfaltetes Gesicht war gelöst, als ginge ein feierliches glückerfülltes Wort um ihn herum. Das Boot schwankte steuerlos, Welle auf Welle rollte an. Copetta saß auf dem Bootsrand. Als eine hohe Wand gegen das Boot ging, hob er weit die Arme auf, legte sich wie auf ein Kissen mit dem Rücken gegen die Welle. Das Polster glitt zurück. Sie hörte, wie er etwas murmelte; sie sah noch den berauschten, verschlossenen Blick, mit dem er verschwand.

Ein Stoß des Bootes warf sie gegen den Mast. Sie fühlte keinen Schmerz in ihrem blutigen Arm. Sie schrie nach der Stelle hin gellend Hilfe, lange Rufe stieß sie aus. Man fand sie bald in dem treibenden Boot liegen. An Land erwartete man sie. Man wußte alles; Copetta hatte ein Telegramm an die Behörden geschickt.

Sie blieb noch eine Woche bei der alten Dame in der einstöckigen Villa. Dann sagte man ihr, daß sie mehrmals mittags im Speisezimmer sich auf die Dielen geworfen habe vor den andern und mit den Händen in die Luft taste. Daß das Hausmädchen von außen beobachtet hätte, wie sie am hellen Morgen mitten in ihrem Zimmer stillstand und sich um sich drehte. Am Nachmittag des Tages, an dem man ihr dies sagte, packte sie mit dem Hausdiener ihre Koffer, legte ein schwarzes Kleid an, verließ ihre Mutter, fuhr nach Paris.

Sie nahm ein kleines Zimmer und ging auf die Straße. Sie trug ihr rotes Haar aufgetürmt; Wangen und Lippen geschminkt. Sie kam tagelang nicht nach Hause. Sie versagte sich niemandem. Es war ihr eine Lust, sich jedem Rolljungen, Viehtreiber in die Arme zu werfen. Sie machte sich mit gleichgültigem Lachen und Kopfschütteln zur Beute jeglicher Krankheit, die auf sie sprang, und trug sie mit Küssen, mit Gähnen und Inbrunst weiter. Sie schlich nach einigen Monaten in schwarzen Seidenkleidern in die strahlenden Ballsäle. Ihr Gesicht war voller geworden; die kleinen Augen glänzten unter dem Atropin. Die jungen Männer nannten sie: die Hyäne. Sie trug in die Ballsäle eine sonderbare Bewegungsweise. Der Tanz war ersichtlich aus einer eigentümlichen Ungeschicklichkeit der Tänzerin entstanden, die sich schon bei ihren ersten Schritten auf dem Parkett zeigte. Sie stieß jede berührende Hand zurück, wiegte sich in den Hüften vor ihrem Partner nach rechts und links, nur langsam wie ein Schiffer von einem Bein taumelnd auf das andere. Dann umging sie mit plumpen Füßen ihren Partner, und jetzt wiegten sie sich gemeinsam, Hüfte an Hüfte gefaßt, aber er sprang vor ihren aufgehobenen Armen zurück, sie suchte ihn, sank über ihn hin und schließlich walzte sie nicht, sondern ließ sich von ihrem Partner halb tragen, wobei ihre Füße kaum über den Boden schleiften und sie die Augen schloß.

Sie ließ ein Jahr über sich ergehen. Als eines Abends der Postbote zu einem riesigen Blumenstrauß einen Brief brachte, drehte sie lange den mächtigen Bogen in ihren gepflegten Händen hin und her. Sie warf die Blumen in den Papierkorb, schlug den zitronengelben Kimono über die Brust zusammen, setzte sich an den Schreibtisch und spielte mit dem stark parfümierten Bogen. Der Bote stand noch an der Tür, seine Uniformmütze setzte er schon auf, als sie sich erhob und ihn bat, eine Depesche zu besorgen. Sie schien wie erleuchtet; sie nahm ein befehlerisches Wesen an. Sie telegraphierte nach Ostende: »Herrn Copetta, Ostende Hotel Estrada, erwarten Sie mich morgen Mittag. Bitte Drahtantwort.« Eine Stunde stand sie zitternd auf der Treppe, ob die Antwort bald käme. Sie packte den Handkoffer. Nach drei Stunden schickte sie um einen Wagen; zog einen dünnen Anzug aus gelber Bastseide an, fuhr auf die Bahn. Der Zug rannte lange Stunden der Nacht, rannte über Brüssel, Gent, Brügge; schließlich Ostende frühmorgens. Sie rasselte durch die engen bekannten Straßen der Stadt. Mit einmal leuchtete zwischen den Häusern das Meer auf, das graugrüne Meer. Sie stand aufgerichtet in der rasselnden Droschke, als der böige Wind sie mit einem Hagel von Stiletten überschüttete. Sie schrie aufgerichtet im Wagen vor Heimweh und Seligkeit, hob ihren Sonnenschirm auf und winkte dem graugrünen Meere zu. Sie betrat ihr altes Zimmer wieder, hörte halb, daß ihre Mutter schon seit langen Monaten in diesem Hause gestorben sei. Ihr Gesicht war still; aber als die Pensionsdame sie entsetzt fragte, warum sie hier sitze und so lache, antwortete sie: »Doch vor Glück, liebe Frau, wovor denn als vor Glück. Was erzählen Sie?«

Und dann nahm sie, die sich sanft wie eine schöne junge Frau bewegte, ihren weißen Sonnenschirm und ging an das Meer. Die Digue lag in dem blitzenden Mittagslicht. Unter dem Widerschein des unermeßlichen Wassers funkelten die Fenster der Strandhäuser zärtlich auf. Unablässig brüllte das Meer, warf sich gegen die Steindämme und legte sich platt hin. Sie drängte sich gewandt durch die geschmückte Menge, schlüpfte in das Vestibül des Hotels. Der Portier gab ihr das Telegramm; er erzählte, der Herr sei vor einem Jahr etwa verunglückt auf einer Segelpartie. Sie faßte sich an die Brust: »Auf diesem Meer?«

Und dann drückte sie ihm ein Geldstück in die Hand, warf ein paar Zeilen auf ein Blatt Papier mit ihrer Adresse, flüsterte ihm ins Ohr, er möchte doch dies Blatt an sich nehmen; wenn der verunglückte Herr heut abend käme, möchte er es ihm sofort geben. Sie ging an dem Verblüfften lächelnd vorbei auf die Promenade, nahm einen jungen Herrn, der ihr folgte, an, hörte, mit ihm nachmittags an der Kapelle eine Schokolade trinkend, mit strahlendem Gesicht die freche leichte Musik des Kurkonzerts.

Der Abend kam herauf. Der Vollmond hing schlohweiß über dem ungeheuren Wasser.

Sie stand an ihrem Fenster und wartete. Es wurde Nacht; sie hatte schon ungeduldig auf das rostrote Haar den wippenden weißen Hut gesetzt. Sie lief auf den Zehen durch den dunklen Korridor, sah die lange Strandpromenade herunter, die im blendendweißen Mondlicht lag. Dann lief sie die lange Promenade hin und her, hielt ihren Hut fest, den der Sturm abhob, spielte mit ihrem Schatten, der schwarz vor ihr herfiel, tanzte ihm pfeifend auf offenem Weg etwas vor, machte ihm lange Nasen. Sie lugte nach dem Hotel, ob sein Fenster noch nicht hell wurde. Um zwölf Uhr schlief sie auf ihrem Bett sitzend ein; gegen vier fuhr sie entsetzt zusammen; es war schon ganz hell. »Er ist voraus.« Sie huschte die Tür hinaus, warf draußen johlend die Arme in die Luft, rief ihren Namen, tutete dazu. Im Nu war sie die schmale Steintreppe herunter. Sie suchte die Abfahrtstelle, lief zu den Badehäusern. Da lagen kleine und große Ruderboote. Keine frischen Männerschritte im Sand! Sie zog die Schuhe und Strümpfe aus, warf ihren Hut an den Strand, schürzte ihren Rock, zog keuchend an dem Bootsseil. Jetzt sprang sie ein, zog die Ruder. Nur wenig wurde sie von der Brandung zurückgeworfen, dann fuhr sie sicher aus.

Scharf blies der Wind über das offene Wasser; dicke Regentropfen fielen; weit und breit kein Segel, kein Boot. Über die hohen gebogenen Wellenwände kroch ihr Boot, stürzte metertief, kroch unverdrossen weiter. Sie suchte nach allen Seiten; die Angst überkam sie. Sie schrie auf den Knieen kriechend, von jeder Wellenhöhe seinen Namen kreischend über das brodelnde Wasser, aber jetzt schlüpften nicht zahme Hündchen über den Bord; wie der Steinschlag fielen die Wellen auf die Brust der Atemlosen, die sich die Augen wischte. Eben legte sie, schon erlahmend, die Ruder hin, brach in ein wütendes Schluchzen aus, schlug sich verzweifelt mit den Fäusten gegen die Brust, als eine dunkle Gestalt sich neben dem Boot aus dem Wasser aufrichtete. Auf dem Kamm einer Welle schwang sich die dunkle Gestalt ins Boot. Der Brasilianer saß stumm auf dem Bootsrand und ließ die Beine auf die Ruderbank hängen. Er war unförmig geschwollen; seinen weißen Anzug trug er prall auf dem Körper. Die weißgrauen Haare waren dick inkrustiert mit Salz; schwarzgrüner Tang hing in Büscheln über sein triefendes gelbbraunes Gesicht, dessen Mund bebte. Dünner weißer Sand und Muscheln rieselten von seinen breiten Schultern, flossen aus seinen Ärmeln. Er blies laut die Luft von sich, dann atmete er stiller. Langsam hob er den rechten Arm und wehrte die Frau ab, die sich jubilierend von dem Boden erhob. Seine tiefen schwarzen Augen sahen sie fragend an, ihr volles frauenhaftes Gesicht, ihre Lippen, die reif waren, ihre kleinen lebendigen Augen unter den roten Brauen, die jetzt beseelt und süchtig strahlten. Dann blickte er an ihr vorbei. Er senkte seinen Arm, legte sich wie auf ein Kissen mit dem Rücken gegen die Welle. Das Polster glitt zurück. Sie sah, wie er langsam den Kopf ihr zuwandte, sah den berauschten, aufgeschlossenen Blick auf sich gerichtet, sprang ihm nach, und nun umschlangen sie die wulstig dicken Arme; jetzt lachte sie gurgelnd und drückte ihren Kopf an seinen gedunsenen. Und wie sie zusammen die nassen Wellen berührten, wurde sein Gesicht jung; ihr Gesicht wurde jung und jugendlich. Ihre Münder ließen nicht voneinander; ihre Augen sahen sich unter verhängten Lidern an. Eine Wassermasse, stark wie Eisen, schickte das unermeßliche graugrüne Meer heran. Die trug sie, mit der Handbewegung eines Riesen, an die jagenden Wolken herauf. Die purpurne Finsternis schlug über sie. Sie wirbelten hinunter in das tobende Meer.

Grauer endloser Wiesenplan. Schwer verschattete Luft. Lautlose Schmetterlinge im hellen Klee, Lupinen, verwachsenes wüstes Ginstergebüsch, starre Haferhalme. Keine Buche im versinkenden schwammigen Boden, keine Aloe, Palme. In der Ferne – wie weit – eine tiefe schwarze Regsamkeit, rauchend an das Himmelsdach, eine mattblinkende Masse, Metallmasse von Blei und Zinn, ungeheuer. Schwache Linien, Biegungen, ein Knie umrissen, von einer Hüfte eine Falte abwärts gespannt, Bewegung wie der Sturz einer Sandlawine. Der Rumpf, wo mochte der Rumpf sein. Die Arme, wo mochten sie sich, bis zu welcher Höhe sich erheben. Keines Kopfes schien diese Masse, diese Wolkenwand zu bedürfen. Ihr Anblick so erschütternd, Zungen lähmend. Kein Ich konnte hier bestehen bleiben, tiefste Bewußtlosigkeit strömte die Masse aus.

Gekauert auf einer beblümten Bodenwelle, die eigenen Kniee mit den Armen umschlingend, mitten im fahlen Grün ein junger bärtiger blasser Mann. Im Purpurmantel, eine Kaiserkrone auf dem rotblonden dünnen Haar, so von Brillanten blitzend, daß die Wiese weithin schimmerte; die Finsternis durchbrochen von diesen furchtbar einsamen Blitzen. Die Krone im Nächtigen schwebend wie eine Ampel an unsichtbaren Ketten. Er trug die Kaiserkrone der irdischen Welt, er hatte sie niemandem zurückgelassen in der Welt. Öfter nahm er sie ab, während er sich nach rechts und links schaukelte. Die zarten durchbluteten Hände wie in glühende Asche getaucht, glücklich sein Gesicht, vor der Brust hinter den beiden Goldspangen raschelte das verwelkte Sträußchen Magdalenens.

Einmal trug er nicht diese Krone. Einen sommerlichen Mantel von Veilchenfarbe hatte er an, die Haare fielen ihm knabenhaft über die unruhige Stirn auf den bloßen dürren Hals, in den von Wirbeln durchfurchten Nacken. Seinen Nacken hielt Maria mit beiden weichen Armen umschlossen, während sie kniete und ihr zerknüllter Mantel losgelassen rückwärts über Fersen und Fußsohlen fiel; Helligkeit einer Morgendämmerung ging von ihr aus. Sie knieten nebeneinander, stierten abwärts, stierten die Erde an. Die Erde geöffnet, die Länder rauchten. Jesus weinte, Maria konnte ihn nicht besänftigen. »Wie wäre ich dein Sohn, Maria«, atmete er, »wenn ich mich beruhigen könnte.«

Sie trocknete ihr Gesicht, ihr bernsteingelbes langes Haar knotete sie über Stirn, Augen und Nase, Mund, glitt blind gegen das ferne furchtbare Schweigen. Unter dem kalten Hauch warf sie sich hin. Dumpf die Haare zerbeißend, barmte sie wie schon tausendmal um die Erde. Kein Laut. Schärfer, schneidend die Kälte. Sie wich.

Als Jesus die Mutter kommen sah mit dem ungeöffneten Gesicht, weiße Blasen über den Armen, die Hände glanzrot gequollen, der Mund mahlend, schob er ihre Haare in die Höh, rieb sie warm, Gesicht an Gesicht. Hob ihre Hände von seinen Schultern ab. Maria sprach kein Wort, lag allein mit dem Gesicht im Gras.

Der Vater ließ ihn gehen, noch nie hatte der Sohn mit solcher Inbrunst den glasharten Boden zu seinen Füßen geküßt.

Und dann geschah das Unerhörte, daß Jesus verschwand aus dem Himmel, dem Ungeheuren aus den Augen verloren, Maria verzweifelt geworfen auf den Rücken zweier Wildgänse, damit Gott ihr Schreien nicht hörte vor dem Geschrei der Vögel. Sie ging ihn suchen über die Länder, lief, lief, die Gänse trugen sie über das Wasser, sie fand ihn in Palästina. Klein, in einen graugrünen Rock gekleidet, in armseligen Sandalen kroch er zwischen Tagelöhnern, Handwerkern, ein rötlicher Spitzbart nach vorn umgebogen war ihm gewachsen, seine Augen so strahlend blaßblau, daß man sah, diese Augen konnten niemals weinen. Maria schrillte vor Entsetzen, als sie ihn an dem mageren Hals, langsamen Schritt erkannte, daß es bis über die Berge nach Akkon und bis über das Meer nach Rhodos Lydien Chios gehört wurde.

Und das ungeheure Wesen oben, aus überweltlichem Sinnen durch ihr Stöhnen geweckt, erkannte dort im syrischen Land den Sohn, der die hinsinkende Frau bei den Schultern hielt. Ihn hungerte plötzlich auf nach dem Anblick. Seinen Rumpf warf er tief vor, daß ein Krachen erscholl, Bersten, Splittern eherner Gebirge. Was sagte dieses Stöhnen? Hatten sie die Göttlichkeit satt, wollten sie Menschen werden, trieb es sie nach neuen Gelüsten? Es schwälte um ihn, der Zorn rauchte über seine Brust, er fühlte sich gezwungen, wegzublicken, seine Schulter schob sich zurück.

Die berieselten Ebenen, Männer, Straßen, Alleen tragend, verbrannte Berge, Täler versenkend mit schwarzen Waldungen, hinunter schiebend gegen die Flüsse, grüne Olivenhaine, Weidenpflanzungen, Felder mit Mais, starrem Zuckerrohr. Warme

Luftströme über den Flächen, am heißen galiläischen Meer Heu in Stapeln. Unter den Gehetzten der Ebene Maria. Sah sich blind an ihrer Bosheit, Niedrigkeit, an ihrem Gram, ihrer Betäubung. Das Lager bereiten, abnehmen, Gebete gießen über die verkrampften Herzen. Römer trunksüchtig des Morgens mit harten Schritten über die eroberten Straßen klirrend, die Tunika wallend, hohe Schnürschuhe, nackte Kniee, Verachtung um die leeren, glatten Lippen. Schlaue schwarze Phönizier aus flachen Galeeren vom Meere aufgestiegen, feilschend mit Mastiks, steifen Brokaten, losen Seidenstoffen. Ausgesogene scheue Judäer. Klagende mit Aussatz. Heran Menschenherden, unter griechischem Geschrei vom Libanon getrieben, Rudel sanfter Knaben, plattgesichtiger Mädchen, Tataren, Slovenen vom schwarzen Meer, unter Peitschenhieben, Stockschlägen hinüber auf die Sklavenschiffe.

Als Jesus die Männer auf den prächtigen Seidenschuhen sah, gesalbt die Haare, Bärte mit Goldfäden durchflochten, als die Frauen summend die Tempelstufen herunterstiegen in bunten langen Gewändern, anschmiegenden Geweben, hängenden weiten Ärmeln, schenkte er seiner Mutter ein rosenrotes vielfaltiges Kleid mit Brokatgürtel und einer gläsernen Schnalle, darüber legte er einen meergrünen Mantel mit Goldborte, blumenbestickt, hermelingefüttert, zwei Perlenschließen hielten ihn über der Brust zusammen; der hauchartige Seidenschleier, von der dünnen Stirnspange gehalten, bauschte sich fein neben den angeglühten Wangen vor den bittenden Lippen. Sie warf die Kleider, Perlen, Gürtel geklumpt von sich vor die Kinder. Denn er selbst, der eingeborene Sohn Gottes, der sich verleugnete, dachte an nichts als Suchen unter Sklaven, Bettlern, Kranken, Reichen, Gelehrten. Er blickte ihnen unter die Augen. So weit vergaß er sich, daß er Tote erweckte, die doch schon glücklich waren, daß sie ihr Schicksal von der Erde hinweggerafft hatte, Tote noch einmal zu diesem Leben, als hätte er ein ganz neues Dasein für sie vor. Er schien eine neue Welt schaffen zu wollen unter den Menschen, den Überwucherten, ein Umschöpfer, Gegenschöpfer.

Die Erregung wuchs in dem Himmlischen oben. War dies eine Verschwörung wie vor grauen Zeiten? Schon rieselten, drehten sich die grauen Massen, das Metall kräuselte, hob sich, rollte ab in bläulich flammenden Spiralen. Im Grimm hielt er an sich, es sollte sich alles bis zu Ende erfüllen.

Es geschah, wie er gefürchtet hatte. Hier wollte jemand die

Menschen umgießen, gegen ihn, gegen Gott. Maria und Jesus liefen Arm in Arm über die Länder, schienen nicht zu wissen, von wo sie stammten, nur die göttlichen Mächte, die in ihnen wohnten, zu verschütten. Was hat Syrien in jenen Tagen gesehen, welche Flammen hauchten Menschen, Tiere, Pflanzen an.

Und wie die Bitterkeit in Gott wuchs, wurde Jesus stiller. Er veränderte sich, es legte sich über ihn die sonderbare Ruhe, mit der Maria nicht fertig wurde, so daß sie sich mitten im Glück an jenen Abschied erinnerte im Himmel, an die tiefe Inbrunst des Abschieds Jesus' von seinem Vater. Die Angst wurde sie nicht los, wie sehr er sie beruhigte. Er schenkte ihr neue Perlenschuhe, liebkosend bat, drängte er sie, ihn seine schmutzigen Wege allein treten zu lassen.

Und da wurde ihm plötzlich über Nacht klar, unter einer Sykomore zwischen seinen schlafenden Begleitern hingestreckt, während die funkelnden Gestirne langsam über die schwarze Himmelswölbung hinaufstiegen: daß sie ihn nicht wollten, die Menschen, daß sie ihn nicht mochten, seine Liebe nicht, Marias Liebe nicht. Und daß er sie reizte, weil er nicht von ihnen ging.

Seine Ruhe wurde tiefer; als der Tag kam, ließ er nicht ab, zu tun wie vorher. Er reizte sie weiter mit Plan, oh er war kein Rebell, er wußte, daß hier für Liebe kein Platz war, er hatte etwas anderes vor. Maria flehte ihn an, sein menschliches Kleid von sich zu werfen. Und jäh war er enthüllt, als er im Regen bei Galiläa auf einem Weinberg sie an die Brust zog und sagte: »Könnte ich es, wäre ich dann dein Sohn?« Sie warf sich hin, zerriß ihr Gesicht. Sie verließ ihn, fuhr zum Himmel, in die Nähe des Ungeheuren suchte sie zu dringen, seine Schulter zu berühren um Beistand. Aber der Himmlische war nur glücklich über ihr Weinen; diese war keine Abtrünnige und war zu tief gespannt. Denn er fühlte, sein Sohn begann auf Erden zu ihm zu sprechen. Er fühlte, was dort geschah, wessen sich sein Sohn unterfing, geschah für ihn, und daß es für ihn war, was er dort sprach, so wie der Sohn zum Vater spricht, ehrerbietig und stolz, selbständig, Gottes Sohn zu Gott dem Vater. Wie Jesus nicht nachließ. Wie er seine Mutter tröstete, die sich entsetzt von den Menschen abwandte, die Menschen zu erweichen suchte, sich vor ihr Kind stellte, klagend. Er beschwor sie, er gebe nicht nach. Sie weinte über die Menschen hin, dies sei ein Gott, ihr Sohn, der sich verleugne. »Ich hab es nicht gewollt«, schrie sie, »dies gab ich dir nicht auf den Weg.« Sie faßte ihn bei der Hand, zerrte ihn vor die Strafhäuser, zeigte ihm die schmerzgeborstenen Gefangenen, Pein, Marter der Richtstätte. Er lächelte. Das Volk höhnte über den Gott aus dem Fischerdorf Palästinas, es gebe schon zu viel Götter. Er ging seinen Weg. Keinen Finger bewegte der Vater.

So tief hatte Jesus den Schmerz nicht vermutet, wie der ist, den Menschen erleiden können, den er an dem Querbaum vor dem Stadttor erlitt. Der Vater, in einer Lähmung willenlos, konnte nicht wegsehen. So tief war Jesus Mensch geworden, daß er aufschrie, am Holz hängend: »Vater, hast du mich verlassen?« Und doch nicht nachgab und nicht die göttliche Maske über sein Gesicht zog. Sein Mund vertrocknet, die abgedrehten Augen fischweiß überhäutet, sein Leib aufgerissen. Es war nicht nur das Leuchten am Himmel, das schwefelgelbe, das anzeigte, Gott habe sich bewegt.

Jesus fuhr auf zum Himmel, mit Schrecken sahen es, die ihn angenagelt hatten. Über den Fuß Gottes lag er gekrümmt, zertrümmert, eine weiche Masse. Der Himmel und die Ewigkeit hatten nie solchen Augenblick erlebt wie diesen.

»Ich habe dich nicht verlassen«, tönte es in seinen Ohren. Er röchelte aus der Erstarrung auf, sank schwer zusammen. Goldene Blicke auf seinen blutrünstigen gebeugten Schultern, entfleischtem Schädel, durchlöcherten Armen. Heftiger atmete er, lächelte betäubt in die Steine hinein, weinte, streckte sich lang hin. »Maria«, seufzte er, »meine Mutter.« »Ich habe dich nicht verlassen«, tönte es. Er schloß die Augen. Er wußte, die Menschheit konnte gerettet werden.

Der Ritter Blaubart

Hinter der dünnen Birkenreihe, welche die Stadt von Norden her umsäumte, zog eine wellige Ebene nach dem Meere zu, wenig mit niedrigen Kiefern und Strauchwerk besetzt. Kein einziger Weg führte aus dem Durchbruch der Stadtmauer nach dem Strand, der kaum zwei Stunden entfernt war; eine Kleinbahn fuhr in weitem Bogen um die Einöde herum an das Wasser. In vielen Senkungen der Ebene stand der Sumpf, schwarz und steif wie Leim; Ratten und Kröten hausten hier; öfter stieß ein Häher durch die dicke Luft und schlug ein Weichtier an.

Wo sich die Hügelreihe am stärksten erhob, ragten quadratische und unförmige Steinblöcke scharf auf, Reste verwitterter Klippen. Das Meer hatte sich früher über das Land gestreckt; jetzt lag die Ebene verstört und frostig da; Meer und Erde wandten sich von ihr ab.

Diese Fläche war vor langen Jahren auf eine sonderbare Weise in den Besitz eines Barons Paolo di Selvi gekommen. Er war von einer Weltreise durch den Sund in diese See gesteuert, um in der Stadt den Vater seines ersten Bootsmannes zu besuchen, der unter dem Äquator dem Schwarzwasserfieber erlegen war. Er stieg ans Land, sprühend von Laune, träumerisch, eroberungssicher. Breitschulterig ging er mit den leicht gebogenen Beinen des Reiters über die Anlegebretter. Der Wind pfiff scharf an dem Morgen und warf ihm die schiefsitzende Kapitänsmütze mit einem glatten Schlag ins Wasser, so daß er barhäuptig und lachend unter seinen Leuten stand, die das böse Omen entsetzte. Seine Augen waren etwas schräg gestellt, dicht an der Nase, die klein und stumpf war und mit ihrer Wurzel tief einsetzte. Die klaren hellgrauen Augen stimmten schlecht zu dem Mund von mädchenhafter Weiche, zu der Sanftheit seiner Stimme. Er ritt auf einem schwarzen Hengst hinter einem Maultiergespann den weiten Umweg nach der Stadt; zwei Truhen schleppte man zu dem alten Manne, den er suchte, eine mit Andenken und allem Nachlaß des Bootsmannes, die andere mit japanischer Seide, indischen Perlen und Juwelen, mit sibirischem Pelzwerk. Kaum zwei Stunden blieb er in der Stadt, dann trabte er pfeifend und lachend allein zurück, unbekannt mit der Gegend, den kurzen Weg durch die Ebene. Es ist nichts bekannt über die Geschehnisse in der Ebene an dem Mittag. Der Baron muß schon am

Eingang des Gebietes vom Pferd abgesessen sein und sich allein durch den Sand und Morast gemacht haben. Beim nächsten Morgengrauen fand man den Vermißten besinnungslos auf der Klippe liegen, lang auf den Rücken ausgestreckt, über und über mit Tang und Lehm bedeckt, das Gesicht eigentümlich geschwollen, glühend, mit Bläschen, wie verbrannt, auch an der rechten Hand und dem Vorderarm löste sich die Haut in Fetzen ab. Man lagerte den ohnmächtigen Mann auf eine Bahre, trug ihn schräg über das Brachland auf die nächste Chaussee, wo man einen Heuwagen requirierte und in die Stadt fuhr. Die Wundflächen heilten in einer Woche. Der Baron wußte nicht, was ihm geschehen war. Nur die Krankenschwestern berichteten, daß seine Augen gegen Abend einen leidenden, entsetzten Ausdruck annähmen, daß er den rechten Arm zur Abwehr in die Höhe hebe und trostlos wimmere. Als er völlig genesen war, schenkte er die Jacht seinem ersten Steuermann, entließ seine Leute und zog in die Stadt.

Zuerst bewohnte er ein Haus im Süden der Stadt, ganz im Freien liegend; viele Singvögel umgaben ihn; er pflog mit keinem Menschen Verkehr. Nach einigen Monaten zog er an die Stadtmauer in eine ganz alte Wohnung, die einen weiten Blick auf die dunstige Heide gewährte. Auf der Stadtmauer spazierte und saß der völlig veränderte unzugängliche Mann oder ritt die Chaussee langsam nach dem Meere zu. Bis er nach fast Jahresfrist frühmorgens durch die Straßen der Stadt ging, auf dem Marktplatz nach einem Baumeister fragte und diesen mit kurzen Worten beauftragte, ihm in der Heide auf der höchsten Anhöhe um die Klippe herum ein Wohnhaus zu bauen. Der Baumeister brauche sich nicht zu beeilen, sagte er, indem er die Arme verschränkte; es solle ein Schloß werden, heimlich und weitläufig, mit vielem festlichen Schmuck; denn er wolle in sechs Monaten seine Gemahlin heimführen.

So zogen die Wegebauer in die Heide, stampften von der Chaussee einen sicheren Nebenweg nach der Klippe. Die Maurer fuhren lärmend an; sie planten den Hügel ab, gruben die Pfeiler ein und umbauten den Felsen, der sich bis zum ersten Stock des Hauses erhob und frei in die Zimmer ragte – ein weites gedehntes Gebäude aus grauem Kalkstein mit bunten Kirchenfenstern, zierlichen Türmen. Mitten in der Einöde erhob sich das Schloß, ein Gelächter der Bauleute, ein Kopfschütteln der Städter.

Knapp einen Monat, nachdem die Wände, Zimmer mit Kostbarkeiten erfüllt waren, führte der Baron eine fremde junge Frau in sein Schloß. Sie erschien einmal im Theater der Stadt, die Portugiesin, ein braunes kindliches Wesen, das nicht vom Arme des Mannes wich; der lachte wieder wie früher und bezauberte alle. Sie tanzten an dem Abend im Bürgersaal. Der Baron spitzte seinen Mund und pfiff im Tanz; er strich den braunen Vollbart und zeigte spottend die Brandnarben auf seiner rechten Hand. Das zweite Mal, daß man von der Portugiesin hörte, war eine Woche später, als ein reitender Bote nachts vom Schloß herjagte, dem Arzt die Türe einschlug, ihn nach der Heide schleppte an die Leiche der jungen Frau. Sie lag mit blaurotem Gesicht im Nachtkleide auf dem dunklen Korridor vor ihrem Zimmer. Neben ihr brannte noch die Kerze, mit der sie wohl aus der Türe gestürzt war. Der Baron folgte dem Arzt mit starren Augen; keine Frage beantwortete er, keine Miene verzog er. Aus den Worten einer schluchzenden Zofe hörte der Arzt von dem alten Herzleiden der fremden Frau; er knöpfte seinen Pelz zu; sie war einer Lungenembolie erlegen.

Nach drei Wochen erschien der Baron wieder in der Stadt; man lud ihn zu den Gesellschaften ein. Oft und öfter ritt er in die Stadt, er fuhr zur Jagd, beteiligte sich an Kampfspielen und Rennen, saß abends beim Wein und erzählte von seinen Fahrten und Abenteuern. Lange Zeit sah man ihn lustig, schwärmend und träumerisch, mit den Soldaten und Seeleuten der Stadt, er fuhr eines Märztages mit zweien von ihnen wieder in See. Es kam nach einem halben Jahr etwa ein Brief von ihm an bei dem Verwalter seines Schlosses, daß die Wohngemächer grün auszuschlagen und grüne Läufer zu legen seien, und daß im Damenzimmer Orchideen gesetzt werden sollten.

Rund acht Monate nach seiner Abfahrt kehrte er zurück. Wieder führte er eine junge fremde Frau auf sein Schloß. Diese hat kein Städter gesehen. Eines Morgens lag sie in schwarzem Reitkleid, den Schleier vor dem stolzen weißen Gesicht, eine Gerte in der Hand, tot auf dem Hof des Schlosses.

Im Volk, bei den Schiffern und Vorstadtarbeitern, munkelte man, wenn der finstere Baron in seinem schwarzen Ledermantel vorüberritt; die Kinder schrieen vor ihm auf, warfen kleine Steinchen nach ihm, schossen mit dem Katapult auf seinen Hengst.

Die Tochter eines Ratsherrn, ein schmächtiges hellblondes Mädchen, sah ihm vom Fenster aus nach. Ihr traten Tränen in die taubengrauen Augen, wenn die Männer ingrimmig von dem

Geschick des schwarzen Ritters sprachen; sie weinte in ihrem Zimmer um ihn und war eines Tages auf seinem Schlosse und wurde seine Frau. Alle angstvollen Beschwörungen der Verwandten konnten dies nicht verhindern. Scharen von tobenden Menschen wälzten sich über den dunklen Weg nach dem Schloß, noch ehe ein Monat verstrichen war, als man die Leiche des süßen Geschöpfes eines Abends an dem Mauerdurchbruch fand. Die Polizei umringte das Schloß zum Schutz, der Baron wurde in Haft genommen. Das Gericht verfügte die Exhumierung der beiden ersten Frauen, die genaue chemische Analyse der drei Leichen auf Giftstoffe. Die Untersuchung blieb ergebnislos. Der Baron wurde auf freien Fuß gesetzt, das Volk streckte ohnmächtig die Hände nach ihm aus und wollte ihn zerreißen, als er, seinen Revolver in der rechten Hand, langsam, höhnisch lachend nach der Heide hinausritt.

Von nun an mied er die Stadt völlig. Er hauste allein in der Heide; nur sein Reichtum hielt die Dienerschaft im Schloß zurück.

Da landete eines Tages eine kleine Jacht vor der Stadt. Ein silbernes Horn blies über die Heide; Miß Ilsebill kutschierte ein Schimmelgespann durch die glatte Chaussee nach der Stadt. In dem Gasthof am Markt logierte sie sich ein. Sie fragte den Wirt nach dem Baron Paolo und seinem verrufenen Schloß; sie fragte zum zweiten, ob jetzt noch eine Frau bei ihm wäre; sie fragte zum dritten, wo sie ihn sehen könne. Bei den Rennen, die morgen in Stirming, dem Vororte, stattfänden.

Frühmorgens rüstete man das Gespann; der Groom stieg auf den Bock; auf dem Polster schaukelte Miß Ilsebill.

Die schnurgraden Alleen herunter sausten die Wagen, die Automobile; sie lenkten in weitem Bogen vor das Portal der Rennbahn. Der Himmel war stahlblau, es wehte eine sommerliche Luft. Die Menschen drängten auf die Rennbahn, sie füllten die Tribüne vor dem weiten grünen Rasen; der Lärm der Stimmen und Gefährte brauste, ein Riesenvogel, über die leere Fläche.

Die Miß fuhr zuletzt, kurz vor dem Start, am Sattelplatz vor. Zwei sanfte Schimmel zogen den offenen, blau ausgeschlagenen Wagen durch den knirschenden Sand. Sie stieg aus, im blauen wallenden Samtkleide, eine weiße Feder wehte in den bloßen Nacken; sie glitt durch die hölzerne Sperre auf ihren Platz. Sie hatte eine gelbweiße Haut, ebenmäßige Züge. Ihre tiefschwarzen Augen schlüpften zögernd über die Menschen und Gegenstände, wie ein schleimiger Schneckenleib, ließen eine Spur. Sie saß lächelnd da und kaute Schokolade.

Baron Paolo lehnte an der Stange; er sah mit Vergnügen die weißen Pferde antraben, hielt seinen weichen Filzhut zum Schutz über die spähenden Augen. Als die weiße Straußenfeder steil in dem Wind sich aufstellte, ging er die vier Stufen der Treppe hinunter, schob sich seitlich durch die Menge und trat vor Miß Ilsebill. Er hob die hohlen Hände wie ein Araber auf; beugte seinen Nacken vor ihr. Sie erschrak und lachte dann. Kalvello hieß der Favorit. Das braune schlankbeinige Tier jagte lässig hinter dem Rudel her; schon waren zwei Runden um, die Entscheidungsstrecke kam. Miß Ilsebill ließ das Silberpapier fallen, stützte das feste Kinn auf die Hand, jauchzte über die gebundene Ruhe des Pferdes. Sie waren dicht am Ziel; da legte sich der blauweiße Jockey dicht an das Ohr des Pferdes, flüsterte »Kalvello, ho, Kalvello«. Das Tier senkte den Kopf, flog in vier Sprüngen hin, siegte. Sie strahlte. Der Lärm der Menge rauschte über sie. Kaum das Hürdenspringen vorüber war, stand sie auf und lud den schweigenden Mann zu einer Spazierfahrt mit ihr ein. Während sie durch die Wälder im Süden der Stadt fuhren, sagte er, daß er der Baron Paolo di Selvi sei, daß er durch sein Geschick hierher verschlagen sei und drüben in der Heide wohne. Sie erzählte, sie wäre Miß Ilsebill; er hätte auf seinem Heideschloß drei Frauen verloren, und sie traure über sein Geschick. Worauf er einen trüben Blick auf sie warf, den grauen Kopf senkte; der Groom aber riß die Schimmel herum; sie fuhren die Chaussee zurück auf den geraden Weg zur Heide. An der Wendung zur Schloßallee verengerte sich der Weg. Paolo nahm dem Kutscher die Leine ab. Die Pferde sträubten sich. Er stieg aus und riß sie vor. Unter Peitschenhieben zogen sie an, sie schnaubten und wollten durchgehen, aber er hielt die Leine straff.

Prunkend stand in der Wüstenei das graue Schloß; über dem Dach des Damenflügels ragte die Spitze einer weißen Klippe. Paolo saß aufrecht im weichen Hut, eingefallen waren seine braunen Wangen und seine Schläfen, seine schräg gestellten grauen Augen blickten leer, nur sein Mund war rund und weich und sehnsüchtig wie immer. In der Dämmerung kamen sie vor sein Haus. Am Portal gab er ihr zum Abschied die Hand. Miß Ilsebill stieg aber aus und bat sich bei ihm zu Gaste auf ein paar Tage; sie wollte ihn pflegen und mit schöner Musik erheitern. Sie bezog die Zimmer des Damenflügels.

Sie ritten morgens und mittags aus; Ilsebill sang und spielte vor ihm in den Gemächern. Sie trug bunte und nixengrüne Gewänder; in ihren Augen war ein weißes Schimmern, wenn sie auf den Teppichen tanzte; ihr schwarzes Haar hatte sie in Zöpfen gebunden, die sie mit den blitzenden Zähnen festhielt. Paolo lag stumpf auf den Polstern, rauchte und hüllte sich in Dampf, später warf er sich auf den Teppich, sah ihr neugierig aus seinen hellen Augen zu, hörte sie summen zu der Guitarre, in die ihre Dienerin griff. Seine Stimme wurde heller, sein Gang rascher. Und als sie einmal auf dem Balkon standen, brach sie in ein ungefüges Weinen aus; sie wollte wissen, was es mit ihm sei, sie wollte ihm helfen. Er aber nahm ihre beiden gelbweißen, heißen Hände, legte sie auf seine Stirn, indem er die Worte eines fremden Gebets flüsterte; sie hing an seinem Hals, während er entsetzt bebte und lauter sprach und schrie, was sie nicht verstand. Schon war er wieder still und sanft, geleitete Miß Ilsebill in ihr Zimmer. Und am Abend schlich sie sich, indessen der Baron im Herrenflügel schlief, allein trotzig und finster an die Tür des verschlossenen Zimmers, in das die Klippe hineinragte. Sie rüttelte an dem Holz, sie stemmte sich seufzend mit der Schulter an; das Schloß hielt fest. Da nahm sie das goldene Kreuz vom Halse ab, flehte die Mutter Gottes um Hilfe an, fand am Fuß der Tür einen Riegel bloßliegen, schob ihn, den Finger einschlagend, in die Höhe, mit schwerer Mühe, so daß ihr Arm schmerzte.

Lautlos sprang die Türe auf; Miß Ilsebill, die zarte, in ein schwarzes Tuch geschlagen, hob die Kerze: es war ein schmales, freundliches Gemach, mit zärtlichem Frauentand die Tischchen und Wände bedeckt; der rohe zackige Felsen bildete die breite Hinterwand; er schattete sonderbar in dem unsichern Lichte; in seiner Nische, über dem Boden, stand das grünbezogene Nachtlager, zu dem zwei Stufen führten. Miß Ilsebill tänzelte freudig über den dicken Teppich, warf ihr Tuch ab, sog den schwachen Blumengeruch ein, zündete zwei Ampeln an und war in dem heimlichsten Zimmer. Die grüne japanische Seide hing von der Decke herab, Bilder und Tapeten lächelten ruhevoll und sanft, auch die sonderbare Klippe schimmerte wie ein spielerischer, phantastischer Einfall. Sie legte leise die Tür an, sprang auf das Lager, lag träumend stundenlang, schlüpfte frühmorgens wieder durch die Korridore auf ihr Zimmer, nachdem sie das Licht gelöscht, sorgfältig den schweren Riegel herabgeschoben hatte. »War nichts geschehen, ist mir nichts geschehen«, sagte sie glücklich vor sich hin; glitt nun Nacht für Nacht hinüber in das Felsenzimmer, dort zu schlafen. Des Tags aber fand Miß Ilsebill kein Ende des Plauderns, Singens und Lockens vor dem versunkenen Manne. Aus ihren tiefschwarzen schlüpfenden Augen schlug öfter ein greller Blick zu ihm, und als sie einmal unter den fünf raschelnden Schleiern vor ihm getanzt hatte und er lachend über ihre tollen Sprünge ihre Handgelenke hielt, warf sie ihre Schönheit vor ihm hin und bettelte an seinem Hals: »Ich bin Ihr Eigen, Paolo.« »Sind Sie das, Miß Ilsebill? Sind Sie das?« Und sein Blick war nicht grell und heiß, sondern derart schwermutsvoll, fragend und ohne Trost, daß sie von ihm abwich, die Schleier um sich warf und aus dem Zimmer schlich. Er umgab sie aber mit so viel stiller Ehrfurcht, daß er die blaßwangige Ilsebill ganz in staunendes Glück versenkte.

Auf ihren Streifzügen durch die Wälder trug der schwarze Ritter sie oft auf den Armen und betete, manchmal in die starken Kniee sinkend, in fremder harter Sprache. Sie hob nie die Lippen zu seinem Munde, nur selten nahm er ihre gelbweißen Hände und preßte sie an seine Stirn. Welche Kleider trug Ilsebill mit den feinen Knöcheln? Wieviel Zöpfe hingen aus ihrem blauschwarzen Haar? Grüne Kleider, wie die Seide in dem Felsenzimmer, trug Miß Ilsebill; grüne Blätter lagen auf ihrem Haare und waren eingeflochten in drei dichten Zöpfen. Miß Ilsebill und Paolo spielten und jagten zusammen, sie saßen oft am Meere, sie träumten zu zweit. Paolos Augen sprühten.

Eines Mittags sagte sie ihm, daß sie ihn um etwas bitten möchte. Und als Paolo freundlich fragte, biß sie sich auf die Unterlippe und meinte, daß sie ihm etwas sagen müsse. Ob es nicht zweckmäßig wäre, wenn sie einen Arzt kommen ließen aus der Stadt; sie glaube, sie sei etwas krank. Paolos Lippen wurden schneeweiß, er atmete schwer mit geschlossenen Augen: was ihr denn fehle. Sie höre immer, fast immer ein leises Scharren. Es sei ein Geräusch, ganz weit entfernt, ein gleichmäßiges Streifen, Rieseln und Scharren, gleich als liefe ein Tier über Sand und bliebe immer wieder schnaufend stehen. Es sei so fein, daß es ihr oft wie ein Pfeifen klinge. Er stand am Fenster und blies gegen die Scheibe, fuhr mit rauher Stimme heraus, es sei kein Arzt not bei solcher Krankheit; sie müsse sich zerstreuen; sie müsse jagen, reisen; am besten, sie ginge fort von hier. Da lachte Miß Ilsebill aus vollem Halse und sagte, ihre beiden Pferde seien nur schwer den Weg hierher gelaufen, und jetzt, wo fände sie Pferde, die sie zurücktragen würden ohne ihn. Der untersetzte Mann hatte sich umgedreht, seine Stirn lag in Falten, sein mageres Gesicht glühte, er klagte heiser: sie solle gehen, sie solle gehen, sie solle gehen, er wolle sie doch nicht; er wolle kein Weib und keinen Menschen und nichts; er hasse sie alle, die höhnischen, sinnlosen Wesen; sie solle gehen, oh, sie solle gehen. Ein Messer wolle er ihr gleich geben, damit solle sie sich ihre Krankheit aus dem Herzen schälen. Wie Miß Ilsebill mit schaukelnden Hüften auf ihn zuging, kam er auf sie zu gewankt, taumelnd wie ein Kind, sah sie an derart schwermutsvoll und ohne Trost, daß sie sein Haar streichelte und in fesselloses Schluchzen ausbrach, als er an ihrer Brust zitterte. Sie stellte keine Frage an ihn; sie nahm heimlich einen Dolch von der Wand, versteckte ihn unter ihrem Kleid.

Miß Ilsebill ging nun in ihrem dünnen Kleid oft allein aus, sie streifte bis an die Stadtmauer, brachte Paolo seltene Muscheln, blaue Steine mit, auch streng duftende Narzissen, die er liebte. Und auf einem Wege sprach sie in der Vorstadt einen alten Bauern an, der erzählte, der Baron habe sich mit Leib und Seele einem bösen Untier verkauft. Das läge aus Urzeiten auf dem alten Meeresgrunde, dort auf der Heide; in der Klippe hause es und brauche alle paar Jahre einen Menschen. Es klänge wie ein Märchen und sei doch wahr. Wäre nicht bei den Frauen jetzt die Unzucht und Gottlosigkeit so groß, so wäre der arme Ritter längst befreit von dem Tier. Sie hörte es mit Glück, denn sie wußte es schon lange.

Sie spielte auf ihrem Zimmer mit Eidechsen, die sie fing. Als Paolo sie einmal unter Lächeln klagen hörte, sie suche im Grunde nur nach dem Tier, das so laut scharre und murre und raschele, meinte er nach einem langen, schüttelnden Gelächter, er wolle einen Dichter einladen, den er kenne in der Stadt, der solle sie mit Märchen und seltsamen Geschichten unterhalten. Es sei ein seelenkundiger Mann.

Am nächsten Mittag spazierte über den breiten Hauptweg der Dichter auf das Schloß; sie saßen zu dritt bei Tisch. Dann lud Paolo ihn ein, den Arzt zu spielen bei Miß Ilsebill und ihre Schwermut zu beheben; denn es scheine ihm eine Art Schwermut zu sein, was in ihr scharre und raschele und sie zu verschlingen drohe. Der Dichter sprach mit ihr auf ihrem Balkonzimmer; es war ein schlanker junger Mann mit langen Armen und mit freien Bewegungen. Er fuhr über sie mit herrischen Blicken, sie lachten zusammen, über ihre Bilder gebückt. Er bat sie, sie möchte tanzen, als schon die Lust dazu in der Wilden erwacht war; sie tanzten zusammen unter Ilsebills letztem Schleier, und die Entfesselte sprang mit ihm auf den Balkon und lachte mit einmal über das Schloß und den Sumpf und die scharrenden Tiere. Sie krümmte sich über das Eisengitter, schrie ihr Gelächter über die dämmerige Heide hin. Wahnsinnig, ja wahnsinnig wäre sie, eine Leiche bei lebendigem Leibe. Mögen alle vorsintflutlichen Drachen ausbrechen und Paolos Glück morden: sie kenne nur ein Tier, das ausbrechen wolle, und das sei sie selber. Sie streckte ihre runden Arme über sich, rief das Meer an, sie wolle wieder fort, sie wolle reisen und wandern und wolle immer lieben und immer küssen. Und eh die Dunkelheit einbrach, ging der Dichter fort; trällernd riß sie ein grünes Blatt aus ihrem Haar und steckte es zwischen seine Lippen.

Kaum war es finster im Schloß geworden, da warf sich Miß Ilsebill ihr schwarzes Tuch um, nahm noch mit glühenden Wangen eine Kerze in die Hand und belud ihren linken Arm mit zwei Scheiten Holz: sie wollte zum Schluß die Felsenkammer in Brand stecken und dann in Nacht und Nebel verschwinden. Auf dem Meer wartete schon die Jacht, die der Dichter zur Flucht besorgt hatte. Den dunklen Gang keuchte sie hin; aus dem Dunklen, ihr entgegen, kamen Schritte. Die Scheite ließ sie über die Kniee leise zu Boden gleiten; es war Paolo, der sie nicht fragte, ihre Kerze sachte an den Boden stellte und sie zärtlich, ohne zu sprechen, streichelte über Haar und Hände. Die schwarzen Augen Miß Ilsebills schlüpften nicht fort von seinen, die voll Teilnahme blickten und einen erschreckenden Trost spendeten, schlüpften nicht ab von der ruhigen Aufgeschlossenheit seines heiteren Gesichts. Seine schräggestellten Augen strahlten über sie gar eine Dankbarkeit, sein Mund näherte sich zum ersten Male ihren Lippen und küßte sie. Er sagte, er ginge noch heute in die Stadt. Sie kauerte auf dem Gang, die Kerze war erloschen, eine unbezwingliche Angst schüttelte ihre Schultern. Sie hielt das Kreuz in beiden Händen hoch, sie richtete sich auf, die Scheite ließ sie liegen; sie mußte über den Gang, sie mußte nach der Tür, sie mußte in die Kammer. Hart war ihr Gesicht, dann verzerrte es sich hilflos. Unter dem Kreuz schleppte sich Miß Ilsebill, weinend und sich kasteiend. Den Riegel schob sie hoch. In der Kammer ging sie händeringend auf und ab, schlug sich die Brust, schlummerte auf dem weichen Teppich ein.

Im Traum hörte sie ein Scharren und Krachen, ein lautes Rufen von Männerstimmen: »Ilsebill, rette dich; rette dich, Ilsebill, Ilsebill!« Richtete sich auf. Kam aus dem Felsen eine blasende Flamme, ein brennender Mund her. Der Felsen sprang mitten auseinander, aus der Höhle strömte das Wasser, wälzte sich ein grauenhaftes Meeresungeheuer, eine Meduse mit zahllosen ringelnden Fängen; aus dem Leib schlug die zitternde, blaurote Flamme wie der Atem. Miß Ilsebill stürzte nach der Tür; die fand sie nicht; da schrie sie gell und wahnsinnig: »Paolo, Paolo!« Das Untier zischte nach ihr; eine lähmende Süße durchfloß sie; sie schlug in Todesangst gegen die Wand. Ein blanker Spieß hing da, sie riß ihn herunter, schleuderte ihn blind in die Flamme hinein. Halb umfallend fand sie die Tür, lief schreiend, mit den versengten Händen um sich schlagend, über die stummen Gänge; blieb vor ihrer Zimmertür liegen.

Bis an den grauen Morgen lag die stolze Miß Ilsebill. Als sie sich aufrichtete, löste sie mit starrer Ruhe ihre Schuhe und Strümpfe ab, band ihre Zöpfe auf, ging barhäuptig, in bloßem, dünnem Röckchen aus dem Hause, durch den Torweg nach der Stadt zu über die Heide bis da, wo die Birken stehen. Sie wandte sich nicht einmal um. Hinter ihr tobte es; vom Meere her kam ein Donnern und Bersten. Eine Springflut, eine meilenweite graue Wand durchbrach die Dämme und Deiche, setzte rollend und schäumend über die verwunschene Ebene, bedeckte wieder, was ihr schon einmal gehört hatte, dazu ein graues Schloß und viele schlafende armselige Menschen. Das furchtbare Wasser warf seine Wellen bis dicht an den Berg heran vor der Stadt, auf dem die Birken stehen. Ilsebill wanderte auf den Berg. Und wie sie zwischen den Bäumen ging, trat der Nebel in den Wald. Aus einem Baume, an dem sie betete und ihr Kreuz aufhing, trat ein feiner feiner Rauch, der süßer als Flieder duftete. Er legte sich um die wandernde Ilsebill, so daß sie eingehüllt war in die Falten eines weiten, duftenden Mantels. Sie sah keinen Schritt vor sich und keinen Schritt hinter sich; und als sie merkte, daß der Mantel der Mutter Gottes sie einhüllte, fing sie an zu weinen wie ein zages Mädchen. Rascher und rascher lief sie, aber sie stürzte bei jedem Schritt: »Ich möchte doch leben. Ach, liebe Mutter Gottes, laß mich doch die Blumen noch sehen, laß mich doch die Vöglein sehen. Ach, liebe Mutter Gottes, sei gut zu mir. Ich sehe – du bist gut zu mir, wie ich zu dir bin.« Ihre Lippen blaßten. Sie wurde dünner und dünner. Seufzend löste sie sich auf und verschwand in dem feinen Nebel, der über die Birken zog.

Schon hob sich die Sonne über dem Wasser, da trabte langsam ein schwarzer Hengst mit einem Reiter durch den Mauerdurchbruch von der Stadt her. Der Reiter ritt über den Berg, und wie er auf der Höhe stand, schäumte meilenweit vor ihm das graue, tobende Wasser, und kein Weg und kein Schloß. Er stieg ab, band das Pferd an einen Stamm, ging zwischen den Birken. Ein winziges goldenes Kreuz hing an einem Baum, um den ging ein süßer Geruch herum. Er zog den weichen Hut, kniete nieder und legte die Stirn an die Rinde: »Große Angst hast du uns beschert, holde Mutter Gottes; große Liebe hast du uns beschert, du holde Mutter Gottes.«

Die Städter sahen noch einmal den schwarzen Reiter an diesem Tage des Dammbruches durch die Stadt jagen. Dann hörte man nach vielen Jahren wieder von ihm, als die Kämpfe in Mittelamerika tobten. Als Führer einer Freischar gegen die heidnischen Indianer fiel er damals mit seiner ganzen Mannschaft bei einem heimtückischen Angriff.

Der berühmte Frauenarzt Dr. William Converdon in Boston erließ am 14. April eine Annonce in den ›Täglichen Nachrichten‹, in der er eine Sekretärin suchte. Er war durch seine Wahl zum Vorsitzenden der Gesellschaft für Gynäkologie mit Schreibarbeit übermäßig belastet worden; seine bucklige Haushälterin, der er seine Bedrängnis mitteilte, entschied sich dafür, eine Dame zu suchen; diese sei billig, vor allem leichter zu entlassen.

Am 18. April stellte sie ihm zum Schluß seiner Sprechstunde zwei Damen vor. Converdon drehte sich teilnahmslos auf seinem Stuhl um, nahm mit Kopfnicken die leichte Verbeugung eines scharfzügigen, schwarzen, intelligenten Fräuleins entgegen, richtete länger seine grauen kalten Augen auf das blonde Mädchen neben ihr, die ihm mit Erröten ihre Zeugnisse reichte. Wie er dann mit der Hand über sein breites Kinn fuhr, entschied er sich, ohne die Papiere zu öffnen, für die blonde, schüchterne, vollwangige, weil sie schöne Flechten trug und es ihn beunruhigen würde, ihre Reize auf die Straße zu schicken, und weil er hoffen konnte, ihrer rasch überdrüssig zu werden.

Bei Beginn der Diktate am nächsten Morgen empfand der hagere Mann eine Störung seines Gedankengangs durch die Anwesenheit des Mädchens. Er zögerte daher, über den Läufer des Sprechzimmers hin- und hergehend, nicht lange, hinter dem Sessel halt zu machen, auf dem sie saß, in blauem Kleid, den Kopf mit sauber gewundenen Flechten über das Pult gebeugt. Bei Betrachtung ihres Rückens blieb er an ihrem bloßen Nacken hängen; so hob er denn langsam ihren weißen Stehkragen auf und küßte sie in den Spalt hinein zwischen Kleid und Kragen. Sie fuhr zurück, ihre Augen leuchteten auf; als er ihre hellen Nackenhaare durch seine Zähne zog, legte sie kichernd ihre heiße Wange nach rückwärts an seinen Kopf und dehnte sich auf dem Stuhl. Dann, als er mit seinen schmalen Lippen ihre Wangen abtastete, warf sie sich plötzlich vorn über die Schreibplatte, vergrub den Kopf in den Armen, schluchzte sehr leise eine kleine Weile, während er nachdenklich hinter ihr stand, das scharfe Gesicht gesenkt, die linke Hand am Kinn. Sie schüttelte sich noch einmal, wischte sich die Augen mit einem sehr dünnen Taschentuch, stand auf, wandte sich um und sah ihn aus geröteten Augen von unten an. Das blondhaarige Fräulein, sie hieß Mary Walter, legte dann ihren Kopf an seine weiße Weste und bot ihm zu seiner großen Überraschung den Mund. Er wollte erst mit der freien linken Hand in die Rocktasche fahren nach seinem Kneifer, um die Erscheinung aus der Nähe zu betrachten, küßte sie aber entschlossen und nannte sie vorsichtig »liebes Fräulein Walter«. Fräulein Walter setzte sich wieder auf ihren Sessel, er spazierte befriedigt über den Läufer, diktierte weiter. Er machte ihr am Ende der Arbeit, weil es ihm so einfiel, einige Liebeserklärungen, die sie erst gedankenlos mitstenographierte, dann aber beim Nennen ihres Namens verstand; sie spazierte Arm in Arm mit dem erschrockenen Mann über den Läufer; der beschäftigte Arzt freute sich aber herzlich über den raschen Ablauf des Vorgangs.

Er ging mit ihr ins Theater, speiste abends mit ihr zusammen, trieb dies ein paar Tage. Bis ihm nach genau einer Woche, als er bei Beendigung des Diktats auf seiner Chaiselongue saß und Fräulein Walter betrachtete, ein weiterer Gedanke kam. Sie band sich eben über ihren blauen Rock eine spitzenbesetzte weiße Schürze und sah dabei auf ihre weißen Tennisschuhe, als er um die Erlaubnis bat, die Schürze hinten zuzuknöpfen, und ihr bei dieser Tätigkeit dann mit stockender Stimme von hinten ins Ohr flüsterte, sie möchte heute das Nachtlager in seiner unmittelbaren Nähe aufschlagen. Sie betrachtete eine Weile ihre Fingerspitzen, löste sich mit einem Ruck von seinen Händen, stampfte dann mit dem Fuß auf, sagte zunächst leise: »Es geht nicht.« Er ebenso leise: »Warum« und duzte sie sofort in Vorbedacht der kommenden Situationen. Nun einfach darum nicht, weil sie doch zu Hause wohne. Es wurde nun noch die Depesche an die Mutter abgesandt, in der berichtet wurde, daß Fräulein Mary den Herrn Chef für einen Tag auf einer Reise begleiten müsse, die bucklige Haushälterin orientiert, welche ein hierfür seit langen Jahren benutztes Zimmer freundlich abstaubte, so daß Dr. Converdon seinem Plan entsprechend die fröhliche Nacht mit seiner Sekretärin verlebte.

Nur störte ihn im Verfolg seiner notwendigen Bemühungen an dem Fräulein mehreres, nämlich die große Energie ihres anfänglichen Widerstands, ihre auffallende Erregtheit während der ganzen Nacht, besonders aber der Befund einer unzweifelhaften Jungfräulichkeit. Über diesen Befund war Herr Dr. Converdon heimlich außerordentlich entrüstet. Er erhob sich sehr früh, machte dem Fräulein am Morgen vor der Waschschüssel laute Vorwürfe wegen ihres Lebenswandels; man sollte es nicht für möglich halten, wenn man sie betrachte mit ihren blonden Flechten; was wollte sie eigentlich von ihm; es zeuge von einer unglaublichen Unreife, von einem völligen Mißverstehen seiner Person; er wisse gar nicht, wie er über diesen Punkt ihrer Vergangenheit wegkommen solle. Sie weinte, im bloßen Hemd am Fenster sitzend, furchtbar, bettelte um Verzeihung; sie wisse ja selbst nicht, wie es gekommen sei. Er diktierte ihr wütend stundenlang am Vormittag; diktierte, bis sie halb schlafend über den Tisch sank; war außer sich über die Roheit dieser anscheinend harmlosen Person.

Sofort wollte er sie vor die Tür setzen. Aber er überlegte sich, daß sie dann zu leichten Kaufs davonkäme. Es wäre ihr ein Vergnügen, jetzt zu entwischen nach diesem Verbrechen an seiner Seele. Er erklärte ihr abends, als sie zum Nachtessen erschien, daß er sie nunmehr fest engagiere, zunächst auf drei Monate; sie klatschte in die Hände; er verlangte dringend, daß sie einen förmlichen Vertrag, den er entworfen habe, unterschriebe. Sie unterschrieb ungelesen, hängte sich an seinen Hals. Er lächelte finster. Niemand erkannte den ernsten Mann tagelang in seiner explosiven Wut. Er mietete ihr schon nach einigen Tagen eine Wohnung in dem Nebenhause, entsetzte sie ihrer Stellung als Sekretärin, engagierte einen alten Bureaubeamten. Sie sollte als Gesellschaftsdame fungieren in seinem Hause. Sie hätte nichts weiter zu tun, als zugegen zu sein, wenn er es verlangte.

Sie stellte nun seine Möbel um, hing kleine Liebesbilder und Fähnchen auf, setzte sich allabendlich zu ihm an den Tisch. Er sprach tagelang mit ihr kein Wort, er duldete sie, gab ihr mit jeder Miene seine Verachtung zu erkennen. Eines Tages schwoll sein Gesicht, während sie ruhig aß, blaurot an, die Stirnader trat wie ein Bleistift hervor, seine Augen quollen heraus; er schlug mit der Faust neben sie auf die Platte: »Du hast hier nicht Abend für Abend an meinem Tisch zu sitzen. Dieser Stuhl hat frei zu sein an meinem Tische. Ich verbitte mir, daß irgend jemand auf diesem Stuhle sitzt.« »Aber Lorry, wo soll ich denn sitzen?« »Wo du willst, sollst du sitzen. Vor der Türe. Ich wünsche, daß dieser Platz frei bleibt.« Sie stand weinend auf: »So wünschst du, daß ich gehe?« »Daß du gehst? Das charakterisiert dich recht. Was willst du gehen? Warum? Wohin willst du gehen? Oh, ich kenne dich schon, du. Du willst gehen; das wolltest du schon lange. Aber du hast ohne meine Erlaubnis nicht das Zimmer zu verlassen. Du hast hier zu bleiben; ich sperre dich ein, bis du zahm und kirre bist – du Schamlose.« Der alten buckligen Haushälterin aber trug er auf, Fräulein Mary zu behandeln, als wäre sie die Tochter des Hauses, oder als wäre sie seine Frau, mit der allererdenklichsten Rücksicht und Zartheit; so verlange er es.

Als der hagere Mann sich besänftigt hatte, ging er wieder mit dem blonden Fräulein spazieren auf den breiten Geschäftsstraßen Bostons; mit einer ernsten, bittenden Galanterie bewegte er sich um sie; öfter klagte eine verzweifelte, gequälte Demut aus seiner Stimme. Sie saßen einmal nebeneinander bei Sonnenuntergang am Fenster seines Sprechzimmers; da legte er überwältigt die kahle Stirn auf die runde Mädchenschulter. »Sieh, Mary, wie viele Straßen es gibt; drüben jenseits des Platzes fünf, über den Fluß weg hunderte im Arbeiterviertel. Hundert Häuser stehen in jeder Straße, und in jedem Haus wohnen so viele Männer, jüngere als ich, bessere als ich, schönere als ich. In jedem Stock, hinter jedem dieser Fenster. Sie haben an nichts zu denken, sie haben den ganzen lieben Tag ihre Gedanken frei, stell dir dies einmal vor. Und wie gerne würden sie dich lieben, mit deinen treuen Augen, deinen runden Armen. Dein Fleisch ist so fest, deine Brüste sind so straff, mit rosigen Spitzen; ach Gott, was hast du für ein weiches, glattes Fell, Mary – und dies alles mir, den es nicht beglückt, den es belastet und die Atemluft benimmt. Bitte frage mich jetzt nicht wieder, ob du gehen sollst. Was hilft das mir? Ich würde dir nachlaufen müssen und weinen. Ich wäre unsäglich froh, wenn du nicht wärest. Ich würde mich gerne bücken hier am Fenster, dich auf die Arme nehmen und wie einen Blumenregen auf das Pflaster streuen, drüben in die Fenster hinein und über mich in das Zimmer. Der Gedanke macht mich schmelzen. Aber jetzt faß mich nicht an, tröste mich gar nicht, laß meinen Kopf auf deiner Schulter liegen, Mary, Mary.«

Das Mädchen umging ihn mit großer Vorsicht, sie bereitete ihm die Mahlzeiten, half ihm bei den Arbeiten mit Geduld und unendlichem Sanftsinn. Wenn er sie anbrüllte, sich mit den Händen gegen die Brust schlug, weil solch Verhängnis an ihn gekettet wäre, so schlich sie davon die Treppen hinunter, weinte zu Hause, kam nach ein paar Stunden wieder zurück und fragte ängstlich die Haushälterin, ob der Herr schon besser wäre. Und er zog sie schon auf dem Korridor an den Händen zu sich hinein, polterte mit mürrischem Gesicht über eine kindliche Neigung zu dramatischen Spannungen, über ihre unreale, idealistische Auffassung des Menschen.

Nun saß sie auf seinen Visiten im Wagen neben ihm, in einem mächtigen Florentinerhut mit breiter blutigroter Schleife, deren Enden sie nach vorn um den Hals band. Wie seine Tochter saß sie auf dem Polster in feinem weißen Batistkleide neben dem hageren, glattrasierten Arzt, dessen hohe schmale Stirn, gerade Nase, tiefe Mundlinien in Marmor gehauen waren. Sein Schädel war kahl bis an den Wirbel; seine grauen durchdringenden Augen sahen gradeaus.

Ihre Lippen waren fein und keusch. Das reizte ihn tief, und er legte ihr die harte Hand auf den Mund in dem eiskalten Wunsch, mit einem schlanken Messer ihre Lippen zu umschneiden – dann wäre die ganze Keuschheit weg –, mit Porzellanglocken die demütige Sanftmut ihrer Augen zu verdecken; ihre welligen Haarflechten zu fassen, mit einem Ruck, mit einem langen skalpierenden Ruck vom Leibe abzuziehen das weiche schmeichelnde Fell, die weiße glatte Haut ganz und gar, daß sie daläge, Mary, vor ihm, zuckend rot, mit spielenden bloßen Muskeln, ein Präparat, ein krampfendes schnappendes Tier, Mary.

Er ließ sie ganz in seine Wohnung ziehen. Trotzdem sie im Gedränge der Straßen kaum einer beachtete, mußte sie dichte weiße Schleier tragen, und die kleine bucklige Frau begleitete sie. Der hagere Mann ging indessen heimlich des Nachts in die niedrigsten Quartiere der Vorstadt, lernte den verlorenen Geschöpfen ihre Obszönitäten und Verderbtheiten ab. Das streng bewachte, stille, blauverhängte Zimmer Marys zitterte unter den Rasereien der beiden Menschen. Sie saß neben ihm, umschlang ihn, bedauerte ihn wegen seiner Wildheit, aber er sann verzweifelt, wie er sie ganz verwüsten könnte, daß nichts von ihr übrig blieb, rang die Hände, daß sie noch immer neben ihm saß, als wäre nichts geschehen, mit treuen blauen Augen, mit den schlicht gewundenen Flechten, mit der kindlichen Stimme – wie er nur eine Spur in ihr hinterlassen könne, eine einzige kleine Spur. Bis sie einmal leise weinte an seiner Brust und ihn fragte, ob er schlecht von ihr denke, weil sie jetzt so bestialisch zueinander seien; da tröstete er sie ingrimmig, sie solle nicht so outriert fragen.

Er erklärte ihr am Tage darauf, daß er sie zur Schauspielerin ausbilden lassen wolle. Sie gehörte allen Menschen; jeder könnte sie nehmen, sollte sie nehmen. Sie sei so schön; sie singe so rein; es sei eine Versäumnis, dies zwischen seinen vier Wänden verdorren zu lassen. Sie trat als Tänzerin in einem kleinen Variété auf. Der Vorhang rauschte hoch, der hell beleuchtete Schädel des Arztes senkte sich – nun war er glücklich. Nun lag die Schönheit Marys auf allen Gesichtern im Saale; der breite Fleischermund neben ihm sog lüstern an ihrem süßen Lächeln, in die braunen Kalbsaugen der Dame neben ihm kam eine Starrheit, als die blonde Mary im Tanze die runden Linien ihrer Schenkel bog und streckte; ein junger kräftiger Fant in der ersten Reihe biß sich mit dem Opernglas in ihre Brüste ein. Nun fiel sie wie ein Blumenregen über den Raum. Er raste in seiner Equipage hochatmend und lachend weg, ließ sie allein den Zuschauern. Er versteckte sich in seinem Zimmer, schloß die Türen hinter sich ab; seine Haushälterin bediente ihn wie sonst in der guten Zeit allein, während die Stühle leer herumstanden, kein Gedeck neben seinem lag und er am Ende der Mahlzeit Tisch und Stühle umwarf und seine Beine vergnügt auf dem Sofa ausstreckte.

Kaum aber war nach der unruhigen Nacht der Morgen gekommen, da stand der Herr vor dem Fenster seines Sprechzimmers, sah die leere Straße herunter und streckte die Arme aus nach Mary, der Dirne, dem niedrigen seellosen Geschöpf, nach der Mörderin, dem Vampir. Keine Spinne konnte böser umgehen mit einer Fliege, als dieses Wesen mit ihm. Alle Dinge hier im Zimmer sprachen von der Pein, die sie ihm tausendmal bereitet hatte, von der Mühe, die er mit ihr hatte; aber sie wälzte sich im warmen Dreck. Keine Peitsche, sie zu schlagen! Wo steckte sie, wo steckte sie, sein Besitz! Seine Hündin!

Gegen fünf Uhr nachmittags klingelte sie, lächelnd, freudig erregt, im weißen Mädchenkleid, unter einem mächtigen Florentinerhut, fiel ihm um den Hals und plapperte, wie glücklich sie sei, wie gut sie gefallen habe, wie sie sich freue auf heute abend. Er fragte nicht, wo sie heute nacht gewesen sei. Er nahm sie wie eine Puppe in den Arm und fiel aufweinend über sie auf den Teppich nieder. Er küßte sie auf den Mund und redete verwirrt. Er bettelte mit heiserer Stimme, sie solle nicht mehr spielen, sie solle bei ihm zuhause bleiben. Sie könne ja gehen, wann sie wolle, aber sie möchte bei ihm bleiben. Das Mädchen brach in ein furchtbares Schluchzen aus, fragte, was ihm geschehen sei. Sie zitterte, hob ihn auf, blickte den Mann an mit dem glühenden Gesicht, den triefenden Augen, den bebenden Lippen.

Am nächsten Vormittag fuhr er mit ihr auf das Standesamt, nach ein paar Tagen zum zweiten Male; da waren sie getraut.

Sie hatten wenige glückliche Wochen in einem Seebade verlebt. Da hörte sie eines Morgens, als sie sich zum Tennisspiel ankleidete, einen furchtbaren Schrei aus dem Nebenzimmer. Converdon stand in bloßen Hemdsärmeln aufrecht mitten im Zimmer, in der rechten Hand einen zerknitterten Brief. Er streckte die Arme nach der Decke, schrie gell Marys Namen, stürzte auf den Teppich nieder. Sie hob seinen heißen Kopf, er stammelte: »Es ist aus mit mir.« Dann, als er sich beruhigt hatte, sagte er, sie möchte ihn allein lassen, er hätte einen Nervenanfall gehabt. In dem zerknitterten Brief stand:

»Sehr geehrter Herr Doktor, Ihre Frau ist sehr schön. Ich werde mich um sie bemühen. Es ist Ihnen, sehr geehrter Herr Doktor, ebenso sicher wie mir selbst, daß ich Ihre Frau gewinnen werde. Es wird mir schwierig, ja unmöglich sein, meine Bemühungen um Ihre Frau durchzuführen, ohne daß Sie es merken. Ich bitte Sie daher, erstens Kenntnis von meinem Plan zu nehmen; zweitens, angesichts des zweifellosen Resultats, keine Schwierigkeiten zu machen. Ihnen selbst, sehr geehrter Herr Doktor, empfehle ich, gedrängt von einem großen Wohlwollen für Sie, sich am fünfundzwanzigsten dieses Monats im Charlespark mit genauer Angabe der Motive umzubringen. P. S. Ich besitze ein Automobil und stelle Ihnen den Wagen zur Benützung bei der Regelung Ihrer Angelegenheiten zur Verfügung.

Paul Wheatstren,
Parterregymnastiker.«

Dr. Converdon antwortete nach einer knappen Stunde Herrn Paul Wheatstren, Parterregymnastiker. Er bestätigte den Empfang des freundlichen Briefes vom Heutigen, dankte für die gütige Festsetzung des Todes, bat um umgehende Zusendung des Automobils, das er sachgemäß instandhalten werde.

Die erste Fahrt, die Dr. Converdon mit dem Wagen machte, war hinaus auf die Landvilla des Akrobaten, um mit ihm zu verabreden, daß von den kommenden Geschehnissen nichts zu Ohren Marys gelange. Wheatstren empfing ihn, ein untersetzter, breitschultriger Mann mit viereckigem geröteten Gesicht, Ende dreißig, gewöhnliche Züge, aber klare, ruhige Augen. Er schüttelte dem Doktor lachend die Hand, erklärte ihm, wie er sich freue, seine schöne Frau kennen gelernt zu haben und ihren ehrenwerten Gatten. Er hoffe mit Frau Mary glückliche Stunden zu verleben.

Sie setzten sich bei einem Glas Wein hin. Wheatstren versäumte nicht, nach dem ersten Glase schonend zu bemerken, daß an dem baldigen Ableben seines Gastes die Dame nicht schuld sei, und er auch nicht; vielmehr ergäbe sich das Ableben von selbst bei der Sachlage, und so wäre es auch vernünftig, den Selbstmord am fünfundzwanzigsten in voller Öffentlichkeit, wie jede andere schickliche Handlung, zu vollziehen. Dr. Converdon trat bei dem zweiten Glase mit gezogenem Revolver auf seinen erstaunten Wirt zu und besprach mit ihm die Möglichkeit, ihm selbst eine Kugel in das rechte Auge zu schießen, und zwar jetzt gleich; dies sei vorteilhaft darum, weil jener keine Waffe trüge und er auf seinen Browning gut eingeschossen sei. Der andere bestätigte ohne Überlegung die Möglichkeit eines solchen Verlaufs, fügte aber mit überlegenem Lächeln hinzu, ohne sich auf seinem Sessel zu rühren, daß an der Sachlage dadurch nichts geändert würde. Es würde dann im nächsten Monat ein anderer Mann Frau Mary schön finden und Herrn Dr. Converdon davon benachrichtigen. Mit einem vorwurfsvollen Blick ging Herr Wheatstren auf den Arzt zu, der beschämt den Revolver sinken ließ. Er hätte Herrn Converdon geschrieben, weil er ihn für einen vernünftigen Mann hielte; es sei doch wirklich nicht ihre Sache, den Eintritt notwendiger Ereignisse zu verzögern. Er nahm gutmütig lachend dem Arzt den Revolver ab, klopfte ihm auf die Schulter; sie tranken nachdenklich weiter.

Zu Hause warf sich Herr Dr. Converdon in Frack, setzte einen Zylinder auf und fuhr in die Kirche. Er hörte aufmerksam die Predigt an, ließ sich am Schluß des Gottesdienstes beim Pfarrer anmelden. Diesem erklärte er den Sachverhalt, indem er sich auf einen Stuhl an der Türe setzte, stellte ihm die Frage: ob er als Seelenkenner glaube, daß sich das Motiv des am fünfundzwanzigsten statthabenden Selbstmordes beheben lasse. Er sei Frauenarzt und daher mit Psychologie nicht vertraut. Der Pfarrer, ein junger, tiefernster Mann mit einem Jesuitengesicht, durchsprach mit ihm aufmerksam die Angelegenheit. Er explizierte am Schluß: Es sei, wie man wenigstens seitens der Psychologie sagen könne, ein gewisses Dunkel und eine Borniertheit in dem Arzt vorhanden; diese, eine angeborene Eigenschaft, durch Erziehung und Lebensweise gepflegt, sei kaum mehr zu beheben. Die Situation sei erfreulich für die Frau Mary; ihn könne man nur trösten mit dem Hinweis auf die Belanglosigkeit seiner Existenz.

Damit war der beliebte Frauenarzt ganz ins Klare gekommen. Er hatte noch zwei Wochen zu leben. In diesen folgenden Tagen kam nun, als er sich die Situation klar überlegte, eine völlig unbekannte Ruhe über ihn. Er ging mit einem Gefühl der Freude einher, daß jedem der Glanz seiner Augen auffiel. Mit einer tiefen Dankbarkeit behandelte er insbesondere seine junge Frau, fuhr in dem Automobil mit ihr spazieren ins Grüne, war ihr wirklich innig zugetan in dieser Zeit. Sie hatte ihm diese schönen, hoffnungsvollen Tage beschert; über ein paar Tage war er wieder allein. Wie einfach sich alle seelischen Lächerlichkeiten lösen lassen durch eine mechanische Bewegung, gemäß dem guten Rat dieses Parterregymnastikers Paul Wheatstren. Täglich besuchte er mit Frau Mary die Varietévorstellungen, in denen der treffliche Mann auftrat, wurde nicht müde, seine Gelenkigkeit zu loben, kaufte sich sein Bild und stellte es in seinem Schlafzimmer an sein Bett. Zwei Tage vor seinem Ableben besuchte er noch alle Bekannten der nächsten Umgebung und teilte ihnen seinen Plan mit; er ging in den Kaufmannsladen, in den Gemüsekeller, in die Budike. Er fügte hinzu, daß er angesichts des Vergnügens, sie zu verlassen, ihnen Legate in Form von je tausend Dollars aussetze; er werde ihnen auch eine Stunde vor seinem Verscheiden Telegramme mit den herzlichsten Flüchen schicken. Er beobachtete, daß diese Erklärung allseitig beifälliges Erstaunen hervorrief und daß man ihm dankbar die Hände küßte.

Am vierundzwanzigsten dekretierte er schriftlich, daß man ihn sorgfältig sezieren möchte. Am fünfundzwanzigsten morgens trennte er sich von seiner schönen Frau in unbändiger Freude; der ernste, kahlköpfige Arzt tanzte im Frack um sie herum, küßte sie und fand kein Ende, mit ihr zu lachen. Gegen zehn Uhr setzte er sich in das Automobil, gab die Telegramme auf, fuhr nach dem Charlespark, ließ den Wagen am Eingang des Parks warten, nachdem er einen Zettel hinterlassen hatte mit der Nachricht seines um halb elf stattfindenden Todes. Mitten im Gebüsch stehend, bemerkte er, daß er in seiner Freude den Revolver zuhause gelassen hatte, und hängte sich daher nicht ohne Schwierigkeit an seinem Schlips auf.

Die Autopsie des Verstorbenen war völlig ergebnislos.

Am Abend der am sechsundzwanzigsten vorgenommenen Leichenschau besuchte Herr Wheatstren die Witwe, teilte ihr mit, daß er, wie sie wisse, ein Freund des Verblichenen sei. Er wolle keine großen Reden führen, sondern ihr nur mitteilen, daß er einige glückliche Stunden mit ihr zu verleben gedenke. Er bitte sie, das Gedächtnis des Verblichenen zu ehren, denn nur in Rücksicht auf ihr gemeinsames Glück habe er sich am fünfundzwanzigsten an seinem Schlips aufgehängt. Die gebrochene blonde Frau vergoß reichlich Tränen, sagte, sie erkenne Dr. Converdon daran; er sei immer so gütig gegen sie gewesen. Es käme ihr zwar alles so rasch, aber das Leben sei wohl so. Sie fuhr mit ihm in dem Automobil in seine Landvilla und verlebte ihrerseits mit ihm glückliche Stunden. Er seinerseits fühlte sich bald abgestoßen durch die Routine der sanften blauäugigen Dame in den Vergnügungen des Genusses; er hatte gehofft, ihr selbst diese beizubringen. So übernahm er denn nach einer Woche die Verwaltung ihres Vermögens, fluchte auf die Heimtücke des Dr. Converdon und fragte sie nach ihrer Herkunft. Als der Parterregymnastiker erfuhr, daß sie zuerst als Sekretärin bei Dr. Converdon beschäftigt war, bemerkte er, daß er keine Sekretärin brauche, er wisse als Akrobat wenigstens nicht, wozu. Er werde ihr Vermögen weiter gewissenhaft verwalten, ihr einen ausreichenden Zinsgenuß gewähren, aber sie scheine ihrer ganzen Anlage nach nicht für einen einzelnen Mann wie ihn geschaffen, auch wiesen die bezeigten Talente darauf hin. Und so empfahl er ihr dringend, ihre Begabung zu verwerten; auch das größte Kapital würde schließlich aufgezehrt. Sie verschloß sich seinen Darlegungen nicht. Und Herr Wheatstren führte die junge blonde Dame, die er auch heiratete, bald aus auf die Rennplätze, in die Theater; behandelte sie roh und mit Berechnung. Sie aber pries ihn auf Schritt und Tritt, weil er ihr das Höchste bot, was es auf Erden gäbe, nämlich erhebliche Abwechslung.

Die Memoiren des Blasierten

Aufzeichnungen über das eigene Leben zu machen, hielt ich nie für nötig. Zwar ist ein Ding ebenso unwichtig wie das andere, und es macht nicht viel aus, ob man Länder erobert oder betet oder Frauen umarmt oder Memoiren schreibt. Zwar wußte ich auch schon früh, daß manche Dinge erst schmackhaft werden, wenn man sich ihrer erinnert, und ich habe ja manches Trostlose und Peinliche nur darum geduldig auf mich genommen. Aber doch wollte ich Aufzeichnungen über mich nie machen; ich wollte es nicht, und darüber läßt sich nicht weiter reden.

Jetzt will ich aber etwas tun für die Aufklärung der Menschen, die dies lesen; auch eine Klagschrift will ich hiermit liefern.

Es muß geschehen, damit eine laute Stimme gegen den Feind ruft, der im Dunkeln mordet, jahrhundertelang. Er wütet im Dunkeln und verstrickt uns. Darum schreibe ich dies.

Ich war noch ziemlich jung, als ich zuerst von der Liebe hörte. Ich las von ihr in Romanen, Gedichten, später bei manchen Philosophen. Die Quellen für meine Kenntnis der Liebe waren recht verschieden: teils belehrten mich die genannten weitschweifigen oder gehobenen Betrachtungen, teils die Zeitungen, die mit ihrer täglichen Selbstmordchronik mir manchen wünschenswerten Wink gaben.

Aber was man da behauptete, schien mir so sonderbar, daß ich es nicht glaubte. Ich las von der Liebe wie von einer Nordpolexpedition oder dem Überfall eines Eisenbahnzugs durch Indianer. Man sagte mir, daß ich auch einmal lieben würde; aber bei dem Gedanken erfüllte mich Furcht und Betrübnis wie vor einer Krankheit. Und ich konnte mich lange nicht bewegen, mich ernsthaft mit der Liebe zu beschäftigen. Und so blieb ich fröhlich und ruhigen Herzens.

Ein lebhafter Drang in mir ist der Bildungstrieb. Ihm danke ich viel Gutes und Böses. Es schien mir nach einiger Zeit meinem Alter unangemessen, keine Kenntnis von einer so weitverbreiteten menschlichen Tätigkeit wie der Liebe zu besitzen und hinter meinen Altersgenossen zurückzustehen. So machte ich mich auf die Suche nach der Liebe. Bei den Männern, an die ich mich wandte – anerkannt vernünftigen Männern in leitenden Stellungen, zum Teil in Ministerien, zum Teil in Fabriken und Banken –, erregte ich ein Lächeln, wenn ich sie nach der Liebe fragte. Einige sagten mir geradezu, es sei nur eine müßige Rederei darum. Andere hielten die Liebe für eine Sache von Leuten, die nichts zu tun haben, und überließen sie ihren halberwachsenen Töchtern, die sich damit zu beschäftigen hatten – mit den Klassikern, dem Klavierspielen und der Liebe.

Dies war, was ich von den Weltkundigen erfuhr. Als mir von ihnen nichts weiter zuteil wurde, ging ich, niedergeschlagen über die widerspruchsvollen Berichte, mit mir zu Rate und machte mich selber auf den Weg. Und dieser Entschluß blieb von höchster Bedeutung für mein ganzes folgendes Leben. Ich versetzte mich nach und nach auf die Liebe, ich wollte mich ein für allemal mit ihr abfinden: es war mir ernst darum.

Es wurde mir gesagt, es handle sich bei der Liebe nicht um die eingeborene Not des Mannes zum Weib, die mir nicht unbekannt war, sondern um etwas viel Höheres, Zartes, Feines, von dem man in den Worten der Prosa nicht sprechen kann. Dieses schwer Beschreibbare zu finden machte ich mich auf den Weg.

Auf meinen Spaziergängen durch die Straßen, in verschiedenen Städten und Ländern, betrachtete ich mit Fleiß die Menschen, die jungen und alten Menschen, kleine Mädchen, Soldaten, Offiziere, Kommis.

Systematisch und mit großer Umsicht ging ich vor, um zu einem Verständnis des fraglichen feinen Vorgangs zu gelangen. Ich suchte die Städte auf, in denen die Liebe besonders hausen sollte, und ließ meinen Blick nicht von den Menschen. Die Liebe mußte doch in irgend etwas besonderem zum Ausdruck kommen, und ich bemühte mich vergebens, dies aus der Menge herauszufinden. Die Kleidung der Vorübergehenden, die Farbe ihrer Röcke, Blusen, Jacken habe ich im besonderen durchmustert; aber ich fand nichts Auffälliges, und mir wurde auch nicht klar, worin dies Besondere bestehen könnte, ob in einer eigentümlichen Stiefelform oder einer spitzen Nase oder einer Krawatte. Meine Freunde, denen ich meine Beobachtungen mitteilte, lachten wie verrückt über mich, warfen stolz dunkle Bemerkungen hin wie »seelische Sache, die man nicht sehen kann; fühlen, fühlen, dreimal fühlen«. Aber sie waren oberflächlich, begnügten sich an diesen Worten und wußten nicht, daß hier gerade mein Problem lag. Sollten sie mir ihre Gefühle bezeichnen, so umschrieben sie immer teils ihre sehr einfache

Not zum Weibe, teils gebrauchten sie jene überzarten poetischen Wendungen, über die ich den Kopf schüttelte.

Erfolglos war meine Suche gewesen und unbeirrt war ich meines Wegs gegangen. Aber durch die ewigen Anspannungen war ich aufgeregt geworden. Ich fühlte mich unsicher und geängstigt. Schwächlich, wie ich war, fühlte ich mich zurückgesetzt – so töricht war mein Herz –, wie ein Krüppel schlich ich herum und sah auf der Straße den Leuten bettelnd ins Gesicht. Und so groß war das Unglück in mir, daß auch meiner Schwester, bei der ich wohnte, meine schlaffe Haltung auffiel. Übrigens aß und trank ich wie sonst. Wie mich überhaupt alle Schwermut nicht um meinen Appetit brachte und ich immer meine Pflicht tat.

Ich habe eine natürliche Neigung zu den Frauen, zu allen Frauen, noch mehr: zu allem, was Frau ist. Es fiel mir schon ganz früh auf, daß ich einen höflichen, ehrerbietigen Ton anzuschlagen pflegte, wenn ich zu kleinen Mädchen, zu ganz kleinen Babys im Steckkissen sprach. Oft erregte ich bei den Kindermädchen und den Ammen ein Gelächter, wenn ich mit meiner großen breiten Figur, elefantenhaft wie ich bin, an die Kinder herantrat, den Zylinder vor den spielenden Mädchen abzog und so pappelnde Geschöpfe mit ›Sie‹ anredete. Wenn ich mich über sie bückte, überkam mich etwas wie Scheu, Herzklopfen, und das Wasser lief mir im Munde zusammen, stromweis, wie immer wenn ich erregt bin. Ich bemühte mich, in vorteilhaftem Lichte bei ihnen zu erscheinen; und um dies zu können, beschäftigte ich mich auch viel mit Kinderpsychologie. Manchmal, wenn ich solchem säugenden Wurm in die unbeweglichen blinden Kinderaugen sah, stieg ein dunkles Grauen in mir auf, welche Gewalt hier schlummerte, und in meinen Fingern zuckte es, eine entsetzensschwangere Zukunft im Keime zu ersticken.

Des Lachens über mich wird aber kein Ende sein, wenn ich gestehe, daß ich auch den toten Dingen, welche die Sprache weiblich nennt, die Verehrung entgegenbrachte. Allerdings nur in manchen Augenblicken. Ich betrachtete oftmals in meinem Zimmer meine grüne Tischlampe mit Respekt, zog mich vor ihr zurück, hütete mich, sie zu berühren; und abends legte ich gar ein weißes Linnentuch über sie, weil ich mich beim Ausziehen vor ihr schämte. Und so schlich ich auch manchmal unsicher um mein Spind herum und ehrte es nach langem Zögern durch eine tiefe Verbeugung und mit verbindlichem Lächeln;

es hieß besser, so entschied ich mich: die Spind. Für mich hieß es so.

Dunkler färbte sich später meine Neigung zu den Frauen. Es gibt nichts, das so bemitleidenswert wäre, als eine Frau. Einmal sah ich, wie eine Hündin, die langsam vor mir herlief, ihr Blut verlor, das bald tropfenweise, bald dickfließend auf dem Straßenpflaster liegen blieb, wo die Hündin gelaufen war. Die lange unabsehbare Blutspur rührte, erschütterte mein Herz. Mir traten die Tränen in die Augen, wenn ich Frauen ins Gesicht sah. Kaum daß die jungen unbewußten Geschöpfe anfangen zu erstarken, überfällt sie ihr Ungemach, unablässig wiederholt, und sie triefen vor Blut. Und ihr Blut strömt, bis sie verwelken. Die Kindsnöte treten an sie heran, zerbrechen ihren Leib und machen sie lahm vor der Zeit.

Gibt es nun ein Geschöpf, das elender wäre als eine Mutter? Ich kann mir keinen Menschen denken, der so tief verwundbar wäre wie eine Mutter in ihrem Kinde. So preisgegeben und arm ist kein Wesen als eine Mutter.

Sollten nicht meine Worte weich im Munde werden, wenn ich zu Frauen spreche? Aber ich hab solche Worte nie gesprochen; ein Dichter und Menschenkenner würde vielleicht fragen, warum. Vielleicht bin ich zu träge von Natur.

Oft begegneten mir doch Frauen, die mir auffielen, als ich auf der Suche nach der Liebe war, denen ich glaubte etwas sagen zu müssen; aber ich rührte keinen Finger um sie. Ich sah ihnen verstohlen zu, beobachtete ihre Bewegungen, ihre Art zu sprechen, zu lachen und zu blicken, und etwas wie Bängnis drückte mir die Brust zusammen, drehte meine Augen von ihnen ab zur Seite. Mit keinem Laut verriet ich mich ihnen, ja den leisen verträumten Gedanken an sie verbot ich mir. Mir müssen, glaub ich, die Dinge zufallen, die ich begehre, und auch dann würde ich mich scheuen, sie aufzuheben. Schamlos ist nicht nur das Entblößen des Leibes; jedes Wort, jede Bewegung verrät uns. Und so drückt uns die Scham in den Erdboden hinein; keine Rettung gibt es vor der Scham als den Tod. Und dennoch entblödete sich meine Trägheit nicht, zu leben und weiterzuatmen wie ein Tier.

Oft lief ich unruhig vor jenen Frauen fort, weit in das Gebirge hinauf. Da war Nebel, der mich auf Schritt und Tritt wie eine Kammer einschloß. Bei jedem Windstoß sprang die Tür auf, und ich erquickte mich an den Schluchten, dem Steigen und Fallen der weißen Luft. Oft schritt eine geballte Säule aufrecht mitten durch das Tal und legte sich dann am Abhang hin wie ein langhaariger Windhund mir zu Füßen.

Ich weinte auf meine Weise, ohne Tränen, darüber, daß ich die Liebe nicht finden konnte.

Nachdem ich also mit leeren Händen von meinen Wegen zurückgekehrt war, packte mich der Überdruß wilder, und ich zog auf die Frauen los, entschlossen zu lieben.

Ich war umsonst die Menschen um Rat angegangen, hatte vergeblich nach den Merkmalen der Liebe geforscht und mir die Augen krank gesehen; ich drang jetzt zu den Quellen vor; ich bot mich selbst zum Versuch an.

An welches Mädchen ich mich aber wenden sollte, wußte ich zuerst nicht und fragte meine Freunde. Sie sagten, daß dies nach alter Erfahrung im Grunde gleichgültig sei, und erzählten mir von einem Mädchen, das viel liebte, viel geliebt wurde und sehr heroisch sein sollte.

Ich machte mich auf den Weg zu ihr, gewann Zutritt zu ihrer Wohnung und fragte sie zunächst entschieden, im Verfolg meiner früheren Untersuchungen nach dem objektiven Tatbestand der Liebe, mit dem Ernst, der sich für einen Mann ziemt, woran die andern erkennten, daß sie viel liebte. Sie lächelte heroisch.

Aber auf den Rat meiner Freunde sagte und tat ich an ihr einiges, was ich oft zu beobachten Gelegenheit hatte; es gelang mir auch bald, in ihr dadurch den Eindruck hervorzurufen, als ob ich sie liebe. Sie machte von nun an in meiner Gegenwart die eigentümlichen Körperbewegungen, Gebärden und Grimassen, die mit Liebe identisch sein müssen; respektive offenbar deren Eigentümliches ausmachen. Leichtes Gleiten der Handflächen über meine Wangen, oft wiederholt nach Art des Staubwischens, Saugbewegung der Lippen mit Speichelbenetzung meines Mundes, Knurren und Winseln der Stimme, enges Pressen der eigenen Glieder im allgemeinen an die des Gegners. Dazu stereotypes Wiederholen einiger gedankenloser Redensarten, später Unsauberkeit und Sichgehenlassen, was ein hoher Beweis der Liebe sein soll. Ich beobachtete diesen Zustand mit großem Interesse einige Zeit lang. Als mir aber das Mädchen einmal, während sie sich in ähnlichen Bewegungen erging, versicherte, daß ich sie liebe – wovon sie doch gar nichts wissen konnte –, fragte ich sie bestürzt, wie sie darauf käme und worauf sich diese Behauptung stützte. Denn ich hatte nur den selbstverständlichen Naturtrieb zu ihr bisweilen verspürt, auch öfter Erstaunen, Abneigung und freundliche Überlegenheit. Schließlich bestritt ich es energisch. Worauf denn andererseits die charakteristischen Bewegungen in meiner Gegenwart aufhörten.

Ich selbst habe diese Bewegungen nie unwillkürlich geübt, sondern stets mit Absicht und Plan; das Mädchen aber nicht so. Bei anderen Frauen, denen ich gegenüberstand, bemerkte ich den Liebesvorgang ganz ähnlich. Mir war es widrig, mit diesem Weibsvolk umzugehen, aber das Pflichtgefühl trieb mich. Der Vervollkommnungsdrang ist groß in mir. Immer tat ich in der folgenden Zeit an den Frauen alles, was ich je gelesen und gehört hatte; sehr freundlich war ich zu ihnen. Ich küßte ihnen Mund und Brüste und wartete mit viel Geduld, ob bei mir die Liebe kommen würde; ich ließ auch einige unsittliche Redensarten fallen, wie es sich im Gespräch mit jungen Damen ziemt. Aber trotzdem ich mich bei dieser Tätigkeit sehr anstrengte, wartete ich vergeblich auf das einzigartige, viel gerühmte Empfinden. Unsäglich rieb ich mich auf. – Ich berichte dies alles nur, damit man sieht, daß ich ein Recht habe, hier diese Klagschrift zu verfassen. Nichts habe ich unterlassen; so viele Wege bin ich gegangen; was ich suchte, hätte mir begegnen müssen.

An jenen Frauen, die mich mit Bängnis erfüllten, ging ich auch in diesen Tagen oft vorüber; und eine bemühte sich damals um mich und schickte mir einen freundlichen Brief wegen meiner großen Traurigkeit. Ich wollte mich ihr erst offenbaren und ihr schreiben, daß ich traurig sei, weil ich die Liebe nicht finden könne. Dann dachte ich in meinem Arbeitseifer sogar, mit ihr die Versuche anzustellen, aber mir schlug bei dem Gedanken das Herz bis in die Kehle hinauf, die Brust war mir zusammengeschnürt, und ich hielt den Atem an.

Es war doch aussichtslos. Ich hatte mich so lange vergebens bemüht.

Es wurde mir klar, daß die Frauen mir die Zeit stahlen. Jene anfängliche Auskunft, daß die Liebe eine müßige Rederei sei, hatte mich nicht betrogen. Ich schreibe eine Klag- und Warnschrift. Kann einer aufstehen und mir das Recht dazu absprechen? Ich bin gesund und habe keinen Grund anzunehmen, daß mir etwas versagt sein könnte. Ich war immer ein geschickter Mensch, der sich wohl anstellte, selten etwas vergriff und überall eine flinke Hand zeigte.

Und ich verstehe jetzt auch das Spiel der Frauen. Die Männer sind stärker als die Frauen: sie könnten sie totschlagen und lassen sich von ihnen elend machen. Durch die perfide Einrichtung der Liebe geschieht das. Die schützt die Frauen. Dieses Lügenwort ist gewaltiger als eiserne Muskeln. Ich bin zu vernünftig, um mich fangen zu lassen. Diese außerordentlich verderblichen und hassenswerten Wesen machen die Männer zu Narren und zu Schauspielern. Denn auch von den Männern – dies sag ich hell heraus – weiß niemand, was die Liebe ist, von der ihr betrogener Geist redet. Keiner kennt die Liebe, aber jeder spielt sie – aus Angst vor den Frauen. So mutlos hat die Überlieferung die Männer gemacht, so gewaltig ist die Kraft des Betruges.

Es müßte von Staatswegen gegen die Liebe eingeschritten werden, wie gegen den Alkohol und die Tuberkulose. Es müßte das natürliche Verhältnis zwischen den Gegnern wieder hergestellt werden. Man bringe die Frauen zum Schweigen. Ich bin für einen gutgeschulten Stamm von Dirnen; es ist für den Augenblick ebenso nötig, Dirnenakademieen zu errichten wie neue Eisenbahnlinien anzulegen. Schweigen und Delikatesse sollte in den Akademieen gelehrt werden, dazu rasches Verständnis für einige Dinge: lieblicher Gesang, Stimmodulation, Singen, aber auch Stöhnen und Lispeln. Was jetzt einzelnen isoliert gehört von den Künsten des Leibes, könnten viele lernen. Unendliche Massen von Energie bei den Männern würden damit frei für andere, kulturfördernde Tätigkeit; die Kunst der Genüsse, von einer Gemeinschaft von Auserlesenen mit Sorgfalt gepflegt, würde in kurzer Zeit eine unerhörte Blüte zeigen. Allmählich müßte die Liebe aus der Welt gedrängt werden. Es ist wichtiger als die Bewegung der Frauen um das Brot – die Bewegung der Männer gegen die Liebe, gegen dieses schwere unwürdige Joch. Das natürliche Verhältnis, wie ich mich oben ausdrückte, zwischen Mann und Weib muß wiederhergestellt werden.

Mit lauter Stimme rufe ich gegen den Feind, der im Dunkeln mordet. Schon jahrhundertelang.

Ich habe auf meiner Suche etwas gefunden: das Aufwaschmädchen in dem Hotel, wo ich wohne. Sie ist bucklig, ein dickes quadratisches Gesicht mit hündischen Augen und aufgeworfenen Lippen. Ich habe etwas ähnliches von liederlichem Gang und verwahrloster Kleidung nie gesehen.

Wenn sie mich auf dem Korridor sieht, während sie in der Küche mit hoch aufgekrempelten Ärmeln vor der Wanne steht, wulsten sich ihre Lippen, sie reibt sich mit dem linken Handrücken die aufgestellte Nase und grinst.

Es setzte mich erst in Erstaunen, dieses Grinsen, daß mich etwas wie Bitterkeit überkam. Bitterkeit – nein, es ist nicht das rechte Wort: Wut und Schmerz. Ich drohte ihr mit den Fäusten, als sie lachte, und stürzte auf sie zu. Was dachte sie von mir? Ich bin ein freier Mann. Die Frauen sind alle gleich. Entweder sie lächeln mich an, so daß ich Lust habe, ihnen ins Gesicht zu schlagen, oder sie machen um sich jenes zeitraubende, wortreiche Wesen, als ob es sich um die Erteilung des heiligen Sakramentes handle: sie spielen die Liebe. Die schlauen Sklavinnen, die verlogenen Herrinnen durchschaue ich. Ich durchrieche sie, durch alle Parfums durchrieche ich sie. Jeder, der eine Nacht bei einem Frauenzimmer zugebracht hat – ich will ganz deutlich sprechen –, weiß, was ich meine; er kennt den eigentümlich scharfen abscheulichen Geruch, der um ein Weib liegt; die Sklavinnen sind gebrandmarkt von Natur. Diesen Dunst nun roch ich gleich, als ich neben ihr stand, neben dem Waschmädchen. Sie war echt. Mir floß das Wasser im Munde zusammen: die Frauen bereiten mir Übelkeiten. Ich habe sie aus der Küche hinter mir her auf mein Zimmer gezogen, weil ich nicht wußte, was anderes nach diesem Lächeln mit ihr geschehen sollte. In meinem Zimmer aber warf ich sie hin. Sie wand sich; sie verriet das Weib an mich. An der Quintessenz der Frau, an dem niedrigsten Weibe schmauste ich mit höhnenden Worten und schändete sie. Wie lache ich über die Liebe! Die Frauen zogen in meinen Gedanken an mir vorüber, die ich kannte, die ich verehrt wußte, auch die mich in Bängnis versetzten: die Schlanke mit dem blonden hochgekämmten Haar – die Zarte, leicht Schwindsüchtige, oh, sie trug eine schwarze niedrige Pelzmütze – die stolzen Tiere zogen an mir vorüber. Ich saß in meinem Winkel mit dem Waschmädchen und schändete all die Schlafenden. Sie konnten mich nicht sehen, konnten mir das stumpfe, ahnungslose Geschöpf nicht entreißen und sich vor der Schande retten.

Oh, wie fromm bin ich; ich bin sehr fromm.

Als das Mädchen zu mir zutraulich wurde, geriet ich in eine maßlose, ganz furchtbare Wut, warf sie zur Türe hinaus und stieß mit der Hacke in ihr breites Gesäß. So wütend war ich. Ich habe sie auch später angeschrieen, ihr gedroht, sie verzweifelt geohrfeigt und an ihren Haaren gerissen, ohne eine Freude und Erleichterung dabei zu fühlen. Aber meist weinte ich nachts stundenlang in meiner Weise, ohne Tränen, an ihrer Brust.

Die Bilder an der Wand. Ich gehe kühl an ihnen vorüber. In welchen Krämpfen hat sich dieser Mann gewälzt, als er das Bild malte. Und die Musik. Ich halte mir die Ohren zu. Wie teilnahmslos ich geworden bin; wie tief sich, was ich gelernt habe, in meine Brust eingegraben hat. Ich schäme mich für diese Männer. Sind alle besiegt; sind betrogen, und aus ihrer Tugend haben sie eine Not gemacht, die Not zum Weibe. Sollten die Weiber im Kampfe hinschmettern, und tänzeln zahm. Vergiftetes Blut fließt in ihren Adern.

Mein Blut ist rein, ist rein.

Ich laufe über die Berge.

Sie stehen glänzend da im Morgenlichte.

Der Schnee überbürdet sie. Der Schneeberg steht da wie eine Braut, will gelobt sein.

Ich laufe über ihn hin. Von allen Seiten, von allen Ästen brechen die glitzernden Zapfen auf mich herunter, reißen mir den Hut vom Kopf, fahren mir in den Nacken. Der Schnee liegt hoch; ich sinke schon bis zu den Knieen ein.

Wie's mich freut, daß alle Reichtümer und Schönheiten vor mir ausgebreitet liegen, und ich mit meinen blinden Hacken kann auf sie trampeln.

Ich habe mich sonderbar verändert, seitdem ich auf die Menschen ausgezogen bin. Ich hab mich wohl verrannt darin.

Oh, mich ekelt's vor den Menschen.

Ich hasse die Weiber; ich hasse, hasse, hasse sie, daß ich weinen könnte vor Wut über sie, über die Hündinnen, die verfluchten. Die Irren beneide ich; sie glauben doch noch an ihre Halluzinationen. Mich treibt nichts mehr zu arbeiten, nichts mehr zu lachen, nichts mehr zu atmen.

Mich deucht, als hätten sie mich verdorben. So haben sie mich doch noch vergiftet.

Mir ist so angst. Ich mag nur laufen. Mein Gott, so hilf mir.

Ich laufe durch den Schnee.

Nun weiß ich, daß ich mich verlaufen habe.

Gelt, ich setz mich in den weichen Schnee. Komm ich herunter, komm ich nicht herunter? Ich will's an meinen Knöpfen abzählen. Der süße Schnee.

Mein Gott, hilf meiner kranken Seele bald.

Die falsche Tür

Um vier Uhr morgens stellte der Wachtposten sein Gewehr gegen die hohe Mauer des Kasernenhofes, zog die Löschkette der letzten Gaslaterne herab, murmelte, den Fez ins Gesicht gedrückt, die Stirne nach Mekka gewandt, das kurze Morgengebet. Durch die grauen Alleen trabten die Gemüsewagen, die Eselsgespanne mit Milch nach der schlafenden Stadt. Die niedrigen Fenster des Offizierkasinos warfen noch immer einen breiten Lichtschein über die Straße weg bis an die Baumreihe der anderen Seite. In den langgestreckten Speisesaal und die Spielzimmer drang kein Zug des eben anhebenden scharfen Morgenwindes, im dicken Qualm bewegten sich die erhitzten Herren; sie lagen in lockeren Uniformjacken in Klubsesseln. Sie drängten sich zu dreien und vieren um einen grünen runden Tisch, schleuderten mit wilden Blicken ihre Karten schräg über den Tisch, um nach einigen Minuten atemloser Stille in ein lautes Geschrei auszubrechen, sich bei den Schultern zu fassen, im Zimmer herumzutanzen. Am Kopfende des völlig verwüsteten Speisetisches saßen hinter ihren Ehrenpokalen noch immer die beiden Brüder Kyrias, denen der Abend gegolten hatte, saßen in einem trinkfesten Kreise und schwelgten in Erinnerungen aus einer Mittelmeerfahrt. Der jüngere Kyrias, Nick geheißen, schwarzäugig wie sein Bruder, aber feurig, vollwangig, mit kurzgeschorenem starren Haar, einem kleinen Schnurrbärtchen über den wulstigen roten Lippen, sprudelte über und schwatzte unaufhörlich Dinge, denen keiner zuhörte, mit seiner hohen weichen Stimme. Ab und zu ließ sich der ältere Kyrias, ein vollbärtiger Hypochonder, von ihm fortreißen, erzählte in feierlich stockender Art weiter, erschrak aber, sobald er an eine Pointe kam, nahm unsicher ein Streichholz zwischen zwei Finger, stand auf, lächelte und Nick mußte beenden. Nick erzählte von den riesigen Summen, die sie beide in Monte Carlo gesetzt hatten, von den Kniffen, die man beim Spiel anwenden mußte. Er hatte seinen Talisman ständig in der Hand gehalten, hatte sich ein andermal die Stiefel heimlich unter dem Tisch ausgezogen und in bloßen Strümpfen gespielt, hatte, als dies und vieles andere nichts nützte, zum Trotz eine alte häßliche Frau das Spielgeld an einem Freitagmorgen von der Bank abholen lassen. Das Spitzglas fiel ihm aus der fleischigen Hand und der Wein perlte über sein faltiges Vorhemd. Er begann eben zu erzählen, wie er klug geworden war, als der Oberleutnant Irfen aus der Spielzimmertür auf sie zukam und sich schweigend Nick gegenüber auf einen Rohrstuhl aufpflanzte. Nick hatte dadurch gelernt, daß er zunächst bei kleinen Einsätzen etwa drei Stunden lang den Verlauf des Spiels beobachtete, daß er dann von einer augenblicklichen beliebigen Kombination ausging und nun eine kleine Wahrscheinlichkeitsrechnung machte. Die Chancen seines Spiels stiegen jetzt um etwa achtzig Prozent. Er nahm von dem Schreibpult am Fenster eine weiße Löschunterlage und malte mit einem Kohlestift eine Tabelle auf.

Rittlings auf seinem Rohrstuhle sitzend, sah der lange Oberleutnant ihn starr an. Das ungemein scharf geschnittene Gesicht war glatt rasiert, die Oberlippe hing stark über und zuckte viel. Der Schädel kahl. Das Haar an Schläfe und Hinterhaupt pfeffergrau und abstehend; in scharfem Winkel zogen die Augenbrauen an der Nasenwurzel zusammen. Nur die Trunkenheit verlieh seinen sonst schweifenden Augen den starren Blick und ließ durch das fahle Grau der Wangen eine fleckige Rötung leuchten. Irfen war selten gesehen in diesem Kasino. Er trieb sich – das wußten seine Vorgesetzten so gut wie der jüngste Rekrut – in den niedrigsten Spelunken der Stadt herum, mußte oft morgens in den schlimmsten Schenken von seinen Burschen gesucht werden. Aber ein ungewöhnlicher Scharfsinn, ein eiserner Fleiß machten ihn unnahbar für strenge Disziplinierung. Er war durch ein sonderbares Vorkommnis vor rund drei Jahren aus der Hauptstadt in diese Provinzgarnison versetzt worden. Als bei den damaligen Frühjahrsmanövern ein großes Avancement stattfinden sollte, war Irfen für eine bevorzugte Stelle in dem Stabe seines Korps vorgeschlagen. In der wundervollen Märznacht, tags vor dem Ausrücken seiner Abteilung, jagte er über die Dörfer, trank sich in einer Bauernschenke fest, beendete die Nacht bei einer verrufenen Dorfhexe, deren Fenster er vorher einschlug. Morgens setzte er kurz vor der Inspektion auf dem Übungsplatze mit einem Schimmel an, von dem er später selbst nicht wußte, wem er abgetrieben war. Der Kommandeur ritt an dem Offizier vorüber, der kerzengrade auf dem Gaul saß, aber Stroh im Haar hatte und dessen linker Ärmel weit bis in die Achsel aufgeschlitzt war, riß noch einmal sein Pferd um und sah nun erst verblüfft, dann ironisch lächelnd den Offizier an. In der Nacht darauf hatte Irfen sein eigenes edles Pferd erschossen, war in den Stall des Kommandeurs gedrungen, hatte auch dessen zwei kostbare Pferde erschossen, nachdem er vorher den Stallburschen in widerlicher Weise gemißhandelt hatte.

Über den Tisch langend, nahm er dem jungen Nick den Kohlestift und den Löschbogen aus den Händen, sagte: »Paß auf, Kamerad, wie deine Rechnung ganz richtig wird«, schloß die Augen und fuhr mit dem breitgelegten Kohlestift nach allen Richtungen über die Tafel, wobei er den Rand der roten Unterlage beschmierte. Auf die erstaunte, etwas verwirrte Frage des jungen Nick, der sofort aufgesprungen war, brach er in ein hartes meckerndes Lachen aus. Nick fuhr ihn, aufrechtstehend, lärmend an, aber er setzte allen Aufforderungen, sich näher zu erklären, nur ein höhnisches »Kismet; es gibt nur das Fatum« entgegen, so daß die Unterhaltung einen peinlichen Ernst annahm und man in den Nebenzimmern aufmerkte. Der graue Oberleutnant aber wandte plötzlich sehr bedachtsam seinen Stuhl um, machte mit beiden Armen den Tisch vor sich frei, setzte sich hin und legte sich breit, den Kopf auf den Armen, über den Tisch hin. Das linke Auge kniff er zu, den linken Mundwinkel zog er herunter, sein Gesicht bekam einen gespannten Ausdruck; er schlug mit dem linken Arm wiegend auf die Tischplatte: »Sag, was du willst, Nick, tu was du willst. Ich versichere: hast du das Glück, so kannst du deine Abteilung rückwärts marschieren lassen über ein Stoppelfeld, und keiner stürzt dir hin. Andernfalls: tue was du willst, quäle dich auf einer Pritsche ab, zerarbeite dich, es nützt nichts. Es kommt nicht zu dir, das Glück. Es hat nicht den Schlüssel zu deiner Tür. Daran liegt's. Laß deine Hände weg davon; es tritt nicht über deine Schwelle, niemals, wenn du auch mit einem Strick an seinem Hals ziehst.« Der andere höhnte auf eine krampfhafte Art. Er redete ruhig weiter. »Ich werde dir etwas sagen. Hole mir noch eine Kanne griechischen Wein. Wenn ich mich heute schlafen lege, so werde ich es einmal versuchen. Wieder einmal. Aber im Schlafe. Zum Hohn. Denn mit dem Wachen, weiß ich, ist nichts. Ich werde im Schlafe fragen, verstehst du mich, was ich wissen will oder nicht wissen will; ich weiß nicht was und werde mit der Antwort aufwachen. Sieh her –« er hatte sich, den Kopf auf dem linken Arm, mit dem Oberkörper ganz gespannt über die Tischplatte gelegt, griff mit der offenen Hand in die Luft – »so wie ich hier bin, werde ich schlafen, werde Kismet sagen und die Zukunft befragen, die wird mir meine Frage beantworten.« Sein Faustschlag dröhnte auf dem Tisch; er sprach mit absoluter

Bestimmtheit. Es war kaum eine halbe Stunde später, als er, über den Tisch gesunken, einschlief.

Mittags gegen zwei wachte er auf. Als er schweigend durch den Saal ging, neckte ihn der junge Nick. Irfen besann sich, er hatte nichts im Schlaf gefragt und ihm war nichts eingefallen. Er ging in die Stadt, kam um acht Uhr wieder, um sich mit finsterer Miene wieder zum Trinken hinzusetzen.

Ein Pokulieren im kleinen Kreise begann; in dem beginnenden Lärm saß er versunken da. Bis er mit einmal gegen zehn Uhr aufstand, krachend sein Glas auf den Tisch schmetterte und schweigend, den Blick zum Fenster hinaus in die Flamme der Gaslaterne gerichtet, steif stehen blieb.

»Halt, halt«, schrie er.

Dabei ließen seine Augen nicht von der Gaslaterne los. Die flackerte gar nicht.

»Nummer sechs, Nummer sechs.«

»Deibel, was hat er?«

»Ich sage, Nummer sechs.«

»Das Fatum«, flüsterte Nick seinem erschrockenen Bruder zu.

»Welche Straße, Irfen?« schrie einer vom Ende des Tisches.

»Nummer sechs ist es.«

»Hallo, Perastraße«, brüllte derselbe, »da wohnt sie!«

Irfen blieb schweigend stehen. Er flüsterte etwas.

»Perastraße«, wiederholte er automatisch sehr leise; er setzte sich plötzlich hin, sehr ruhig, trank sein Glas in einem Zuge aus und blickte sich um. Einen Augenblick hielt die Verblüffung im Kasino an, dann lachte einer, schließlich alle brüllend auf. Nick sprang auf: »Das Fatum hat gesprochen, Kameraden, räuchert unsere Pythia aus.« Sie drangen auf den Oberleutnant ein, schlugen wie er auf den Tisch: »Bravo, Prophete!«

Sie quälten ihn, zu sagen, was er gefragt hätte. Er fuhr sich über den kahlen Schädel, brummte; er konnte sich nicht besinnen. Das Gelächter nahm kein Ende.

Er sagte gleichmütig, indem er sich aus einem Kruge vom schwersten Griechenwein einschenkte, in einer Stunde wolle er hingehen, das Fatum habe gesprochen; er könne es nur entgegennehmen; sie sollten lieber einen Zeugen auswählen; lachte zufrieden, als Nick sich selbst vorschlug und gewählt wurde und als die jungen Leute wilde Allotria zu treiben anfingen. Sie vermummten sich in Frauenkleidung, erschienen vor ihm als Damen des Hauses Nummer sechs, schnitten, als sie den schamhaften Schleier hoben, die entsetzlichsten Grimassen, brüllten ockend und pathetisch: »Kismet, Kismet!« Die Kasinoburschen legten ihm und Nick kurz vor elf die Mäntel um, schnallten ihnen Degen und Revolver um, gaben ihnen den Fez in die Hand. Durch das Spalier der Zurückbleibenden, die beschlossen hatten, bis zur Rückkehr der beiden zu warten, gingen sie aus der Tür hinaus; Irfen voran, völlig kalten Blicks, als verließe er wie sonst das Kasino; hinter ihm prahlerisch, etwas betrunken und hoch vergnügt Nick.

Sie taten die ersten Schritte in die frische Nachtluft hinein, Nick schwatzte stolpernd über das Pflaster; Irfen gab keine Antwort. Dann sprach auch Nick kein Wort mehr. Als er an der ersten Straßenecke Irfen mit einer Handbewegung über die Richtung orientieren wollte, bemerkte er, daß Irfen den Kopf auf die Brust hatte sinken lassen, so daß sein Fez fast herunterfiel und der Büschel vornüberhing. An einer Straßenlaterne kam es ihm vor, als ob der Oberleutnant mit festgeschlossenen Augen ging und als ob eine tiefe Spannung seine Mundwinkel herunterzog und wieder die unbeirrbare Sicherheit auf seinem Gesicht erschien.

Den schon bestürzten jungen Mann befiel eine Angst, die seine Glieder lähmte. Als er noch einmal scharf den steinernen Ernst und die Verbissenheit fixierte, die neben ihm schritten, fuhren seine Hände entsetzt zusammen: »Er versündigt sich«, schoß es ihm durch den Kopf; es überkam ihn die Lust, stehen zu bleiben, wegzulaufen, jemandem mitzuteilen, was hier vorging. Aber er konnte nicht anhalten. Es war ja auch lächerlich. Irfen ging mit ziehendem Schritt vor ihm und ließ ihn nicht los. Er ging in unglaublichem Gleichmaß dicht an den Häusern, mit kleinen schleifenden Schritten. Sie bogen aus der weiten Hauptstraße in die lange schmale Perastraße. Da brannte nicht eine Laterne. Vor einem alten einstöckigen Häuschen blieb der Oberleutnant stehen, ohne den Kopf zu heben. Er hatte nicht aufgesehen, um das Haus zu finden. Sie standen fast eine halbe Minute lautlos vor der kleinen Tür. Es war Nummer sechs; es war in der Tat Nummer sechs. Dann legte Irfen die rechte Hand vor die Stirn und sagte, ohne sich zu wenden: »Nick, ich will dich bitten. Laß uns einen Augenblick an Allah denken; dann müssen wir Allah eine Zeitlang vergessen.« Schon hatte er den metallenen Türklopfer gehoben und ihn gegen das Holz fallen lassen. Er stand wieder gesenkten Hauptes da, wartete.

Nick trat neben ihn. Drinnen polterte jemand eine Treppe herunter bis dicht an die Haustür, schloß, riß an der Klinke; mit einem Krach und lautem Knarren öffnete sich die Tür. Es war mit bloßem Kopf, in Hemdsärmeln, ein Bedienter, ein graubärtiger Kroate, der mit einer riesigen Handlaterne die Uniformen ableuchtete und höflich fragte, was die Herren wünschten. »Nichts«, antwortete Irfen, »laß uns die Treppe hinauf«, und suchte den Kroaten beiseite zu schieben. Der Verblüffte stellte sich breitbeinig eine Stufe höher, setzte seine Laterne neben sich nieder, sah noch einmal Nick an und wiederholte seine Frage. Von oben tönte inzwischen eine dünne scheltende Männerstimme; im Schlafrock hinkte ein gebücktes kahlköpfiges greisenhaftes Herrchen über die Stufen, zog beim Anblick der beiden Offiziere die Quasten zusammen und fragte sehr ernst, aber noch unwirsch, wen sie zu sprechen wünschten oder wer sie jetzt schicke. »Ich bin von niemandem geschickt«, fuhr ihn Irfen an, »ich muß hier im Haus etwas sehen.« Das kleine Herrchen richtete sich steif auf, sah forschend in das unbewegliche Gesicht des hageren Offiziers, sagte ganz unsicher, betreten: »Meine Herren, Sie irren vielleicht in der Straße, in der Hausnummer. Ich weiß nicht. Oben schlafen nur noch meine Damen; es wohnt hier niemand sonst; ich kann jetzt niemanden einlassen.« »Der Schlaf Ihrer Damen ist gewiß sehr wichtig, aber ich habe eine unaufschiebbare Mission.« Der Kroat und sein Herr wechselten rasche Blicke. »Sie meinen wirklich Nummer sechs, Perastraße Nummer sechs, meine Herren? Es muß doch aber ein Irrtum, eine Verwechslung vorliegen.« »Lassen Sie mich die Treppen hinauf, mein Herr«, drängte Irfen, »kümmern Sie sich nicht um meine Sachen. Ist oben nichts, dann hab ich unrecht. Reden Sie nicht, lassen Sie mich hinauf!« »Ich kann Sie nicht ins Schlafzimmer meiner Damen lassen. Ich bitte Sie, endlich von meiner Tür zu gehen.« »Ich rühre Ihnen keine mit einer Fingerspitze an.« »Ich bitte Sie, hier fortzugehen. Ich rufe Leute, mein Herr.« »Und wenn Sie die ganze Garnison alarmieren, komme ich hinauf. Nick, steh her; du wirst mir jetzt helfen.«

Er tastete an dem Herrn vorbei nach dem Treppengeländer; der fuhr heraus: »Nehmen Sie gütigst die Hand vom Geländer und rühren Sie mich nicht an.« Der Kroat setzte die Laterne höher hinter sich, stellte sich dicht vor Irfen hin, legte eisern seine Hand auf dessen Arm. »Nick, tu mir den Gefallen gegen diese Menschen. Wenn ich unrecht habe, habe ich unrecht. Aber du sollst selbst sehen.«

Man hörte eilige Schritte oben, ein Rauschen von Kleidern, eine angstvolle Frauenstimme rief: »Laß ihn doch herauf; um

Gottes Willen, Kari.« Aber der wutzitternde Kroat hatte mit einem plötzlichen Schlag vor die Brust Irfen zurückgeschleudert und die Tür zugeworfen. Erst schlug Irfen, sich gegen die Tür stemmend, mit beiden Armen gegen die schwache Tür, dann trat er die Füllung mit zwei Fußstößen ein, daß die Trümmer und Splitter auf die schreienden Leute drin schlugen. In diesem Augenblick hob Herr Kastelli den Arm über den Kopf und bückte sich; der scharfe Degen des Oberleutnants zischte über ihn durch die Öffnung; aber gleichzeitig krachte die Treppe hinunter aus dem Revolver des Kroaten ein Schuß, und rasch hintereinander zwei weitere Schüsse. Der lange Irfen draußen richtete sich hoch auf und warf die Arme in die Luft, stürzte rücklings auf das Trottoir, kroch wieder auf, lief, während der Fez liegen blieb, schräg vorwärts auf die andere Seite der dunklen Straße, drückte sich noch einen Augenblick an die Mauer an und fiel nach vorne dumpf schallend aufs Gesicht. Nick, am Arm getroffen, kniete schon neben ihm, suchte ihn umzudrehen. Als er Irfens Kopf wandte, sah er einen kleinen Stirnschuß und sah das unveränderte Gesicht eines grauen Menschen, der das linke Auge zugekniffen, den linken Mundwinkel herabgezogen hatte, als legte er sich eben über einen verwüsteten Tisch und sagte, den Arm wiegend, mit unbeirrbarer Sicherheit: »Kismet.«

Der Herr Kastelli und seine Damen folgten bei der Beerdigung. Es waren drei ältere Damen, Verwandte des Hausherrn, und ein Herr, die für wenige Tage bei ihm auf der Durchreise wohnten. Im Kasino sagte man bei gelegentlichen Besprechungen des Falles, daß der Verlauf der Sache im Grunde vorauszusehen war.

Als es zur Abendmesse läutete, ging Herr Valentin Priebe an der riesigen Hedwigskirche vorüber und erwog, seine dünne goldene Uhr mit einer eleganten Armbewegung aus der Tasche ziehend, wie er den Rest des Tages verleben solle. Es war Sonnabend, sein Bureau um fünf geschlossen, und in der warmen Herbstluft mochte es lieblich sein für einen jungen Mann zu flanieren.

Er hob zweimal den braunen Samthut ab, um vorsichtig die feinen Spinnweben abzublasen, die von der Alten Bibliothek durch die Luft herschwammen, zupfte an seinem Taschentuch, dessen Rosa malerisch vor der blauen Sportjacke stand. Seine sanft gebogenen Beine schritten zierlich einher in weißen Tennishosen, hellgelben Schuhen. An der Charlottenstraße prustete ein lahmes Auto vorbei; schnüffelnd hob sich die aufgestülpte Nase über dem struppigen blonden Schnurrbart. Herr Priebe wedelte anmutig das Taschentuch gegen den Staub, bog sich besänftigt in den Hüften vor. Er huschte über den Damm.

Violette Strümpfe trug er, und es gelang ihm trotz energischen Schleuderns der Beine nicht, sie den Passanten zu Gesicht zu bringen; die Hosen waren zu lang.

In der Friedrichstraße musterte er mit verwegenem Blick gleichmäßig Herren und Damen, bereit, nach Belieben als Schürzenjäger oder Männerfreund zu gelten. Sperrte die braunen, runden Augen auf, die gutmütige Kaninchenblicke warfen. Sein linkes Auge, mit schwarzen Sprenkeln in der Iris, stand etwas nach außen; auch zuckte Herr Priebe mit dem Kopf häufig nach links, als wollte er über die Schulter nach hinten sehen.

In aufgelösten Scharen trotteten die Menschen beide Seiten der Straße entlang, standen vor den Schaufenstern, sprangen in die Wagen, schlüpften zwischen schnurrenden Autos über den Asphalt. Streifte ihn etwas am Arm in der Mohrenstraße, lockte eine Stimme: »Na, Schatz?« Geschminktes feines Gesicht, rotblonde Perücke, übergroße Augen, Moschuswolke, Veilchenbukett an der Brust. Blutübergossen wandte Herr Priebe den Kopf ab. Er sah angestrengt auf den Damm, fixierte einen Radfahrer derart ängstlich, daß der ihn anbläkte.

Wie er aus seiner Lähmung an der Bordschwelle erwachte, schlenderte er vor das Schuhgeschäft von Barthmann und summte. Da kam dicht hinter ihm her ein graziöses Püppchen, rotblonde Perücke, übergroße Augen, Dessous schlenkernd über durchbrochenen hellblauen Strümpfen, plaudernd mit einem Geck im Zylinder. Sie lachten an ihm vorüber. Herrn Priebe stand das Herz still.

Er setzte sich in die Elektrische, fuhr in den Tiergarten, zog auf und ab die Hofjägerallee, bis er sich beruhigt hatte, lag matt in einer Droschke. Er wohnte in der Brunnenstraße in einem Quergebäude. In der lauen Abendluft lärmten die Kinder. Bevor er in den Hausflur ging, sah er sich um, ob ihm jemand folgte. Sein Vater saß hemdsärmelig in der Wohnung unter der Hängelampe, qualmte einen beizenden Knaster; ein kahlköpfiger Invalide mit einer blauen Brille, krummem Rücken. Die kleine Ella war schon im Bett an der Wand; sie zog Herrn Valentin das rosa Taschentuch aus der Jacke und roch daran; er gab ihr eine Banane vom Tisch.

Am Montag zwängte er sich in seinen Omnibus, rollte zum Wedding hinauf. Er ging über einen ungeheuren Kohlenhof. In kleinen Haufen lagen die schwarzen rußigen Steine, schwelten. Der Hof war mit dickem Staub bedeckt, unter dem Schienenstränge in dem weißen Morgenlicht blitzten. Von schwarzen Bergen rieselte es unaufhörlich herunter; starke Kräne knirschten hinein, prasselten ihre Ladung in die kleinen Bunker. Herr Priebe ging in einem glanzigen schwarzen Überrock über den dunstigen Hof, seine grauen Hosen waren abgestoßen. Er warf verschlafene Blicke über die Geleise, kletterte die Wendeltreppe des kleinen Bureauhauses hinauf. Niedrige weite Kontorräume, Holzläden an den Fenstern. Hinter den Pulten Männer, an der Wand junge Mädchen in schwarzen Schürzen; sie spielten auf Schreibmaschinen, machten metallischen Lärm.

Der Herr kaute an seinem Schnurrbart, pendelte tiefsinnig und zerstreut auf und ab, rauchte eine zerblätterte Zigarre. Zwei Fräulein stießen sich an, sagten laut zueinander: »Herr Priebe sieht eigentlich recht verlebt aus.« Er stutzte, räkelte sich an seinem Pult, sagte unter hörbarem Gähnen zu seinem Nachbarn: »Das Großstadtleben bekommt einem auf die Dauer nicht. Ich werde doch noch nach Friedrichshagen ziehen.« Aß zum Frühstück einen sauren Hering. Dann setzte er den horngefaßten Zwicker auf, schrie ein engbrüstiges Mädchen an, einer anderen warf er den Durchschlag zerrissen vor die Füße. Das Fräulein hob die Fetzen auf, maulte, plärrte laut los, die Schürze ins Gesicht geknüllt. Entrüstet verlängerte der Herr sein Gesicht, bewegte sich verlegen herum.

In der Mittagspause beobachtete der Herr dieses Mädchen, das Antonie gerufen wurde, folgte ihr auf die Wendeltreppe, näselte neben ihr leutselig, daß die Sache von vorhin nichts auf sich habe. In polnischem rauhen Dialekt erwiderte sie von Furcht vor Kündigung und weinte nochmals. Er stieg zurück; die jungen Männer an den Pulten stießen sich lächelnd an.

Am nächsten Morgen hatte Herr Priebe eine faltige Stirn, zotete mit den Kollegen, dann ging er summend durch den Raum, beugte sich wie versehentlich über die polnische Maschinistin, die hochfuhr, und flüsterte eine kleine Zeit mit ihr vor allen Menschen. Als er sich von ihr abwandte, pfiff er gleichmütig und saß nägellutschend an seinem Pult, um seinem glattgescheitelten blonden Nachbarn ein träumerisches »Ja, ja« zuzuwerfen. Wie der ihm zuzwinkerte, zog er schmunzelnd sein gut ausgefülltes Gesicht in Falten, so daß es aussah, als wäre es mit Bindfäden verschnürt von den Ohren her.

Antonie Kowalski war ein rundes, ebenmäßiges Geschöpf. Sie trug große unechte Ringe in beiden Ohren, an den feisten Armen breite metallene Reifen. Sie wohnte im Nebenhause Valentins; eine niedrige Mauer trennte beide Höfe. Hoch im vierten Stock hauste sie mit ihrer Mutter. Die Frau, eine Polin, hatte, während ihr Mann im Gefängnis saß, eine Liebschaft mit einem Zigeuner, einem Kesselflicker, unterhalten. Als der Ehemann nach dreieinhalb Jahren aus dem Gefängnis wiederkam und die einjährige Antonie vorfand, setzte er Mutter und Kind aus der Wohnung. Sie zogen in die Brunnenstraße, in eine Dachkammer. Antonie wuchs als ein jähzorniges, leidenschaftliches und zärtliches Tierchen auf; nur daß sie in der Zeit ihres monatlichen Ungemachs stiller und leidend wurde, sich verkroch, auch viel mit der Mutter weinte. Um den Vollmond hatte die Mutter sie empfangen. Die Frau stand damals spätabends mit dem Zigeuner in der Küche, als ihr der branntweinduftende Geselle um den Leib griff. Sie war, Hilfe zu schreien, an das Fenster gelaufen, hatte Gardine und Flügel weit aufgerissen, so daß plötzlich das prallweiße Mondlicht hart über Diele und Tisch fiel. Sie fuhr einen Augenblick geblendet zurück. Der rasende Mann warf sie schon auf den weiß bestrahlten Boden, riß ihr keuchend die Röcke ab, und so wurde sie seine Geliebte. Jetzt lachte und schwatzte Antonie viel im Schlaf, wenn der Mond vor ihr Fenster trat. Oft saß sie abends am Fenster, hatte die Augen offen; die Mutter mußte sie schütteln und laut anrufen, ehe sie den Blick herdrehte und aufstand.

Eines Tages, als es Mittag pfiff, wartete Antonie Herrn Valentin an der Wendeltreppe ab. Sie fragte ihn leise, warum er sie nicht ansähe und warum er sie vorige Woche sitzengelassen hätte. »Hier sind zwei Billetts für das Konzert bei Lipps, um halb neun an der Kegelbahn oder drin im Saal.« Drückte ihm einen gelben Programmzettel in die Hand, lief über den Kohlenhof.

Herr Priebe zitterte stark. Seine kalten Hände schwitzten, als er wieder an seinem Pult saß. Ihm wurde wüst und schwindelig. Der Speichel lief ihm unter der Zunge vor, er legte den Kopf auf die Schreibunterlage: »Was nun?« Setzte seinen steifen Hut verbeult auf, stockerte auf die Straße und ging statt zu Tisch lange Straßenzüge rasch entlang, die Liebenwalder-Straße, Prinz-Eugen-Straße, über die Pankstraße zum grünumsäumten Bahnhof Wedding, fuhr mit der Ringbahn um halb Berlin und zurück. Vom Kontor machte er sich abends im schäbigen Gehrock auf den Weg zur Brauerei, erst als ein hellgekleidetes Mädchen hinter ihm kicherte, fuhr er nach Hause, parfümierte sich im Tennisanzug. Mit Tränen in den Augen verabschiedete er sich nach vielem Drehen von der kleinen Ella, die ihn oft fragte, warum er so stöhne, wie ein Bär stöhne.

Musik schmetterte aus allen Gärten am Friedrichshain. Antonie war nicht an der dunklen Kegelbahn. Aus dem blitzenden Ballsaal tönte die Stimme des Maître. Herr Valentin stützte sich auf den Arm eines lustigen Kollegen, als er die Treppe zum Saal hinaufging. Antonie tanzte gerade am Arm eines flotten Kommis vorbei. Gnädig begrüßte Herr Valentin das Fräulein im Vorübergehen. Sie huschte am Schluß des Polkas auf ihn zu, stellte sich, ohne ein Wort zu sagen, neben ihm auf. »Da wären wir also, kleine Krabbe«, sagte er heiser, fixierte sie bis zu den Füßen mit Kennerblicken.

Sie trug ein weißes Waschkleid mit einem braunen Ledergürtel. Die schwarzen Haare hatte sie über die Ohren gewellt, hoch aus der Stirn gekämmt. Der große weiße Federhut war vom Tanzen weit in den Nacken gesunken, so daß das dunkelrote volle Gesicht grell davorstand. Breite Nase, hervortretende Backenknochen, die schwarzen Augen ernst und feucht. Schweigend standen sie sich gegenüber, dann legte sie ihren bloßen prallen Arm in seinen und zog ihn mit ehrfürchtigen zärtlichen Blicken zum Saal hinaus in den lampionbeschienenen Garten.

Draußen unter den alten Laubbäumen krachten die Schießbuden; die Karussells dudelten. Herr Valentin schob keck den Samthut zurück, zündete eine Zigarette an, führte Antonie in das

Gewühl zwischen den Tischen. Mit überlauter Stimme schwatzte er, lachte, gestikulierte. Sie preßte seinen rechten Arm fest an sich. Einem Fräulein, das mit einem Glas Bier vorüberging, warf er einen schlüpfrigen Gruß zu. Antonie kicherte begeistert. An der Kegelbahn brannten keine Laternen. Sie setzte sich mit einem Sprung auf einen sandbestreuten Tisch, er hüpfte nach einer Pause neben sie. Schon lehnte ihr weißer Federhut an seiner Wange, faßte sie ihn zögernd um die Taille. Ein stoßweises Rucken ging durch seinen Körper, er wand sich unter ihrem Arm, schauderte: »Ach Gott!« Der Samthut kollerte hinter ihnen auf den Tisch. Valentin sagte: »Fräulein, ich habe heute mittag ein Paar Würstchen gegessen; die müssen verdorben gewesen sein.« Sie streichelte mit dem Handteller seine Wange, seufzte verschämt: »Sie müssen was dagegen tun, Herr Priebe.« Er rutschte nach einer Pause mit einem Grinsen von der Tischplatte, stand leichenblaß da. Sie kam nach.

In der Nacht warf er sich im Bett, murmelte ins Kissen: »Was soll daraus werden? Was ist denn, was ist denn?« Der Vater schrie aus der Nebenstube: »Immerfort kracht dein Bett. Wer soll denn dabei schlafen!« Priebe lag ruhiger. Ihm fiel ein, daß Antonie eine Vase in einer Verkaufsbude schön gefunden hatte. Noch vor acht Uhr morgens stand er vor einem Laden in der Chausseestraße, betrat als erster Käufer das Geschäft und erstand für achtundzwanzig Mark ein unförmiges Porzellanstück, eine Vase mit einem Reigen von Amoretten, die dicke Backen machten und einen Kranz hielten.

In der kühlen Fasanenallee traf er sich abends mit der kleinen Polin. Die nahm ihm kreischend das hohe Paket aus der Hand. Sie riß das Papier ab, sobald sie allein auf einer Bank saßen. Mit offenem Mund blieb sie vor der bunten Kostbarkeit sitzen. Vorsichtig stellte sie sie neben sich auf die Bank, küßte und biß Herrn Priebe resolut in die Backe. Er streichelte ihr mit einigen krampfhaften Bewegungen das Stirnhaar unter dem weißen Federhut zurück und hielt es für angebracht, ihr unter schlüpfrigen Koseworten an die Brust zu greifen. Sie bog kräftig seine Hand weg, nahm seinen Kopf und küßte sein ganzes Gesicht ab. Dann gingen sie Arm in Arm die schmalen Spazierwege, während er sie oft losließ, an einem Baum lehnte und mit einem Gelächter losplatzte, das sie stutzig machte; schließlich sah sie geschmeichelt schief auf die Erde. Die Vase aber warf er unter solchen Grimassen an der Rousseauinsel ins Wasser, zum schluchzenden Entsetzen Antoniens, der er eine schönere versprach. Am Gitter des nebligen Wasserstreifens krächzte er mit übermüdetem Gesicht: »Vase hin, Vase her, was kommt es auf eine Vase an?«

Er hatte schon im Kontor gelegentlich den jungen Leuten erzählt von einer exotischen Mätresse, die er sich halte und die ihn stark strapaziere; von einem kleinen reizenden Brillantring, den er ihr geschenkt habe und den sie nun jetzt beim Tanz verloren hätte, ohne deswegen auch nur mit der Wimper zu zucken. Er wurde eines Sonnabends von den Kollegen genötigt, mit ihnen auf die feinen Lokale zu gehen. Er meinte zuerst, das sei lächerlich für sie, denn das Geld ginge dabei nur so hin, dann fuhr man zunehmend heiter in Berlin herum. Valentin, in gehobener Laune, freudig über sich erstaunt, lud sie zu immer neuen Lokalen ein, die er aus Plakaten kannte. Sie hockten zu vieren in einer jämmerlichen Rumpeldroschke, tranken erst in Mundts Tanzsalon, fuhren von Café zu Kneipe. Um drei Uhr morgens grölten sie im Café Minerva, um halb vier torkelten sie untergefaßt in das Café Greif, Elsässerstraße. An einem Ecktisch sagte eine graublasse Dame zu Valentin, er sähe aus wie der keusche Josef; er sank über den Schoß einer alten Vettel, die ihr Pilsener Bier wegrückte und der er gestand, sie wäre so zärtlich wie seine letzte Braut. Die drei anderen halsten ihm das Weib auf, packten beide in eine Droschke und tobten hinter dem langsamen Fuhrwerk mit Schirmen und Hüten her.

Kaum ein Wort sprach Valentin in den nächsten Tagen im Kontor. Sein Gesicht hatte in manchen Minuten etwas von Versteinerung. Er war ernüchtert, fand sich nicht damit ab, was ihm in der Nacht geschehen war, wütete gegen die Kollegen und hätte sie um Gnade bitten mögen. Abends blieb er zu Hause; vor dem Einschlafen weinte er im Bett viel und kläglich. Antonien übersah er; auch als sie ihm verstohlen auf dem Kohlenhof »Adieu« sagte, weil sie eine Verwandte in Ostpreußen pflegen sollte, meinte er nur: »Ja, wenn Sie Urlaub bekommen haben, Fräulein – dann, dann reisen Sie nur.« Er ließ sich gehen, bürstete sich nicht ab, lief manchmal mittags unter einer Angst spazieren.

Wenig über zwei Wochen dauerte dieser Zustand. Dann cremte Valentin seine gelben Schuhe ein, nahm sich zu einigen verzweifelten Flanierzügen, um nicht zu ersticken, einen jungen Kassierer mit, hatte eine gelle, herrische, aufgeregte Stimme; sonderbar auch, daß seine Augen blutunterlaufen waren wie bei einem Säufer. Erwachte eines Morgens mit Halsschmerzen.

Der Kloß, das Drücken ließ nicht nach. Eine fröhliche Bewegung entstand in ihm unter dieser drolligen Ablenkung, die ihn veranlaßte, alle Augenblicke »gluck, gluck« zu machen und dabei den Kopf nach vorn wie eine Gans zu rucken. Der Doktor, zu dem er ging, schickte ihn zu seinem Erstaunen zu einem anderen. Und der, ein beleibter Sanitätsrat mit fleischigen Fingern, lächelte auf Valentins Frage, was er denn habe, schnüffelte, während er in seinem Notizbuch kritzelte: »Müssen sich mal bei dem schönen Fräulein erkundigen, das Sie vor ein paar Wochen besucht haben, hähä; die wird's wissen.« Er hörte schon nichts mehr. Er sprang mit inwendigem Gelächter die Treppe herunter. Also das war es? Er prustete auf der Königsstraße vor Vergnügen. In einer ihn plötzlich überkommenden Heiterkeit kaufte er sich ein Witzblatt an der Ecke Spandauerstraße; ob etwas von seiner Sache drinstände. Nun war alles wieder gut. So hatte sich die Sache doch gelohnt. Zu Hause zog er sich um und promenierte an der strengen Winterluft. In seiner Pelzmütze und dem vermotteten Krimmerkragen machte er einen entschieden russischen Eindruck. Er lüpfte mit feiner Verachtung das linke Bein, wenn er an einer Dame vorüberging. »In dieser Gesellschaft wären wir also zu Hause. Die Krankheit paßt zur Pelzgarnitur. Vom Scheitel bis zur Sohle.« Er hatte keine gewöhnlichen Halsschmerzen, es war das Leiden der Roués, der Herrschaften von Welt. Es ist nicht schrecklich, man kann damit spazieren gehen, Schokolade trinken. Er lächelte in tief befriedigter Rache um sich. Zu einem Reisenden, den er traf, sagte er: »Wir haben unsere Bewegungsfreiheit wieder.«

Antonie kam zurück. Valentin begrüßte sie geringschätzig an der Schreibmaschine. Sie sah recht gewöhnlich aus, schon die Beschäftigung degradierte. Auf der Straße schmiegte sie sich mittags an ihn; sie latschten durch die lange Turmstraße im Schnee. Auf die Frage, warum er so sei, antwortete er, es ereigneten sich in einer Stadt wie Berlin mancherlei Dinge, Erlebnisse könne man sie nennen; er nähme sie belanglos. Sie bat ihn, zu sprechen. Als er sich selbstzufrieden eine Zigarette angezündet hatte und noch lange mit dem Streichholz spielte, gab er brockenweise von sich, daß es mit der Offenheit solche Sache sei; man wüßte schlecht, wie man sich da zu verhalten habe, besonders Frauen gegenüber, man hört ja manches; es sei jedenfalls nicht so einfach. Sie hatte tränenschwimmende Augen, machte ein verschlossenes fremdes Gesicht. Ihm ging die Zigarette aus; er stammelte beunruhigt, er werde sich die Sache überlegen. Dabei klopfte er ihr den Schnee vom Rock ab, den sie beim Anlauf gegen einen Baum abgestreift hatte.

Abends im Humboldthain empfand er vor ihrem verfrorenen Gesicht ein so demütig anbetendes Gefühl und war so furchtsam, daß er wie ein getretener Hund an ihre Hand kroch und alles herausplatzte, blind, wie ein Todgeweihter. Am Schluß seiner Rede fiel er vor Erregung von der Bank. Antonie, von seiner Erregung mitgerissen, zerrte an seiner Schulter, bettelte, er möchte doch aufstehen, trat auf ihre Muffe, die hingefallen war. Sie weinte und tröstete ihn plappernd, als sie nach der Stadt zu gingen; jeden Augenblick faßte sie ihn bei den Paletotknöpfen, umarmte ihn mit Kraft, daß er seufzte. Sie hatte, als sie sich bald trennten, beide mit blauen Nasen und mit Schnee auf den Schultern, ein fast glücklich verwirrtes Wesen, wollte mit Valentin in ihre Wohnung gehen. Er warf unruhige Blicke, schnaubte, rannte getrieben durch die hellen und engen Straßen, an Kinos vorbei mit Mordplakaten, an dem Geigengesang der Cafés auf Knieen, die weicher und weicher wurden und ihm wie Wachs wegschmolzen.

Antonie und Valentin sprachen dann für lange Zeit nur noch zweimal zusammen. Das eine Mal am Tage nach der Begegnung im Humboldthain; da trafen sie sich vor der Fabrik zu einem gemeinsamen Nachhauseweg. Sie hatte einen schwarzen Tuchmantel an, dazu eine leichte Boa, auf dem Kopf eine samtene Kappe. In ihren runden Bewegungen glitt sie an ihn heran, öffnete wenig den breiten Mund mit den aufgeworfenen Lippen, ging vertraulich dicht neben Valentin im Schnee. Sie sprachen vom Geschäft, vom Wetter und blieben vor den Schaufenstern stehen. Den Rest des Weges fuhren sie in der Elektrischen. Nur beim Abschiede konnte er einmal ihren unverständlichen Blick fassen, den sie auf die Seite drehte.

Nach anderthalb Wochen fragte er sie auf der Wendeltreppe, wie es ihr ginge. Sie antwortete, während sie sich an einem Ohrring zupfte: »Gut«, vielleicht könnten sie sich morgen unterhalten.

Am nächsten Tag kam sie nicht ins Kontor. Wochenlang blieb sie fort. Er schrieb an sie, bettelte um eine Antwort. Ihre Mutter hielt sie zu Hause. Sie war still geworden. Sie litt an Schlaflosigkeit. Noch als sie ins Bureau ging die letzten Tage, meinte sie zur Mutter, sie höre feines Glöckchenklingen, auch tiefe summende Saitentöne, die in Harmonieen abwechselten. Es war gar nicht lästig, sie hörte es recht gern. Sie wollte nicht auf die Straße gehen, blieb lieber im Zimmer; keinen Menschen als die Mutter mochte sie sehen. Und als einmal Valentin sie besuchte, durfte er sich ihr gegenübersetzen; nur daß er sie berührte, duldete sie nicht. Hinter ihm öffnete sie das Fenster.

Ein plötzlicher Trieb kam über sie, sich nicht zu bewegen. Sie ging wenige Schritte im Zimmer liebevoll um sich herum. Die Mutter fragte einmal, ob sie sich nicht langweile. Sie setzte ihr den breiten Federhut auf, kleidete sie völlig und warm an. Sie lächelte zur Mutter: »Geh du mit aus.« Die faßte sie bei den Ellbogen: »Hast du eine Liebschaft, Toni? Kriegst schon einen anderen.«

Sie gingen die Treppe hinunter und wieder hinauf. »Ich freue mich allein viel mehr mit meinen schönen Sachen.« Und wirklich saß sie oben in den Stuhl gesunken der Mutter gegenüber, plauderte schön und strahlend; sie strich über ihr Kleid. Das Weiße ihres Auges war sichtbar. Sie war viel beschäftigt, ohne zu wissen, womit. Oft wanderte sie im Zimmer herum mit glücklichem Gesicht, auf lautlosen Pantoffeln. Sie gönnte sich feierlich keine Beschäftigung. Spielte gedankenlos, gedankenvoll mit bunten Zeuglappen. Band sich nach und nach eine Puppe zusammen, eine sehr farbige Flickpuppe, ein kleines Mädchen, groß wie eine Hand, zeigte sie der Mutter, schmiegte sie an sich, bettete sie ein.

Unter dem Spiel und dem Plaudern wurde sie offener. Antonie half der Mutter träumerisch im Haushalt, begleitete sie bei Besorgungen. Valentin wünschte zu ihr, er saß ihr gebrochen gegenüber. Sie beobachtete ihn leer. Eine Freundin riet Antonien, ihn doch wegzuschicken.

Und eines Spätnachmittags stand Antonie am Fenster ihrer Dachwohnung, sah auf das Nachbargebäude. Je länger sie hinsah, um so wilder fuhren ihre Arme zusammen. Krampfhaft wand sie sich, sie beschattete ihre hellen Augen: »Ich will ihn wieder lieben können. Ich kann es nicht ohne ihn ertragen. Ich will dich wieder lieben können.« Am Abend hatte er einen Zettel von ihr. Sie waren allein. Das gräßlich geöffnete Gesicht stand vor seinem. Sie hielt ihn, fordernd: »Küß mich, küß mich!« »Nein, ich darf nicht, ich darf nicht.« »Der Arzt geht mich nichts an, Valentin. Der Arzt kann mich nicht tot und nicht lebendig machen.« Die bibbernden Zwei umarmten sich. Sie biß sich in seine Lippe fest, und dann biß er nach ihrer. Valentin torkelte. Eine Schlange umwand sie in einer steinernen Spirale, rollte sie hin, ließ sie liegen.

Als die Mutter am nächsten Morgen den braunen Schal sich über den Kopf schlug, um waschen zu gehen, kam Antonie verschlafen aus dem Bett gekrochen, zog die Frau am Arm zu sich her und ließ sich von ihr streicheln: »Mir fehlt gar nichts mehr, Mutter; ich geh ins Geschäft.«

»Hast du dich mit Valentin vertragen?«

Nach einer langen Pause, während es schien, als ob sie wieder einschliefe, sagte Antonie: »Ich denke schon.«

Im Geschäft war sie träge, sinnierte herum, blieb schließlich weg. Sie mischte sich unter die kleinen Fabrikmädchen, die abends in der Brunnenstraße und Chausseestraße tanzen gingen, sagte nie Valentin davon. Sie stand neugierig und mit verschämter Miene um elf Uhr abends an dunklen Häuserecken mit zweifelhaften Damen, die ihr mit Witzeleien zuredeten. Antonie horchte sie aus, betrachtete sie, ließ sich von Männern in Cafés begleiten und lief dann weg. Stiller und stiller kam sie von solchen Spaziergängen nach Hause; ihre Schlaflosigkeit fing wieder an. Damals begannen die ersten Erscheinungen eines sonderbaren Nachtwandelns bei ihr. Ihre kleine Puppe in der Hand, schlich sie im Hemd bei völliger Finsternis durch Stube und Küche, an der schnarchenden Mutter vorbei über den Korridor und wieder zurück. Keine Diele krachte, vorsichtig setzte sie die nackten Füße, keinen Stuhl stieß sie an. Sie flüsterte zu der Puppe, die sie an ihren Mund hochschwenkte: »Nimmst du mich mit? Du bist gut. Mit dir geh ich. Hupf auf meinen Arm und sei recht lieb zu mir. Mit dir geh ich aus. Ja, kannst dich ruhig auf die Hemdkrause setzen. Du bist so schön, so schön zu mir. Mit wem kann man so schön sein wie mit dir?«

Einmal erwachte die Mutter darunter, daß Antonie seufzend am Fenster rüttelte, das nicht gleich aufsprang. Sie brachte die Träumerin wortlos zu Bett, die nach einigem Stammeln unruhig einschlief.

Zu Valentin war Antonie in dieser Zeit gleichmäßig freundlich. Er kam heimlich oft zu ihr; als er sie einmal fragte, wann sie heiraten wollten, sagte sie, wozu das sei, wessen es noch zwischen ihnen bedürfe. Und immer ungeduldiger wartete sie, wenn er wegging, daß es ganz finster würde. Willenlos umarmte sie ihn und war gut zu ihm; wenn er fort war, stöhnte sie jammervoll, bestrich ihren kleinen runden Spiegel mit Seife, so daß sie sich nicht sah, steckte die Gardinen vor dem Fenster zusammen. Die Mutter tappte im Dunkeln durch die Küche herein: »Bist du da, Toni?« »Willst du die Toni sehen, Mutter?« Und während die Frau mit der Petroleumlampe herkam, hielt sie ihr den kleinen Zeuglappen, die Puppe, tränenübergossen hin: »Das ist die Toni. Das ist meine kleine süße Toni. Nicht, Mutter, das soll unsere kleine süße Toni sein?« Sie lachte und schmeichelte dem Lumpen, die alte Frau lachte mit.

Und eines späten Abends brannte das elektrische Licht vor einem neueröffneten Tingeltangel in der Hussitenstraße. Es war strenger Frost; in ihrem schwarzen Tuchmantel, die Kappe auf dem Haar, lief die kleine Polin in eine Häusernische und sah mit zwei heftig kichernden und kreischenden Mädchen zu den grell plakatierten Schaufenstern herüber. Da drehte sich drüben die Tür; untergefaßt zogen drei bunte Damen mit zwei Herren über den schmutzigen Damm, in einer Reihe. Der eine Herr tänzelte graziös; er hatte ein gedunsenes glührotes Gesicht und verlor oft zum allgemeinen Vergnügen einen Gummischuh, ein rosa Taschentuch stand malerisch vor seinem zerknäulten Ulster. Antonie ging taumelig ein paar Schritte auf die Gruppe zu, drückte sich, die Muffe vor der Stirn, in einen dunklen Hauseingang. Der amüsierte Herr griff mit feuchter Hand über ihr Ohr, zerrte eine Haarsträhne; im Vorübergehen stotterte er: »Alle Kinder sollen mitkommen. Ihr braucht euch vor mir nicht zu fürchten.«

Drei Uhr mitten in der Nacht grölten sie im Hofe von Valentin zweistimmig Lieder; dann gedämpft zu Ehren seiner Braut, wie Herr Priebe sagte, den Schlager: »Nimm mich mit, nimm mich mit in dein Kämmerlein.« Und während sie, Männchen und Weibchen, im Kreise flöteten, kam in dem grellen Mondschein oben aus der Dachluke ein Kopf mit schwarzem losen Haar hervor, bloßer Hals, rot durchwirkter Hemdrand, schob sich im weißen Unterrock ein Körper durch das Fenster auf die Dachrinne. Tappte mit unregelmäßigem Schritt die Regenrinne entlang; bloße Füße; an ihrer Hand vor ihrem Rock zappelte etwas Schwarzes, Kleines.

Herr Priebe imitierte eben mit Damenstimme: »Ach, wenn das der Petrus wüßte.«

Da scharrte es vom Dach. Der Kassierer Lorenz, ein pickliges Biergesicht, blickte zuerst auf. Ein weißer Haufen, aufgestreckte Beine ohne Strümpfe, kam dicht vor der Front des Hinterhauses herunter, polterte gegen ein Blumenbrett auf einen Mülleimerdeckel, klatschte saftvoll dick und breit auf. Über die niedrige Feuermauer spritzte es klebrig, weiß; auf der Mauer blieb etwas Dunkles, Lappiges liegen.

»Es ist einer aus dem Fenster gefallen.« Die Fünf bewegungslos. Herr Lorenz wischte sich die Lippen ab. »Wo war das?«

gellte ein Fräulein; sie rannte heulend über den Hof zum Tor, die beiden anderen nach. »Ich kann so was nicht sehen«, murmelte Herr Priebe, »mir wird ganz schlecht; ich leg mich schlafen.« Im Hause klapperte es, wurden Fenster hell. Valentin bewegte die Lippen, was nun wirklich gewesen wäre, zitterte die Treppen hinauf in seine Wohnung, hüllte sich bis über die Ohren ein: »Ich will von dem ganzen Hause nichts wissen; ach, mir ist schlecht. Umziehen, umziehen.«

Morgens im Finstern klopfte Antoniens Mutter bei Priebe an, schrie und schluchzte am ungeheizten Ofen, der Fensterriegel sei nicht zu gewesen in der Nacht, sie hätte es vergessen am Abend. Sie hielt auch einen alten Zettel von Antonie in der Faust; auf dem stand, Valentin solle ihre Puppe nicht bekommen, wenn sie wieder krank würde. »Da ist nun der Lumpen. Kommen Sie doch bloß mal rauf zu uns, Herr Priebe.« Valentin riß die kleine Ella bei der Schulter herum, sie solle ausspucken hinter der Frau; den Vater fuhr er an, wie er die Tür vor so was aufmachen könne. Das Kind bockte: »Grade machen wir die Tür auf.«

Nachdem man in der folgenden Woche Valentin nahegelegt hatte im Bureau, wegen seines maßlosen Brüllens mit dem Personal und wegen des unmotivierten Herumskandalierens in Urlaub zu gehen, zog er, ohne sich von Vater und Schwester zu verabschieden, nach der Woltersdorfer Schleuse und nahm ein möbliertes Zimmer. Der Wirtin erzählte er, man habe ihn beneidet in Berlin und ihn für einige Zeit kaltstellen wollen; natürlich Weibergeschichten, die unvermeidlichen Weibergeschichten; drei Wochen würde er bleiben. Er sprudelte in anklagender Rede von Gemeinheiten, Ruchlosigkeiten, die man gegen ihn begangen habe. In einer Sofaecke im dunklen Zimmer brummelte er, holte die Puppe zur Spielerei aus seinem Koffer. Der Wirtin erklärte er, man müsse sich mangels anderer Gesellschaft irgendwie unterhalten. Heiß schluchzend überfiel er den scheckigen Lumpen, pfiff: »Wir haben uns mit solchen Sachen aufzuhalten, Toni, wir könnten ganz anderes im Kopf haben.« Trostlos und verzweifelt weinte er drin so laut, daß die Wirtin ein Kreuz vor der Tür schlug.

Als die Frau beim Richten ihrer Resedenstöcke sagte: »Sie werden die Sache schon überwinden«, meinte er mit schiefem Grinsen: »Wir haben Kräfte, liebe Frau. Was glauben Sie von uns? Wir werden das den Leuten heimzahlen mit Zins und Zinseszins. Lassen sie uns mal wieder zu Hause sein.« Und er sang so schön: »Wenn das der Petrus wüßte«, daß die Wirtin mit dem Kopf nickte: »Gott, haben Sie eine Stimme, Herr Priebe.«

Er dampfte schon nach zwei Wochen, Ende April, ab: »Der Landaufenthalt ist nichts für Berliner, wenigstens nicht für mich.«

Er packte zu Hause seine Sachen in den Schrank, kaufte sich einen grünen Schlips, einen Lavallier, der offen vor der Weste wehen konnte. Für elf Uhr abends verabredete er sich mit seinem Freund Lorenz, dem Kassierer. Er pomadisierte sich, als man drin schlief, zog neue graue Gamaschen über die Schuhe, schraubte die Hängelampe hoch, um sich vor dem Spiegel an seinen Bewegungen zu erfreuen. Da sah er aus dem schweren Holzkoffer einen Puppenarm ragen. Er kehrte dem Koffer den Rücken, rümpfte die Nase, sprang nach kurzem Herumstehen auf den Koffer zu, stopfte den Arm zurück. Wie er die Bartbinde abnahm und schräg nach hinten sah, ragte der Arm wieder hervor. Valentin riß den Deckel hoch, schmiß die Puppe in die Mitte des Wäschebündels, schniefte gehässig: »Den Dreck werd ich dir. Dich rausholen. Die Zeiten sind vorüber. Den Dreck. Rin in die Kommode.« Der Deckel schmetterte herunter. Im Spiegel sah er bewegungslos, wie der Deckel zitterte, sich langsam hob, die Puppe durch die Spalte auf ein Handtuch am Boden raschelte. Mit plumpen Schritten, die Arme in Boxerstellung, bewegte sich Valentin in Hemdsärmeln auf das Handtuch: »Zeitversäumnis! Gemeiner Ulk!« Wie ein Stehaufmännchen wippte die Puppe auf der Diele und fiel wieder hin. Valentin gegen sie her. Sie schnellte, zappelte und kam vorwärts. Als er wuchtig über sie stürzte, stand sie am Spind, schlüpfte in den weißen Mondschein und glitt leicht gegen die Tür. Knarrte die Schwelle; mit einmal war die Puppe nicht mehr im Zimmer. Den Hut stülpte Valentin wutgeschwollen auf den glattgekämmten Schädel, schlug auf die Türklinke. Da schwang sich am Treppenabsatz das feine Geschöpf grade über das finstere Geländer.

Er stand im kalten Luftzug im Türrahmen, die Jacke unter dem linken Arm; der Riemen einer Gamasche hing. Er winselte, die Schultern senkend: »Heiliger Gott, was soll das? Soll ich Vatern wecken?« Schlich schon die Stufen herunter, dem schleifenden Geräusch nach. Wie er durch den langen Hausflur stolperte, flüsterte er: »Du, du, halt, bleib doch stehen. Ich – ich hab nichts getan. Ich nehme dich mit zu Lorenz.«

Nach, nach.

Hagelwetter in der Brunnenstraße. An der Gaslaterne schlüpfte sie im Bogen herum. Große Schritte machte er schon, sie immer größere. Sie wuchs, war wie ein Junge, wie ein Mann. Stralsunderstraße. Er schwenkte seine Jacke in der Linken, schluckte Hagelkörner ein. Sie bog in die Hussitenstraße ein, hielt an der Ecke an, war breit wie ein Pferd. Er lief auf sie auf, saß, wie sie sich duckte, schwankend auf ihren Schultern fest, und sie rannte mit ihm fort.

Er biß in ihren Kopf. An der Sebastiankirche hörte er die ersten grunzenden Laute von unten, schüttelte an ihrem Hals, wimmerte: »Ich will ja ehrlich sein.«

Höhnend kam es herauf: »Willst du das? Willst du das?«

»Du kannst mich nach Hause lassen. Was hab ich schon ausgehalten!«

»Noch nicht genug.«

Sie rasten vorbei an einem Schutzmann; der schnaubte sich die Nase. »Was hat der Mensch für einen Gang am Leibe! Hoppa, hoppa, Reiter.«

Valentin wollte den Schutzmann anrufen, es ging zu rasch. Er heulte in den Wind: »Ich verlier meinen Hut.«

»Brauchst keinen Hut.«

»Meine Jacke, meinen Kragen.«

»Kannst nackt kommen.«

Greinend schlug Valentin die Hände vor die roten Augen: »Ich will nichts mehr wissen von diesen Sachen. Werd ich doch mal den kleinen Lorenz fragen, was er dazu meint.«

Die Gleise der Maschinenfabrik tauchten auf, ganz in Finsternis gelagert. Valentin brüllte, warf sich: »Keiner hilft, keiner hilft!« Die Puppe hielt ihn fest wie Kautschuk. Und während er kratzte, mit Armen und Beinen in den weichen Massen wühlte und sich wand auf seinem Sitz, kam der schwarze Humboldthain heran, menschenleer, mit Eisengeländern, starren Bäumen.

»Hi, hi, hi!« würgte er. Dröhnend lachte die Puppe: »Nimmst du mich mit zu Lorenz?« Der leere Vorplatz. Der tintige Teich dehnte sich. Sie lockerte seine Beine, schnellte zusammen. Mit einem Ruck sauste er kopfüber in das Wasser.

Sie stürzte sich glucksend nach. Er schluckte hochsteigend. »Ich sterbe schon, laß mich los.« Wie ein Schlagbaum lang war ihr Arm, mit dem sie ihn unter das Wasser drückte: »Es fängt erst an! Verlogener Hund!« Das Wasser spritzte nach allen Seiten, sprudelte, gurgelte minutenlang. »Verfaulen sollte ich dich lassen!«

Schräg über den Teich prasselte der Hagel in der Finsternis.

Hubert Feuchtedengel – Neuromanist und die zweiundvierzigtausend Mark seiner Erbschaft verfressend, aussaufend, drauf vier Jahre verheiratet, bis ihn seine Frau verstößt, weil er nur wöchentlich einmal anschwimmt zum Verschnarchen, Verschnaufen und zu einem Reinigungsbad, dann Mediziner auf Pump und Stipendien sechzehn lange Semester, bis das goldene Staatsexamen reift, achtunddreißig Jahr und nicht wenige Monate alt – bringt es so weit, daß er Medizinalpraktikant in einem lothringischen Bezirkskrankenhäuschen wird. Inzwischen hat sich bei ihm ein exquisiter Fimmel etabliert.

Er sieht am grauen Morgen einen Bandwurm klar vor seinen geistigen Augen, mit unzähligen regsamen, windenden Gliedern, eierlegend, eierstreuend, eierregnend; in einem Bad kleiner tropfenartiger Eier bewegt sich das Vieh stolz, zieht hin. Dann erhebt sich der Beobachter vom Bett, steigt gedankenvoll zu einem Romanisten aufs Zimmer; zu sprechen braucht er nicht, der andere weiß schon: der Bandwurm ist da. Als keiner gefunden wird von einem älteren Zechgenossen, verschwindet Hubert nach Greifswald, erscheint nach Jahren wieder in Süddeutschland als selbstdenkender Mediziner. Jetzt weiß er: er hat keinen Bandwurm; was man vor Augen sieht am frühen Morgen, ist kein Bandwurm, sondern Blutandrang. Und im lothringischen Hospital gelangt er zu der abschließenden wissenschaftlichen Überzeugung, daß es sich bei ihm um Sepsis, um Blutvergiftung handelt, beschränkt auf den Kopf; zweifellos um einen Fimmel, aber auf Sepsis beruhend.

Sein Arzt heißt Werner Strick. Das ist ein Gewaltmensch. Feuchtedengel imponiert ihm nicht, aber sie sind Duzbrüder. Neben dem rotgesichtigen hochwüchsigen Strick, der bei der Visite mit Sporen steigt, die zutrauliche gutmütige beleibte Gestalt seines Medizinalpraktikanten, Krankenjournale vor der kurzen Stülpnase, drüber her auf die Betten glotzend, dampfend vor Eifer.

Nach zwei Monaten konsultiert im schwarzen Gehrock nachmittags einhalb fünf Uhr vor der Stationsvisite Feuchtedengel seinen Chef wegen Hirnsepsis. Erklärt sofort, zahlen zu wollen, will wie ein gewöhnlicher Patient behandelt werden. Strick zieht sich die Stiefel an, wobei ihm sein Patient hilft, nimmt den erregten Besucher unter den Arm, setzt ihn im weißgestrichenen Untersuchungszimmer auf einen Eisenstuhl. »Zunge heraus!« »Aufstehen, Fußspitzen zusammen, Augen zu!« »Augen zu!« »Romberg negativ.« Zieht die schweren braunen Vorhänge zu, steckt hinter Feuchtedengels Rücken die Küchenlampe an, spiegelt seine Augen. Nichts zu finden. »Schlaf dich aus, Kerl. Geh nach Hause, Kerl!«

Nach drei Wochen schwimmt Hubert wieder an im schwarzen bauchumspannenden Gehrock. Sein Chef schmeißt ihm zwei Sporenstiefel vor die Beine. Hubert kaut, ist gedrückt, stellt die Stiefel auf, bleibt demütig an der Tür. Die Krücke des Spazierstocks fliegt gegen ihn. Drei Tage ist er Luft für seinen Herrn.

Schneevoller Winter. Silvesternacht. Sie versöhnen sich im jubelnden Bahnhofslokal. Frühmorgens fünf ziehen sie aufrecht aus der Wirtschaft die Neubrückenstraße herunter durch die Kapellenstraße. Feuchtedengel kann seine Überzeugung nicht zurückhalten. Also die Medizin, sagt er, entwickelt sich, aber schwach; es gibt eine umschriebene lokalisierte Sepsis; man kann sie haben, man kann sie lange Zeit haben. Werner Strick hat seinen Paletot im Bahnhof liegen lassen, geht in einer Flauschjacke, trägt die Reitpeitsche. Er schickt den Schwaben nach der Bahn; als er den Paletot hat, der Dicke ihn wieder demütig angafft, gerät er in Stinkwut über Hubert Feuchtedengel, seinen Medizinalpraktikanten. Haut ihm den steifen Hut ein, spuckt auf das schwarze Brückengeländer, schimpft vor sich. Wie sie weitermarschieren, flucht Strick. Er habe genug von der Sache. Beißt auf seine Zigarre: »Du Schwein. Du verwerfliches Schwein. Du bist ja ein ganz verwerfliches Schwein. Jetzt aber, jetzt sollst du was sehen. Jetzt kommst du mit. Jetzt hast du deine Sepsis und wirst behandelt. Verstehst du, Kerl?«

Feuchtedengel ist einverstanden, seine Augen tränen vor Entzücken, er ist vor Rührung nicht imstande, den Hut auszubeulen. »Kerl«, flucht Strick weiter, kaut an seinem kalten Stengel, »Kerl, Kerl, dich werden wir kriegen.« Klirrt mit den Sporen, stubbst am Kino den Plakatständer um.

Im Doktorzimmer, mit der Linken Licht knipsend, schubbst der Assistenzarzt den Barhäuptigen gegen die Chaiselongue, streift sich die Ärmel auf. Der Dicke unsicher: »Ziehst du nicht den Mantel aus? Wollen wir die Schwester wecken?«

»Nun legst du dich hin und hältst die Goschen, Luder damisches.« Strick raucht krampfhaft, schluckt, sucht im Arzneischrank.

»Kriegst eins reingefuhrwerkt«, giftet er seinen Schüler an, »daß du platzst. Kollargol, für deine kreuzdämliche Sepsis. Wieviel willst du denn?«

»Fünf Gramm«, lächelt der glückliche Hubert, beschaut schmunzelnd seine geschwollenen Armvenen.

»Nimm den Arm runter, ist noch nicht so weit. Fünf Gramm kannst du ins Gesicht kriegen von mir. Fünfzehn kriegst du. Zwanzig, wenn du nicht das Maul gleich zumachst. Ich spuck dir rein, du verwerfliches Subjekt.«

Werner Strick vom Schrank weg, bürstet, wäscht sich im Paletot in den mächtigen Operationsschüsseln. Sein schwarzer Hut schwankt bei der wuchtigen Tätigkeit. Geheimnisvoll von hinten Feuchtedengel, aus himmelnden Äuglein zu seinem Chef: »Fünfundzwanzig Gramm. Ich vertrag es. Ehrenwort. Viel muß man bei mir geben. Über die Maximaldose.«

Verächtlich schweigt der Chef. Das Sublimat spritzt, über die Schüssel hinweg springt der Hut. Der Schwabe rückt an, will gebückt unten den Hut fassen, kriegt von der Seite einen Tritt in die Weiche.

Massig steht mit der großen Zwanziggrammspritze aus Glas der qualmende Mensch vor dem rotbäckigen Medizinalpraktikanten, der auf dem Untersuchungsstuhl sitzt, den linken bloßen Arm, mit Gummi abgeschnürt, triumphierend hinstreckend. Hubert bebt vor Freude, läßt sich nichts merken. Dreht den Kopf von Strick ab gegen die Wand. »Das schöne Bild«, schwabbelt er schämig, »in der Klosterküche. The monastery kitchen, cuisine de monastère. Soviel Mönche und bloß ein Kalb.«

Von oben faucht Werner: »Schwein, wieviel willst du haben?« »Fünfundzwanzig«, stöhnt Hubert, kann es sich nicht versagen, bettelnd den Arm des andern zu berühren.

Spießt sich die Kanüle in die strotzende Vene, der Stempel der Spritze sinkt, die dicke schwärzlichbraune Flüssigkeit vermindert sich.

Hubert, eisern den Unterarm auf die Lehne drückend, knurrt, brüllt, schreit von innen heraus, gräbt seine Stimme aus der Tiefe der Brust, windet Gesäß, Rumpf, Schultern auf dem Stuhl, zieht das Gesicht lang, reißt die Lider hoch, die Stirn voller Querfalten. Der Arm ist ein Tier, das sich in ihn verbissen hat; er will weg davon. Keucht: »Mehr, mehr, Werner, gib nicht nach, laß nicht nach.« Läßt sich die Freude nicht brechen.

Seine Füße treten mit den Spitzen den Boden.

»Fünfzehn, du hältst das Maul, achtzehn, neunzehn, kommst nicht weg, Junge, zwanzig, noch lange nicht, zweiundzwanzig; jawohl, vierundzwanzig. Da wären wir.«

Dreht ihm den Rücken, bläst, geht an die Wasserleitung. Ein Trampeln hinter ihm beginnt.

Hohes tönendes Luftziehen, Sekunde Stille, dumpfes Krachen, Hinklatschen, Poltern, Bersten, Splittern, Stille. Stille.

Über den weißen Steinfliesen schwarz und ungefüg das quadratisch geschwollene, baumlange Untier, der Dickwanst, bäuchlings hingestreckt, die Stuhllehne zerquetscht unter der Brust, ein Stuhlbein von unten aufragend zwischen den Knieen wie ein schräger Fahnenmast.

»Der Lump!« triumphierend Strick am Wasser, schlägt sich den Schenkel mit der nassen Handfläche, »fünfundzwanzig Gramm! Hab ich gesagt! Dreißig! Warum nicht vierzig! – Häh, verruchtes Subjekt. Hähä.« Stampft näher: »Häh, die Zunge! Streck die Zunge raus, Kerl.«

Der bewegt sich nicht.

Brüllend schüttelt Strick mit Lachsalven den Körper: »Die Zunge raus. Bist du tot, dann bist du tot. Aber halt mich hier nicht auf mitten in der Nacht, du Strolch!« Zieht sich den Paletot aus. Der Körper bewegt die Finger; die Kniee krümmen sich, das Stuhlbein wackelt leicht. Strick zieht sich wieder den Paletot an, schüttet die Sublimatschüssel aus, schleudert Wassermassen aus zwei vollen Schüsseln gegen den Hinterkopf des Körpers quer durch den Raum.

Das Stuhlbein bleibt stehen.

Der Wasserstrahl braust in den Behälter. Schüssel auf Schüssel wirft immer zorniger Strick über den Körper. Wutglühend schmeißt er Schüssel samt überschwappendem Wasser gegen die schwarze ungerührte Masse: »Da hast du den ganzen Salat. Das halbe Meer! Am besten wärs, es wäre Sand und man buddelte dich ein.«

Leitung abgestellt, Licht ausgedreht. Strick trampst türeschmetternd auf sein Zimmer.

Wie er sich das Nachthemd überziehen will, kommt es die Treppe schwer und langsam gegangen, stellt sich an seine Tür, klopft dumpf. Strick schnarcht im Halbschlaf: »Herein«, legt sich zurück.

Über die Schwelle schlurrt aus dem dunklen Vorraum in das morgendlich graue Zimmer eine schräg nach hinten türmende, kopfsenkende, wassertriefende Gestalt; hinter ihr, sie am Rockkragen stützend, eine andere.

Stehen auf dem Bettvorleger, stumm.

»Werner«, murmelt nach einer Weile die schiefe schwankende Masse.

»Herein«, schnarcht der, reißt die Augen auf, weil ihn etwas Kaltes, Nasses anfaßt. Dann richtet er sich langsam in die Höhe. »Wer ist denn das?«

»Werner«, murmelt der Vordere, »ich bin in den Fluß gefallen von der Brücke, ich konnte nicht gleich mitkommen. Du hast nicht gehört, wie ich dich rief.«

»Was bist du, Mensch?«

»Ich bin in den Fluß gefallen, wie ich deinen Paletot holte. Ich habe immer gerufen.«

»Dann gib mir meinen Paletot her, du Kerl; wo hast du ihn?« »Ich hab ihn nicht.«

Strick ringt verzweifelt die Hände: »Bist du nicht versoffen, du elendes Geschöpf, hat dich das Kollargol nicht umgebracht, was soll ich mir dir machen?« Überwältigt schreit er: »Raus, raus, septisches Vieh. Ich schlafe.«

»Werner, du sollst mir den Arm verbinden.«

»Wer ist denn hinter dir?«

Traurig flüstert der Schwabe: »Das ist der Teufel.«

Entsetzt hält sich Strick den Kopf: »Was soll ich denn mit dem noch machen! Mitten in der Nacht!«

»Er hat mich rausgeholt aus dem Wasser, wie ich schon fast tot war. Du sollst mir den Arm verbinden.«

»Du bist ja schon tot. Hast du so wenig medizinische Kenntnisse?«

Hartnäckig flüstert Hubert – der Teufel stemmt ihn rückwärts –: »Du sollst mir den Arm verbinden; ein Fisch hat mich gebissen.«

Strick wühlt sich hilflos aus dem Bett, zieht sich Strümpfe und Hosen über, seufzt: »Komm.«

Verbindet ihn unten; kopfschüttelnd sieht er die beiden abziehen, droht hinter ihnen.

Bevor er zur Visite geht, am nächsten Nachmittag, schlurrt Feuchtedengel mit dem andern auf sein Zimmer, am hellen Tage.

»Wo kommst du her? Du bist doch längst tot.«

»Ich bin wahrscheinlich tot, der Arm heilt aber nicht.«

Strick geht um die beiden herum; der Schwabe ist ganz trocken, seine Hosen, sein Mantel verschrumpfelt, erdig.

»Deine Sachen sind ja schon trocken; wo hältst du dich bei Tag auf, Mensch?«

»Im Freien. Wenn der andere keine Zeit hat, hängt er mich an einen Baum. Davon bin ich so rasch trocken geworden.«

»Das ist sehr praktisch. Aber warum holt er dich denn immer runter?«

»Mein Arm tut mir so weh. Du hast mir zuviel Kollargol eingespritzt, es ist mir eingefallen; nachher hast du mich in den Fluß geschmissen. Das gnade dir Gott. Aber ich bin schon wieder trocken.«

Breitbeinig stellt sich Strick vor den andern, schlägt sich mit der Reitpeitsche gegen die blanken Stiefelschäfte: »Jetzt rede ich gar nicht mit dir Sumpfhuhn. Jetzt rede ich mit dem andern. Warum bringen Sie mir immer den Kerl her, was soll denn die ganze Trocknerei, warum verschwinden Sie nicht mit ihm von der Bildfläche?«

»Ich kann nicht, Herr. Wir haben kein Holz und haben keine Kohlen, mit der Hitze ist es aus bei uns. Ich kann keinen mehr so anbringen. Sie müssen alle erst getrocknet werden.«

»Was bringen Sie ihn aber immer mir her, wo Sie doch sehen, was mit ihm los ist?«

»Ja, er will immer, Herr.«

»Herr Doktor heiße ich. Aber wenn er will, was ist dann?«

»Er läßt mir keine Ruhe, er hält soviel von Sie, Sie hätten seinen Bandwurm wegkuriert. Von morgens bis abends jault er immer von wegen dem Arm, jault und jault.«

»Ja, soll ich denn den Kerl noch behandeln, wenn er stinkt?«

»Ich weiß nicht, Herr, Herr Doktor.«

»Zum Himmeldonnerwetter, dann reden Sie doch mal Fraktur mit ihm. Vergraben Sie ihn, schmeißen Sie ihn ins Feuer. Glauben Sie denn, ich habe meine Zeit gestohlen?«

»Ich wills ihm mal sagen; er ist so tückisch, so störrisch, er läßt nicht ab.«

»Ich will, ich will. Das hätten Sie schon gestern tun sollen. Was sollen die Leute von mir denken, wenn ich mit so einem ungebügelten Subjekt umgehe; und dann immer zwei auf einmal. Wer wird sich von mir behandeln lassen bei dem Gestank.«

»Sag ich doch auch, verdirbt Ihnen das ganze Geschäft. Ist mir peinlich, Herr. Jetzt gehst du also deiner Wege, sonst setzt es was! Verstandewu? Vorwärts, hüh!«

Schüttelt den Feuchtedengel am Hals, daß dem in seinem pendelnden Schädel die Kiefer klappern.

»Mein Arm, mein Arm.«

»Hier gibts keinen Arm. Nichts zu machen. Abfahrt.« Strick hebt die Peitsche in der Faust hinter ihnen.

Auf der Treppe wimmert der Schwabe, oben donnert es durch die Tür: »Raus, sofort raus, samt dem Teufel!«

Der beeilt sich, daß sie nur so davonpoltern.

Strick vom Mittagessen auf sein Zimmer, will Brief schreiben. Vierfüßiges Getrapp auf der Treppe fängt an, an die Tür klopft es, einmal, zweimal. Strick denkt, ich antworte nicht. Sie klopfen weiter, stoßen mit den Füßen. Einer flüstert: »Er ist nicht zu Hause.« Der andere wimmert: »Doch, er schläft. Klopfen Sie noch mal, ich kann nicht mehr.«

Die Tür wackelt von den Tritten, ein Likörglas fällt vom Vertiko. Einer winselt: »Sehen Sie, er trinkt Likör.« Vorsichtig wird die Tür geöffnet. Strick liegt über dem Papier, tut als ob er schläft. Der Teufel läßt den rechten Arm sinken. Feuchtedengel, nach vorn gestürzt, muß auf allen Vieren kriechen, die Brust hängt dicht über dem Boden, seine Arme baumeln, schleifen nach, die Handrücken wischen den Teppich; der Kopf geht hoch, um etwas zu sehen, schlägt mit der Stirn wieder auf.

Der andere tippt den Schlafenden leise ans Ohr. Dem ist die Galle ins Blut gestiegen.

Er richtet sich vor den beiden auf, puterrot, gequollenen Gesichts, mit funkelnden Augen: »Nun hab ichs satt.«

Der Teufel läßt den Feuchtedengel auf den Boden plumpsen, stemmt sich die Fäuste in die Weichen: »Fangen Sie auch noch an mit mir?«

»Sie haben sich mit dem verstunkenen Kerl Ihrer Wege zu scheren. Sie haben –«

»Ich kann mit dem Kerl nicht fertig werden. Er läßt das Jaulen nicht sein und er läßt es nicht sein, es ist nicht anzuhören. Dann verbinden Sie ihn also und die Sache ist fertig.«

Strick rast im Zimmer: »Er stinkt ja schon, Menschenskind; er fault ja, wie Sie ihn da sehen, in seinen Kleidern.«

»Dafür kann ich nichts. Dafür bin ich nicht da. Dann gehen wir zu einem andern Doktor.«

Unten wühlt der mit dem Kopf: »Ich will nicht, ich geh zu keinem anderen Doktor.«

Strick brüllt: »Raus, raus mit euch Gesellschaft!«

Packt den Schwaben, der aufschreit, ihn betteInd anblickt, unter dem Kinn, zerrt ihn in die Höhe. Der Teufel fällt ihm in den Arm: »Sie haben den Mann nicht anzurühren. Ich laß ihn Ihnen hier liegen und hol ihn nicht ab, bis Sie ihn verbinden. Und wehe, wenn Sie ihn mir kujonieren.«

Trottet zur Tür.

»Was soll ich mit dem Kerl hier?«

»Ich kann nicht den ganzen Tag mit dem verplempern. Will überhaupt nichts mehr von dem wissen. Er ist mir zuviel und ist mir zuviel. Er hat einen Fimmel. Sehen Sie, wie Sie mit ihm fertig werden.«

Greift nach der Türklinke. Strick zieht ihm die Hand von der Klinke.

»Was soll ich mit dem Kerl hier, Sie. Jetzt ist er doch tot, mehr kann man doch mit ihm nicht machen.«

»Lieber Herr, ich geh was essen.«

»Sie sind faul. Faul sind Sie.«

»Das ist mir gleich, Herr. Ich geh was essen.«

»Ich bin nicht Ihr Herr.«

»Ich bin nicht Ihr Hans Fipps. Ich bin ein biederer Teufel, der seine Arbeit tut wie jeder andere. Sie haben mir meinen Dienst nicht zu erschweren.«

»Sie wollen mir Vorschriften machen. Lernen Sie erst Benehmen.«

Da nimmt der andere die Hand von der Klinke: »Das laß ich mir nicht gefallen. Das kann ich mir nicht gefallen lassen. Feuchtedengel, hilfst du mit?«

»Ich kann nicht. Er soll mich verbinden.«

»Nun komm mal, wir werden schon machen.«

Packt den schlappen Schwaben am Mantel zwischen den Schulterblättern mit der linken Hand, rafft ihn hoch, zieht ihn vor sich wie einen Schild, fängt an auf Strick loszugehen. Der in tobender Wut schlägt ohne Waffen drauf los, dem keifenden, bettelnden, schluchzenden Feuchtedengel gegen die Stirn, zwischen die auseinanderklaffenden Zahnreihen, am Hals vorbei. Der andere versteckt sich. Der Medizinalpraktikant plärrt: »Der Teufel will mein Beschützer sein.« »Sei nicht feige«, keucht der hinter ihm erregt, »wir kriegen ihn schon.«

»Er hat mir ja nichts getan.«

»Wir kriegen ihn schon.«

Schwapp, hat der Medizinalpraktikant einen wuchtigen Stoß gegen die Schultern. Und wie sich der Teufel vorbeugt, um zu sehen, was los ist, wettert ihm ein Schlag gegen die Schläfe, daß ihm Nacht vor den Augen wird, der Rumpf zusammenklappt, die Kniee einknicken und er im Umsinken nur noch die Kraft hat, Feuchtedengel über sich zu ziehen.

Strick steht lachend über den beiden. Er ist atemlos, öffnet alle Fenster, gießt sich Kognak ein. Als er sich auf das Sofa gesetzt hat, fragt er höhnisch herüber: »Es wird Frühling im Januar. Na, wie weit sind wir?«

Neben dem Dicken rappelt es sich hoch, der dicke Körper schwankt, schaukelt. Mühsam steht der Teufel hinter seinem Schild, stöhnt: »Wir sind so weit.«

Vom Sofa lacht es.

Der Teufel prustet: »Wir sind so weit.«

Stramm nähert sich Strick. Der Teufel flüstert dem Dicken ins Ohr: »Ich boxe jetzt mit dem linken Arm. Und paß mal auf, was ich dann mache.«

»Mit wem?« winselt der mißtrauisch.

»Paß mal auf«, zischt der andere verlogen.

Wieder schmettern die Hiebe auf Feuchtedengel, jetzt springt aber der Teufel mit ihm von Ecke zu Ecke.

Auch Feuchtedengel wird hurtig, es kommt ihm vor, als ob er Kraft in den Beinen habe.

Plötzlich fühlt er sich aufgehoben; über einen Schemel fünf Schritt weit fliegt er auf den anstürmenden Feind. Der, angeprallt an Brust und Hals, zu Boden gewuchtet von der Last, taumelt rückwärts auf die Kniee, kippt seitlich auf die Hände. Mit doppeltem Gekrach fallen sie hin. Im Nu hockt der Teufel über ihm, eins, zwei, drei schlägt er ihm die Faust gegen Schläfe und Augen.

Dann würgt er ihn ab, sitzt aufgeblasen wie ein Frosch über dem blauen Mann, wichtig beschäftigt, freut sich, wirft verliebte Blicke auf ihn, wie er immer weniger mit dem Mund schnappt, mit den Füßen zappelt, ganz ruhig ist. Immer wieder probiert er, ob der andere noch blauer wird.

Streichelt ihm herzlich vergnügt die Backen: »Nun bist du fertig.« Sich selber streichelt er: »Ei, ei, das ist schön.«

Er geht gemächlich blasend im Zimmer herum, er sieht sich die Bücher an, er setzt sich, nachdem er sich geschneuzt hat, an den Tisch, er trinkt Kognak.

Eine halbe Stunde. Die blanken Schaftstiefel Stricks glänzen herüber.

»Zu meinen Lebzeiten war ich Roßknecht. Es ist lange her. Ich will auch mal Reitstiefel mit Sporen haben wie ein Herr und eine Reitpeitsche dazu.«

Setzt sein Gläschen hin, zieht mit Placken dem Assistenzarzt die Stiefel rechts ab, links ab, steigt selber ein. Die Peitsche mit dem Elfenbeingriff nimmt er vom Spind, stolziert vor dem Spiegel. »Ei, Widuwio, wie siehst du aus. Jetzt gehört sich für dich ein Pelz, eine warme Mütze, dann bist du der Herr Baron.« Aus dem Spind holt er den Pelz, vom Rechen die gefütterte Mütze. Hat den Pelz am Leib, die Mütze auf dem Kopf. Sagt nachdenklich in der frischen Luft am Fenster: »Wir gehen etwas aus. Wir haben genug gearbeitet. Es ist Frühling im Januar.«

Feuchtedengel sieht ihn gravitätisch zur Türe stelzen: »Was soll aus mir werden?«

Verächtlich schweigt der Teufel, schließt hinter sich ab.

Die beiden liegen allein.

Ruft der Dicke nach einer Zeit: »Strick!« Der ist betäubt, dreht den Kopf, glotzt seinen Nachbar an.

»Strick, was machst du?«

Kläglich stottert der: »Nun bin ich auch tot.« Weint: »Meine Stiefel haben sie mir ausgezogen.«

Es schlägt fünf. Jammert Strick: »Wie lange sollen wir hier noch liegen?«

»Ich weiß nicht. Der amüsiert sich jetzt in deinen Sachen, der spielt den Herrn Baron. Und uns läßt er liegen, als wenn es nichts wäre. Wer soll denn jetzt Visite machen? Es ist fünf.«

Da hebt der Doktor den Arm: »Schon fünf und noch keine Visite. Einer muß gehen, du oder ich.«

»Ich kann nicht, Werner. Ich kann wirklich nicht. Mir pellt sich schon die ganze Haut ab. Was sollen sich die Patienten von unserem Krankenhaus denken, wenn ich Visite mache.«

»Zeig mal«, sagt Strick. Der dreht sich ihm zu. »Ich bin noch etwas warm, ein paar Stunden wirds noch gehen. O je, bin ich geschunden.«

Er hinkt zur Tür: die ist abgeschlossen, die Nebentür ist offen. Auf der Station sehen ihn die Schwestern an. Die eine jammert: »Sind Sie schon tot? Ach Gott, erst der Medizinalpraktikant und dann Sie.«

Eine andere weint: »Es ist aber schnell gegangen. Jetzt haben wir keinen Doktor mehr.« Die dritte blickt mitleidig auf seine Füße: »Sie gehen schon auf Strümpfen.«

Herzlich spricht ihm die Oberschwester ihr Beileid aus, zugleich für die verreiste Oberschwester der Nachbarstation, falls er etwa nicht wiederkommen sollte. Sie begleiten ihn zum Ausgang, geben ihm zwei Kränze mit, die sie für einen anderen gekauft haben; winken mit den Taschentüchern hinter ihm her. Vor seiner Wohnung macht er Halt: ihm ist sein Zimmer, der Teufel und Feuchtedengel zuwider; will sich zu den Kränzen einen anständigen Sarg kaufen. Der Portier leiht ihm einen Schafspelz und Filzpantoffeln. »Gehen Sie rasch, Herr Doktor«, sagt er, »dann reichts zwei Stunden. Lassen Sie die Kränze hier, ich leg sie Ihnen rauf.« Strick hetzt durch die Läden, in der Kapellenstraße wird er matt, läuft, um sich zwei silberne Reitpeitschen zu kaufen; oben im verschneiten Stadtpark sinkt er auf eine Bank, fällt ganz auf die Seite, herunter vom Sitz, freut sich: »Jetzt wird man mich ehrlich begraben, die beiden haben das Nachsehen.« Liegt im Schnee, im Finstern.

Der Teufel, spätabends, sieht ihn liegen, klopft ihm freundlich den Schnee ab: »Man soll es nicht übertreiben, lieber Junge. Nun wird dir gleich wohler.« Er führt ihn am Kragen; Strick, vergrämt über sein Pech, gerät in Zorn, weil der ihn duzt, verbittet sich das, macht sich schwer. Der andere näselt vornehm, daß er jetzt den feinen Mantel anhabe und die Mütze und die blanken Reitstiefel, und die beiden neuen Peitschen werde er sich auch behalten. Strick verlangt die Peitschen zurück, flucht, schmäht, daß der andere ihn am Wege zur Parkstraße über die Bordschwelle hinwirft, schwörend, er werde den armen Feuchtedengel holen, dann werde er ihnen die Suppe versalzen. Als die beiden an seinen Armen wackeln, bläkt und schimpft der Teufel, wer hier der feine Mann sei und wer der Prolet; wer anderen das Leben schwer mache; was seien sie beide für Lumpenbagage, der eine ohne Hut und im ungebügelten Paletot, daß man sich schämen müsse vor die Damens, der andere in Filzpantoffeln, im Portierspelz mit Mottenfraß und dabei noch mit zwei Reitpeitschen. Ohne Pferd und kann nicht mal allein laufen.

Er hängt sie zum Austrocknen statt an einen Baum, wie ihm befohlen ist, an den Latten eines Zauns auf, mit dem Blick auf altes Eisen, rostige Lokomobile, zerbrochene Kochtöpfe. Erst am Morgen nimmt er sie herunter. Da ist Strick ganz Gift geworden. Der Teufel prahlt keck, wie er mit ihnen des Wegs zieht: »Jetzt sind wir zu dreien. Kommt noch der Gendarm und will mich verhaften, werdens vier. Ich muß mich beeilen.«

Strick wiehert lachend: »Du Hund. Wenn Feuchtedengel nicht gewesen wäre, hättest du nicht mal mich gekriegt.«

»Was«, faucht der andere, »Hund sagt der zu mir? Und das wollen Kavaliere sein? Ich hab genug.«

»Ich auch«, höhnt Strick.

»Mein Arm«, winselt Feuchtedengel aufwachend, »wer soll mich verbinden?«

»Ich hab genug«, brüllt der Teufel, dreht sich um sich selbst, »haltet die Schnauzen!«

Stößt, auf der Allee stehend, mit den Füßen rückwärts, scharrt wie ein Pferd.

»Was macht er nur«, denken die beiden im Schneehaufen.

Er bläst sich auf, der Mantel platzt, sein Bauch dringt vor, wird groß wie ein Globus, reicht rund herum vom Hals bis unter die Kniee, seine Hose folgt, seine Weste gibt nach. Seine Arme stecken wie kleine Stiele in der Kugel. Bückt sich keuchend, langt sich den Doktor, der ihn noch anspucken will, läßt ihn auf dem linken Arm, der linken Schulter nach dem Hals zu rutschen. Zwischen Weste und Hals stürzt Strick kopfüber abwärts, die Beine ragen zuletzt heraus. Die zappelnden Pantoffeln reißt der Teufel ab. Rechts versinkt Feuchtedengel. Der Bauch weitet sich, wirft Falten, steht prall. Der Teufel bläst die Backen auf. Die Kugel dampft, glüht, versengt die Kleider, dunkelblaue Flammen schlagen heraus, stehen über ihr wie eine Glocke. Der Teufel holt Luft, zieht sich schnurrend zusammen, schüttelt sich. Asche, weiße Knöchelchen fallen von ihm ab.

Freundlich sieht er an seinem Bauch herunter, sagt: »Ei, liebes Bäuchlein.« Hebt die Pantoffeln, beide Reitpeitschen auf, geht allein spazieren.

Zu einem Fräulein, die ihn wegen seiner erschöpften Haltung an der Großhafenstraße anspricht, sagt er: »Der eine, der Strick, Herr Strick, Herr Doktor Strick, hatte starke Muskeln, aber der andere war noch schlimmer, der mit dem Bandwurm. Der knaute und maulte und jaulte den ganzen Tag und wurde nicht fertig. Es war mir zu viel. Und nun, nun sehen Sie, liebes Fräulein –«

»Gehen wir ein paar Minuten ins Café Braune, mein Herr.«

»Gewiß, meine Dame. Und nun haben sie beide nichts. Nun sind sie nicht im Himmel und nicht in der Hölle. Nun sind sie einfach tot.«

Es wurde nun stille. Es lag völlig süße Verzückung im Raum. Die Musik sang, die Trompete sang, die Menschen sangen. Sie machten Bewegungen, gleitende, waren aneinandergepreßt, und die Musik ging mit ihnen, die Kniee bogen sich, der Fuß setzte sich vor, zurück, der Leib kam nach. Die Klarinette blies, oben stand der Kapellmeister mit dem Saxophon, sah herunter in die Rundung, die drehende. Lautloses Drehen, lautloses Gleiten der Schatten. Jetzt Scharren, vorwärts, rückwärts, süße Kinder, ihr Kinn über seiner Schulter. Und jetzt schmetternder Jazz.

Schwarzes Wuschelhaar an dem Tisch, sie steht auf, Puderdose, Blick in den Spiegel, die Kaffeetasse steht allein, die Handtasche liegt auf dem Stuhl. Sie ist in das Flackerlicht eingetaucht, von der Rundung eingesogen, das Klavier rasselt, Arm über seiner Schulter, gezogen, gewogen, die Musik singt, die Trompete singt. Schluß, auseinander, schon, schon, eine kleine Sehnsucht, ein bißchen Sonnenschein.

Und schon sitzen sie wieder um den Tisch herum, Puderquaste auf der Nase, über die Stirn. Ein älteres Fräulein hat Überschuh im Ausverkauf gekauft, sie packt aus, sie debattieren, drehen die Schuh. Ein gemütlicher Herr liest die Mittagszeitung, Garderobenständer mit Hüten und Mänteln stehen herum, es gibt keine Musik, ist alles aufgelöst, rinnt auseinander. Die Kaffeekannen sind Silberersatz. Licht und Zigarettenrauch in der Luft.

Ein langer junger Herr mit Hornbrille, er geht an den Tisch, er senkt den Kopf ein bißchen vor dem schwarzen Wuschelhaar, sie ändert den Ausdruck nicht, steht auf, er geht hinter ihr, bedenkt sein Geschick, dann fragt er nicht mehr, sie sind im Kreis des Geschehens, des Drehens und Scharrens und Gehens. Gleiten der Schatten, lautloses Drehen. Die Musik dumpft, wühlt, befiehlt, das Tamtam schmettert, die Töne steigen und fallen, die langen schmachtenden Töne, Hand in Hand, warme Hand, du folgst, du fühlst die Schenkel, du bist gut aufgehoben, es tut dir keiner was, und alle tun ebenso wie du. Ein Raum mit trinkenden Menschen ist da, und sie blicken auf dich, und du kannst die Augen schließen, Äuglein schließen, Äuglein schließen, Schritt vor, Schritt zur Seite, was summt und summt das Saxophon.

Und dunkel singt ein Mann: »Eine kleine Sehnsucht, ein bißchen Sonnenschein, eine Sehnsucht, die sich niemals erfüllt.« Das Klavier dumpft, das Tamtam klirrt, und jetzt ist bloß noch das Klavier da, und ist aus. Die Hände lassen los, warme Hände, schwere Hände, allein, die Gesichter sind ganz sachlich. Sie geht an den Tisch, sie senken einmal kurz die Köpfe, sie ist so jung, dann spricht sie mit dem älteren Fräulein wieder über die Schuhe. Die Kavaliere zahlen schon. Der Kapellmeister trinkt Bier. Sie geht.

Sie hat ein schwarzes Käppchen auf, ihre dünnes Gesichtchen lächelt an der Tür zurück, sie sehen ihre hellen Strümpfe, ihre Rundungen, sie trägt ein viereckiges Köfferchen. Wo geht sie hin, denken die am Tisch vor der Speisekarte.

Es gibt merkwürdige Zufälle. Da ist mir das Bild in Erinnerung geblieben von dem Raum, in dem sie tanzten, die Musik sang, die Trompete sang, sie machten gleitende Bewegungen, und dann war da ein Wuschelhaar, sie hatte ein schwarzes Käppchen auf, ihr dünnes Gesichtchen lächelte manchmal zu meinem Tisch herüber, sie tanzte und puderte sich, zuletzt ging sie mit ihrem viereckigen Köfferchen. Ich sah sie heute im Amt. Sie war Zeugin. Ich erkannte sie gleich. Sie mich auch. Ein kleiner Zivilprozeß, Streitigkeiten wegen Möbelbeschädigung beim Umzug. Sie sagte aus, daß die Kommode nicht verschrammt war und noch nicht aus dem Leim. Wie ich um drei aus dem Gericht kam, steht sie unten an der großen Treppe und wartet, Gott weiß worauf. Sie hat mich wieder angelächelt, ich wußte nicht, ob ich lächeln durfte, aber wahrscheinlich habe ich es doch getan. Da ist sie zu mir gekommen und sagte mir, daß sie mich schon gestern gesehen habe, da oben beim Tanz. Kommen Sie öfter da rauf? Ja, was soll man tun, wenn man allein und in solche kleine Provinzstadt versetzt ist, viele Lokale wird's hier ja nicht geben. Dann auf Wiedersehen.

Es regnet in Strömen. Alles ist grau, umgossen. Ich komme mir selbst wie ein Regen vor. So umgießt ein Gefühl alle Dinge und Menschen. Heut morgen war es noch ein leerer Ort und ich hatte schauerliches Heimweh. Ich dachte, hier verkomm ich. Jetzt – das ist ein merkwürdiger Zustand für einen ernsthaften Mann. Ich kann nicht leugnen, ich bin erregt. Es ist eine unglaubliche Spannung in meinen Gliedern. Ich gehe mit einemmal elastischer als sonst. Meine Wirtin sagt es auch. Sie freut sich über mich, ich bin jetzt allen Menschen wirklich mehr zugetan. Und warum? Ich bin allen Menschen dankbar, denn ich denke immerfort an sie und denke mir, sie geht unter ihnen allen.

Ich habe dieses ganze graue Heimweh verloren und bin wie ersoffen in einem einzigen Meer von Spannung und Freude und Freudigkeit. Was tue ich? Meinen Dienst wie sonst, aber in der Pause vergesse ich zu essen, sitze an meinem Tisch im Beratungszimmer und träume. Das ist durchaus kein natürlicher Zustand, aber er hat seine Annehmlichkeiten, ich werde schon sehen, daß er mir nicht über den Kopf wächst.

Ich bin schon Mitte dreißig und habe mir geschworen, nicht zu heiraten, meine Mutter hat es mir selbst geraten, obwohl ich der einzige Sohn bin, aber es ist zu viel Unglück und Krankheit in der Familie. Das hat mich allmählich, ich sehe es jetzt, in eine Feindschaft gegen das Weibliche überhaupt getrieben, ich bin ihnen aus dem Wege gegangen. Nun kommt das Feuer mir nachgelaufen. Aber es ist ein angenehmer Zustand. Ich war erst ein einziges Mal in meinem Leben verliebt, ich habe ein einziges Mal in meinem Leben geliebt. Das war damals sie, die Rosa. Rosa hieß sie, beim Anblick jeder Rose habe ich noch heute Schmerz. Es ist mir eine schreckliche Erinnerung, ich brachte sie zu meiner Mutter, und die sagte nein. Es war ein wochenlanger Kampf, aber meine Mutter hatte schon recht, und ich weiß, daß man Pflichten hat und daß man seinem Gefühl nicht blind folgen darf. Es war ein schreckliches Ende, ein schreckliches langes Jahr. Ich bin aus dieser Sache nicht herausgekommen, wie ich hineingegangen war. Man muß verzichten. Und jetzt. Es ist ein angenehmes Gefühl. Man soll es nicht ablehnen. Man soll nicht gar zu streng mit sich sein.

Ich habe verschiedene Zeiten. Manchmal komme ich aus dem Lachen nicht heraus und sage, was ist mit mir, manchmal grübele ich, manchmal werde ich sehnsüchtig, ich tauche sehnsüchtig in jedes Gesicht, jeder Mund bringt meine Lippen in Bewegung zum Kuß, manchmal muß ich mich abwenden, so überwältigt bin ich, ich weiß nicht wovon. Ob das nicht ähnlich ist wie damals mit jener?

Ich war erst wie von einer Wand umstellt, viele Plätze und Straßen mußte ich vermeiden. Jetzt ist es ganz anders. Ich grüße alle Mädchen und Frauen in ihrem Namen. Sie sind Erinnerung an sie. Ich blicke auf ihre Schuh, ja sie haben auch Schuh, sie gehn in Strümpfen wie sie. Wenn sie in meinem Zimmer ist oder ich in ihrem, so ist alles voll Gespanntheit. Ich bringe nicht das Richtige heraus, ich habe schon zu lange auf sie gewartet, sie wundert sich über meine kalten Finger und daß ich so stumm bin. Dann sage ich, ich habe bei Gericht so viel zu sprechen gehabt. Und wenn sie weg ist, atme ich auf, erhebe mich, wandere herum, denke nach, was gewesen ist, und schon fängt das Träumen wieder an, das Sinnen um sie, und im Inneren fange ich an mit ihr zu flüstern, und jetzt kommen die guten Worte mir über die Lippen, ich kann sie aussprechen, wo sie nicht da ist, nur wenn sie nicht da ist. Ich denke manchmal, das ist eine Passion, eine Leidenschaft, die mich in Ketten schlägt. Soll ich mich nun hinwerfen vor sie und mich ganz von dieser Leidenschaft mitnehmen lassen? Ich will nicht, ich will nicht. Aber wie gerne schwimme ich mit dieser Gewalt! Wo ist denn Wahrheit als hier. Wo ist Leben, was ist Leben, wenn nicht hier. Und ob ich Unrecht tue, es ist wahr. Ich brenne, aber sie ist es, die das Feuer angezündet hat. Was hat sie aus mir gemacht. Was hat sie veranlaßt, auf mich zuzugehen und das Feuer auf mich zu werfen. Nun denke ich und glaube schon lange gewußt zu haben, wer ich bin, und da kommt sie und wirft das Feuer, und siehe da, jetzt erst zeigt sich, wer ich bin. Sie ist irgendeine kleine Person, aber meine große Lehrerin, die beste Lehrerin. So lehren keine Worte, und so viel erfahre ich nicht aus der Philosophie.

Erkenne dich selbst, sagt der Philosoph. Ich weiß nicht, wie ich das machen soll. Und wenn ich mich erkenne, was ist mir geholfen. Sie aber hat dort oben an dem Tisch gesessen, es war schon gleich solche Verzückung in dem Raum, die Musik klang, die Trompete sang, die Menschen machten gleitende Bewegungen, und dann war das Wuschelhaar da, das schwarze Käppchen, sie lachte zu meinem Tisch herüber, tanzte mit dem jungen Menschen mit der Hornbrille. Sie hat mich einmal angesehen, sie hat mich kaum gesehen, und ich habe sie ansehen dürfen, und das war die Belehrung, nicht meines Gehirns, sondern meiner Natur. Ach, so abgemüdet und ausgenutzt ist mein Gehirn, es ist schon bald nichts mehr daran zu zerbrechen, es hat getan, was es konnte, und siehe da, es war alles eitel, nichts und leer. Nachdem viele Philosophen in den Hörsälen und die größten Denker aus Büchern zu mir gesprochen haben, da ist die große kleine Lehrerin an mir vorbeigegangen und hat auf ihre Art gesprochen, eine knappe Viertelsekunde. Oh, welche eindringliche Predigt, meine Knie zittern noch, wenn ich an diese Viertelsekunde denke. Ich brauchte Stunden, um mich davon zu erholen, und immer wieder muß ich darüber nachdenken, was ich gelernt habe, und kann es nicht fassen.

Weil ich dich gesehen habe, soll sich alles in mir wenden. Ich bin schon viel ruhiger. Ich denke während der Verhandlungen ruhig an dich und du hältst es aus, daß ich ruhig an dich denke. Ich habe erst gefürchtet, das ginge nicht, du würdest dich dann als eine lächerliche Fratze enthüllen, die mich nichts angeht. Jetzt kann ich auch an die Rosa denken. Ich habe hier vor mir einen Strauß Rosen, den habe ich mir heute morgen gekauft, jetzt liegt er vor mir auf dem Tisch, noch in dem Seidenpapier, und ich kann die Blumen ruhig und sogar herzlich betrachten. Es ist lange her, Rosa war gut, aber vorbei, vorbei, wer weiß, was aus ihr geworden ist, es hat nicht sollen sein. Jetzt erntet eine andere, was sie gesät hat. Ich bin froh, daß das Oberste in mir zuunterst gestülpt ist und das Unterste zuoberst. Ich habe meine Fassung wieder. Ich war erst fassungslos über mich. Ich hatte gedacht und bin manchmal nachts mit dem Schreck aufgewacht: ich habe schon so lange gelebt, es war schon alles gut, warum mußte das noch über mich kommen, warum konnte ich nicht in Ruhe sterben?

Ich war heute bei ihr, ihre Mutter war nicht zu Hause, sie hatte sie weggeschickt.

Ich habe sie vor zwei Stunden in meinen Armen gehalten. Es war ein Glück, das noch jetzt in meinen Armen, in meiner Brust nachklingt. Wie sie am Fenster, rosig, jung, ihren Mund an meinen legte, ich hielt sie um ihre Hüften – ich kann nicht davon sprechen. Himmlisch, der Himmel. Und die Begierde und der Körper. Es war ein Dienen und eine Demut. Was ist ein Kuß, was ist er anders als ein Untertauchen. Keine Aneignung, nein, eine Bitte um Zulaß, eine Danksagung und zugleich ein Sichhinwerfen und -aufgeben. Aber ihr ist davon, glaube ich, nichts bewußt, vielleicht tue ich ihr auch Unrecht. Es sieht bei ihr nur aus wie Staunen und Spiel.

Das ist das Eigentümliche der Liebe: diese Geste des Körpers, diese große und besondere Rolle, die der Körper spielt. Nirgends sonst steht er so sehr, so völlig, so hundertprozentig im Dienst der Seele. Wie da das Körperliche durchsichtig wird. Da war man sonst ein starres, isoliertes und gefrorenes Tier, man war wie in Stücke gehauen. Man hatte da seine Gedanken, anderswo seine Neigungen, anderswo bewegte man sich. Jeden Teil ließ man einzeln laufen.

Ich habe dich wieder in den Armen gehabt. Du hast dich von mir umarmen lassen. Umarmen: das heißt, daß meine Arme, wie ich in dein Zimmer trat, sich um dich legen durften. Ich habe deinen schlanken, leichten, schwebenden Körper gefühlt. Und während ich dich hielt, habe ich innerlich gezittert und gefragt: wer bist du? Wer ist das hier, wer will hier etwas von mir? Wem bin ich hier gut? Ich kann nicht an deine Familie denken, für mich bist du nur das schlankgliedrige Mädchen, das Wuschelhaar mit den großen Augen. Du bist für mich der Mensch, der mir fehlt, das Stück von mir, das ich nicht habe, das junge, zarte Weibchen, die Natur, die mir viel näher ist, viel mehr als die Gesellschaft. Und jetzt sehe ich: ich, der Jurist, der Paragraphenmensch, ich bin im Begriff, die Gesellschaft zu durchbrechen und die Natur zu finden. Das hat einen leicht kriminellen Geschmack, aber wahrer werden mir die Dinge.

Ja wahrer, transparenter. Ich bin vorhin, wie ich ihr Haus verließ, langsam durch die Straßen gegangen, und da konnte ich wie ein gehörnter Siegfried nicht die Sprache der Vögel, aber die Sprache aller Menschen verstehen, aller Menschen, die da gingen, der Männer, der Frauen und der Kinder. Ihre Kleider machten mir nichts vor. Sie liefen als Naturwesen herum. Das war eine glückliche und erfreuliche Art, zu blicken. Das habe ich erreicht durch die Begegnung mit ihr. Es liegen überall Schlüssel zur Natur herum. Man braucht nur die Hand auszustrecken. Aber es gehört wohl auch Bereitsein dazu. Nun sitze ich zu Hause und denke an sie. Geliebt zu werden, empfinden viele als ein Glück; mag sein. Lieben ist ein viel größeres Glück, glaube ich. Freilich, das Schönste muß sein, das Größte und am meisten Stärkende, Lebenspendende: lieben und glauben dürfen, geliebt zu werden.

Sie hat mir ihr Bildchen geschenkt, ich trage es in der Tasche. Ich bin von dieser Tasche her elektrisiert. Ich muß das Bild wechseln in eine andere Tasche; mir kommt vor, mein Arm wird schlaff an dieser Seite. Es ist nicht ausgeschlossen, daß ich das Bild ganz aus meinem Anzug nehmen muß. Denn ich bin von dem, was das Bild ausströmt, wie umnebelt. Es ist so, wie wenn man in Sumpfluft, in die tropisch heiße und feuchte Luft eines anderen Klimas tritt. So umnebelt mich das. Aber doch bin ich froh, daß ich sie jetzt immer bei mir trage. Die Photographie taugt nichts; ihr Gesicht sieht so auf dem Bild weder klug noch beseelt aus. Der Photograph kann nicht die Spannungen, die Strahlen photographieren, die von ihr ausgehen und die nur ich empfinde, eben weil ich so empfindlich für sie bin. Ja, sie ist ein Naturwesen von ungeheurem Liebreiz für mich.

Ich komme eben von einer Begegnung mit ihr. Sie hat mir wieder vor dem Gericht aufgelauert und mich gegenüber in ein kleines Café geführt. Das Lokal war eben erst eröffnet, wir hatten nicht recht freien Platz, überall saßen Menschen, die Tür war gerade vor uns, und immer guckte uns einer ins Gesicht. Ich habe meine Stimme diese Stunde über nicht gefunden. Das Wuschelhaar saß blühend da mit ihren kirschroten sehr vollen Lippen, den Hut mit einem Schleier auf dem Kopf, die Handschuhe behielt sie an, ab und zu trank sie von ihrer Schokolade. Sie hat nicht bemerkt, daß ich so dasaß und meine Stimme nicht fand. Ich dachte, während ich dasaß, über sie nach. Was mochte sie von mir wollen? Sie war recht zärtlich und wunderbar innig zu mir. Auf welche Weise? Im Lokal, mitten unter den Menschen, dicht an der Tür, wo einem jeden Augenblick einer ins Gesicht sah? Ja, ich hätte das auch früher nicht beantworten können. Sie war innig und herzlich einfach dadurch, daß sie so blühend dasaß, kirschrote Lippen hatte, ihren Arm manchmal rückwärts um meinen Stuhl legte und mir einmal erlaubte, ihren linken Handschuh auszuziehen. Ich brauchte die ganze Stunde nicht zu sprechen, ich hatte genug damit zu tun, sie zu betrachten, den Tisch zu betrachten, auf dem die Schokolade stand und ihr einer Handschuh lag, ihren kleinen Stirnschleier anzusehen und zu wissen, daß sie hier saß für mich. Darin bestand das ganze Wunderbare, Herzliche und Innige. Sonst erzählte sie noch, daß sie jetzt ohne Arbeit sei, und von ihren früheren Stellungen.

Wieviel habe ich dir schon verziehen und muß ich dir noch verzeihen. Stundenlange Erregung, Warten, Warten, und immer wieder laufe ich zum Fenster, zur Tür, mache auf, horche die Treppe hinunter, falle auf, denn warum öffne ich, die Wirtin ist ja zu Hause, du kommst nicht. Was du machst, was du gemacht hast, ich weiß es nicht. Wenn du dann nach ein paar Tagen kommst, kriege ich es auch nicht heraus. Es war gar nichts los, du hattest das zu tun und das zu tun, und du hast auch den kennengelernt und bist auch wieder allein tanzen gegangen. Manchmal schwindelst du. Ich bin durcheinander glücklich, wenn du da bist, und gar nicht vorhanden. Ich brauche manchmal Stunden, ehe ich über die Ichqual hinwegkomme, und dann dauert es nicht lange, und du mußt gehen. Ich gönne dir ja jeden, aber gehe doch recht mit mir um. Siehst du mich gar nicht? Ach, wie bin ich geknechtet.

Was ich gesehen habe, ist dieses.

Ich sah ihre dunklen Haare, ihr schmales Gesicht, ihre glänzenden Augen. Ich sah, wie ihre Hände auf den Knien eines Mannes lagen. Ich hörte sie kichern, sprechen, den Kopf drehen. Und der Mann war nicht ich. Er saß mit dem Rücken gegen mich. Ich saß ganz dicht bei ihr, sie sah mich nicht.

Es war ein munteres Hinundhergespräch. Sie siezten sich. Wenn ich die Worte aufschriebe, es wäre nichts dran. Ihre Stimme war klein, mädchenhaft erregt. Es war aber um die beiden, um ihren Tisch, eine Wolke. So saßen die beiden da. Und ab und zu senkte sie ihre Stimme und sah auf den Tisch, und er hatte auch den Kopf gesenkt und hielt ihre Finger, und wenn sie aufsah, waren ihre Augen, die in meine Richtung blickten, aber mich nicht sahen, strahlend innig.

Wer das neben ihr war? Ein junger, frischer Mann. Ich könnte sagen: irgendein gewöhnlicher junger Mann. Aber es ist schon jetzt für mich eine große und feierliche Wahrheit, die ich vorher nicht kannte: es kommt auf die Worte und auf die Klugheit nicht an. Es gibt eine stärkere Gewalt. Es gibt eine innigere, herrlichere Gewalt. Und solche Gewalt bin ich oder war ich auch ein bißchen in ihr. Aber ich bin auch ein Bettler, ein Außenstehender, ein bloßer Bewunderer, ein Anbeter, Gläubiger, das auch. Und jetzt ist die Frage, wessen Gewalt und Kraft größer ist, meine oder die des einfachen jungen Mannes da.

Ich habe keine Spur Eifersucht gehabt, keinen Neid. Es war nur ein Schlag. Und dann überschwemmte mich ein anderes Gefühl: ich sah sie sitzen, sie liebt, das ist Liebe, da sitzt die Liebe, und ich bin mit darin. Ich fühlte mich mit diesem jungen Mann, ja manchmal als dieser junge Mann. Ich erlebte seine Begegnung mit ihr.

Auch sein Lächeln, seine spürenden Hände, die nicht ruhig auf dem Tisch bleiben können, die nach ihr wie nach einer Flamme züngeln, und sie läßt ihm ihre Finger, und ich spüre sie mit und schnappe noch ein paar Worte auf, wie er sagt: also wir verstehen uns; darauf lacht sie. Sie sagt, ach nein, es geht heute doch nicht, wirklich nicht. Oh, sie gehen.

»Es tut mir ja wahnsinnig leid, aber es führt zu nichts, Rosa, es hat ja keinen Zweck.« Das sagte ich ihr damals. Es fällt mir gerade ein. Es hat ja doch keinen Zweck, es führt zu nichts.

Ich hatte zwei üble Tage. Ich kam zu ihr. Sie war erst nicht im Zimmer. Ich blickte mich um, ob hier schon ein anderer herrschte. Ich bemerkte nichts. Ich weiß, sie ist sehr naiv und ganz rührend. Sie läßt Bilder und Ansichtskarten ihrer früheren Freunde ruhig an der Wand hängen. Nur wenn sie einen gar nicht mehr mag, dann nimmt sie ihn von der Wand. Da hängt die Ahnengalerie ihrer Freunde. Ein Bild von mir hat sie nicht, aber Ansichtskarten, die hingen noch da. Dann kam sie herein, ich hatte sie drei Tage nicht gesehen, es war ein ewiges Telephonieren, ich hatte mich angemeldet, dann war ich dienstlich behindert, dann konnte sie wieder nicht, es war ein trauriges Warten und Warten, zuletzt ein Leiden, eine völlige Verkrampfung. Und jetzt sollte ich sie sehen. Sie trat also ein, nickte und drehte mir sofort den Rücken zu, suchte in einem Buch; ich nannte sie beim Namen, sie gab gleichgültig Antwort, drehte sich nicht um, dann hatte sie eine Handvoll kleiner Photographien und suchte weiter in dem Buch, ob was drin lag, denn das Buch gehörte mir. Sie suchte vielleicht den Brief von einem anderen, das sah ich ihr an.

Und dann habe ich sie zwar in den Armen gehalten, aber es war alles ganz anders. Ich habe sie zwar geküßt, aber ich wußte schon, ich fühlte schon: ich war wieder allein. Es war in mir weg und es war in ihr weg.

Ach, und dann der Tag, nachdem sie weg war. Das kleine Bildchen von ihr trug ich in meinem Portemonnaie. Ich steckte die Hand in die Tasche und drückte das Portemonnaie, so war sie da, und ich hatte sie doch nicht verloren. Ja, manchmal strömte das kleine Bild in der Tasche etwas aus, es war die rechte Seite, meine Hand und mein Arm wurden davon heiß und schwach, manchmal flammte auch mein Gesicht rechts auf, ich sah es im Spiegel, ich mußte die Tasche wechseln. So ging es in manchen Stunden, manchmal war es ganz wie früher und ich staunte, ich staunte. Ich war wie überschwemmt vom Gefühl. Ich war wie ein Hund mit der Schnauze in eine Pfütze von Sehnsucht gestoßen, und dagegen konnte ich gar nichts machen. Nein, es ist nicht weg, sie ist mir nicht genommen, ich habe sie in meinem Blut.

Warum soll man, wenn abends alle Farben verschwinden, die tags da sind, aller Schmuck der Buntheit, alles, was unsere Bewegungen anleitet, warum soll man dann etwas von ›Fehlen‹ sprechen? Es war Tag, der positive Tag, und jetzt kommt die positive Nacht. Vorhin strahlte die Sonne, jetzt strahlt die Dunkelheit. Beide sind Lichter, Lichter verschiedener Art. Jetzt in der Nacht hört die krampfhafte Spannung auf. Es gibt hier nicht die Lockungen und Anreize, mit denen sich der Tag aufgemacht hat und die so schrecklich bunt und verschwenderisch überall liegen und unter denen wir uns aufbäumen.

Und du mußt nicht glauben: Schlaf sei bloß Schlaf, nämlich Nichtwachen. Wie kommst du darauf, daß wir die Hälfte des Lebens nicht da sind? Wir begeben uns nur in ein anderes Dasein. Die Muskelspannung, die für den Tag nötig ist, hat aufgehört, das fürchterlich erregte Bewußtsein ist hingeschwunden, die wilde Fesselung, die krankhaft zuspringende Begierde, diese böse, feurige, sonnenmäßige Begierde, hört auf. Der Nachthimmel ist da, endlich strahlt ein anderes Gestirn, und wir werden aus elenden Tagelöhnern, aus Lohnarbeitern des Tags – für einige Stunden wir selbst, mehr Menschen als vorher, mehr Ich als unter der Sonne.

Ein junges Mädchen. Diese Gesichter, sehe ich, sind alle geschaffen, gebildet und geformt von der Liebe der Männer. Daß ich sie empfinde, diese Gesichter, daß ich sie auch so lieben kann, zeigt mir: wir Männer sind eine einzige große Bruderschaft. Und alle Frauen sind eine einzige Geliebte.

Sie ist weg. Sie ist weg.

Nein, sie ist nicht weg, sie kann nicht mehr weg sein. Sie wird mich nie verlassen. Nun gehe ich wie sonst aufs Amt und spreche Recht in kleinen Zivilsachen. So habe ich sie ja auch einmal getroffen. Es ist kaum zu glauben, was den Leuten alles begegnet und worüber sie sich ärgern, worin sie sich beleidigt und geschädigt fühlen. Es sind kleine Werte von drei Mark oder fünf Mark. Aber da habe ich auch etwas Juristisches von meiner Geliebten gelernt. Ich verstehe mehr, was die Leute ärgert. Die Welt ist mir durchsichtiger geworden. Ich bin dichter an ihr Blut herangeführt. Das hat mir meine Sommerliebe gegeben.

Ich will mich einmal nach dem Schicksal der Rosa erkundigen. Die Rosa. Ich habe, seit ich das Wuschelhaar hatte, an meine Mutter nur ein paar Postkarten geschrieben. Es hat ganz aufgehört mit dem Briefschreiben. Sie hatte sonst jede Woche von mir zwei bis drei Briefe. Warum schreibe ich nicht mehr an meine Mutter? Ich bin bitter auf sie. Warum hat sie mir das damals gesagt von dem Unglück und den Krankheiten? Sie hat mich verhindert. Solch Gerede von Krankheit. Schließlich heilen ja auch Krankheiten.

Die Rosa habe ich nicht haben können. Das Wuschelhaar ist weg. Ich bin froh, daß ich sie gefunden habe. Ich werde mich viel, viel besser in der Welt zurechtfinden.

Reiseverkehr mit dem Jenseits

In der englischen Mittelstadt E. gelang es während des Krieges einem Spiritistenverein endlich, ein ausgezeichnetes Medium zu finden, das dem Verein und seinen Veranstaltungen großen Zulauf verschaffte. Es war ein eleganter junger Mann, der sich zur Erholung von einem Nervenschock in einem Sanatorium außerhalb der Stadt aufhielt und sich gelegentlich zu seiner Unterhaltung in den Vergnügungslokalen tummelte; es hieß auch, er spiele. Man nahm ihn einmal in eine Privatgesellschaft mit, die sich mit Tischrücken usw. befaßte, und dabei traten zum erstenmal, dem jungen Wiscott selber zum Erstaunen, seine mediumistischen Fähigkeiten hervor. Er war mehr bestürzt, ja entsetzt, wie man ihm zu seiner seltenen Anlage Glück wünschte, und man mußte ihn in der Folgezeit fast mit Gewalt aus seinem Sanatorium zu einer Sitzung in die Stadt schleppen. Er suchte sich hinter seinen Doktor zu stecken, der aber selber an den Experimenten interessiert war.

Den Ausschlag gab dann ein sehr anständiges Geldangebot des Vereins. Denn Wiscott war durch seine schwankende Gesundheit für längere Zeit an der Ausübung seines Berufs gehindert, er war Fabrikingenieur, und das Sanatorium kostete viel. Und so gestand er, seine neu entdeckte Fähigkeit ausnutzen zu wollen, um sich über Wasser zu halten. Nebenbei bedrängten ihn auch seine Spielschulden.

Wiscott war, sobald man ihn in ein spiritistisches Milieu brachte und er in Trance verfiel, ein anderer Mensch. Man möchte sagen, er war nicht ein einzelner Mensch, sondern mehrere, die Möglichkeit zu vielen, je nachdem er in Kontakt mit Figuren des Jenseits kam. Er verlor bei diesen Berührungen mit dem Jenseits völlig seine eigene Persönlichkeit, schmolz und empfing wie Wachs Einprägungen von drüben. Man kann verstehen, daß er meist erschöpft aus den Sitzungen kam und sich schwer zurechtfand.

Seine Kundgebungen oder Darbietungen, wenn man es so nennen will, erregten auch in der Öffentlichkeit großes Aufsehen, der Verein hatte mit der Acquisition dieses Mediums einen guten Zug getan. Wiscott wurde angestaunt als das ›psychische Fernrohr‹, und jeder wollte einmal einen Blick durch dies kuriose Rohr geworfen haben.

Während nun eine Weile die Veranstaltungen ganz ungestört verliefen, nahmen sie nach dem Tode [oder der Ermordung] des Brauereibesitzers van Steen einen stürmischen Charakter an und fanden, um es gleich vorweg zu nehmen, ein sensationelles Ende.

Van Steen, selber Mitglied des Spiritistenvereins, wurde eines Morgens tot in einem Hotel der Stadt aufgefunden [er bewohnte eine Villa an der Peripherie], mit einer klaffenden Kopfwunde, seines Geldes und aller Wertsachen beraubt. Der oder die Mörder hatten die Frechheit gehabt, danach der Villa des Ermordeten einen Besuch abzustatten und mit den Schlüsseln, die er bei sich trug, Türen und Schlösser zu öffnen. Merkwürdigerweise erstreckte sich das Interesse der Räuber nicht auf Geld oder Schmuck, sondern auf – Wäsche. Verschwunden waren alle frisch gewaschenen Pyjamas, Oberhemden, Bademäntel und Handtücher.

Noch sonderbarer als die genannten Details waren die Umstände, die man in van Steens Hotelzimmer konstatierte. Da lag der alte fette und lebenslustige Brauer tot in einer Blutlache, auf dem Teppich und sonderbar dekoriert. Man erinnert sich der Szene aus Puccinis ›Tosca‹, wo die Heldin den von ihr erdolchten Tyrannen am Boden pietätvoll mit Kerzen und Blumen umgibt. Hier war man ähnlich vorgegangen, nur um einen Akt der Pietät handelte es sich nicht. Van Steen trug auf dem Kopf einen Papierhelm aus Zeitungen, wie ihn Kinder herstellen. In die Hände hatte man ihm Blumen gedrückt, auch über seinen Ohren hingen Blumen – und das Auffallendste: neben seinen Füßen standen die ihm ausgezogenen Stiefel, ein Stiefel rechts, ein Stiefel links, und in jedem Stiefel – eine Serviette des Hotels. Die Fenster standen weit offen, zwei Scheiben oben waren eingeschlagen, die Gardinen in dieser Höhe quer eingerissen.

Die Kriminalpolizei hatte es nicht leicht. Denn sie selber bestand aus Kriegsersatz, und das sonderbare Verbrechen war in einem alten, weitläufigen und unübersichtlichen Passantenhotel verübt worden, das von morgens bis abends Menschen durchströmten und wo man wenig Kontrolle übte.

Als nun diese Kriminalpolizei mit der Angelegenheit nicht von der Stelle kam, was lag für die Vereinsfreunde des Gemeuchelten näher, als sich dem Geheimnis des Falls auf spiritistische Weise zu nähern und das lebende Fernrohr, den Wiscott, auf den Geist des Toten zu richten. Ihnen schien auch manches in der Angelegenheit nicht geheuer. Man wollte den Geist des Brauers bitten, selber die nötigen Aufklärungen zu geben. Wenn einer etwas wissen konnte, so er. Man informierte loyalerweise die Kriminalpolizei. Sie gab ihren Segen, ihr war alles recht.

Wieder einmal sperrte sich Wiscott. Man hatte gedacht, ihm eine große Gelegenheit zu geben, aber er weigerte sich. Er meinte: Will van Steen überhaupt zitiert werden? Vielleicht will er nicht? Vielleicht hat er triftige Gründe, in der delikaten Sache nicht auszusagen. Er könnte jemanden kompromittieren, vielleicht eine Dame. Dann suchte er sich mit folgendem Argument aus der Sache zu ziehen: Bei diesem Mord spielten bestimmt Geister eine Rolle, wie die eingeschlagene Fensterscheibe und die zerrissenen Gardinen bewiesen. Es könnte sich um einen Geistermord handeln, er hätte Furcht, sich da einzumischen. Und schließlich trat er damit hervor: Er setze sich ungern mit frisch Verstorbenen in Verbindung, und nun gar mit Bekannten, man könne nicht voraussehen, wie sie reagieren. Er möchte diese Begegnung nicht, ohne etwas gegen van Steen zu haben. Außerdem solch blutiger Geist. Über diese Naivität brachte man ihn hinweg, aber er bockte unentwegt.

In diesem Stadium gelangte das Gerücht, die Spiritisten wollten sich in den Dienst der Kriminalpolizei stellen, an die Öffentlichkeit. Die Zeitungen machten natürlich ein großes Wesen davon. Und da erschien im Vereinsbüro ein Fräulein Dutort, eine Kanadierin, Mademoiselle Eveline vom großen Variététheater der Stadt, eine schöne und vielgenannte Dame, und bat, mit dem Medium, Herrn Wiscott, in der angekündigten Sache sprechen zu dürfen. Der Vorsitzende, ein Herr Valley, ein graubärtiger Herr, Postbeamter, den sie antraf, hatte kein Bedenken, eine Begegnung in seinem Büro zu arrangieren, mit dem leisen Hintergedanken, Wiscott würde der Öffentlichkeit, wenn sie sich in dieser Gestalt präsentierte, wohl nicht widerstehen. Erst kurz bevor sie am Nachmittag wieder erschien, fiel es Valley mit Schrecken ein, daß er diesen Namen Eveline Dutort im Zusammenhang mit dem Fall van Steen gelesen hatte: die Soubrette wohnte im Nordhotel auf dem zweiten Flur wie der Brauer, sie kannte ihn, hatte zugestandenermaßen mit ihm oft soupiert, wollte ihn aber an dem fraglichen Abend nicht gesehen haben.

Die Begegnung der Beiden im Vereinslokal verlief merkwürdig genug. Die Soubrette, ein kleines, volles und sehr pikantes Weibchen, den dunkelhaarigen Kopf ohne Hut, trat in einem kostbaren Zobelpelz resolut auf das Medium zu, das bequem auf der Tischplatte saß und die Beine schaukelte. Er veränderte auch seine Haltung nicht, als der Vorsitzende die Dame vorstellte, und nickte ihr dann uninteressiert zu. Der zage Valley verkündete, die Dame wollte Herrn Wiscott ein Anliegen vortragen.

Sie: »Ich möchte Sie bitten, Herr Wiscott, den Versuch, mit dem ermordeten van Steen in Kontakt zu treten, vorzunehmen. Ich bitte Sie darum innigst. Sie wissen, warum. Aber ich bin unschuldig. Ich weiß absolut nichts von dieser gräßlichen Geschichte, in die man mich hineinziehen will.«

Wiscott [unverändert ölig]: »Ist recht, soll geschehen.«

Valley: »Was heißt das, Wiscott? Sie wollen es machen?« Er, der sich mit einem undefinierbaren Lächeln zu der kostbaren Eveline herunterbeugte, gab ihr seinen Entschluß kund:

»Ich denke, Fräulein Dutort, wir machen es – wenn es auch riskant sein kann.«

Damit rutschte er von seinem erhöhten Sitz herunter und spazierte im Zimmer herum, ohne daß sich aber die Dame anschickte zu gehen, so daß Valley nichts weiter übrig blieb, als sie nach einer stummen Pause zu fragen, ob sie noch etwas auf dem Herzen hätte. Ja, sie bäte darum, Herrn Wiscott noch ein paar Minuten unter vier Augen zu sprechen. Das Medium schlug erstaunt die Arme übereinander, er und Valley sahen sich an.

»Ich will mein Recht«, schluchzte Eveline, »ich weiß mir sonst keinen Rat. Man spricht davon, mir meinen Kontrakt zu kündigen.«

»Oh«, sagte Wiscott, machte eine Handbewegung nach der Nebentür und öffnete sie vor der Soubrette, die dann rasch die kleine Bibliothek des Vereins betrat. Was sich drin zwischen den Beiden abspielte, entzieht sich unserer Kenntnis, außer daß Eveline [wie Wiscott nachher dem Vorsitzenden erklärte] ihn leidenschaftlich und unter Vorbringung vieler persönlicher Argumente beschwor, von dem Experiment abzusehen. Ja, jetzt wieder, davon abzusehen. Sie machte ihn freilich auf diese Weise nur in seinem Entschluß sicherer.

Während er gelassen die Bibliothek verließ, kam sie mit rotem Gesicht und einem bitteren Ausdruck heraus. Sie warf noch einen fragenden Blick auf sein unbewegtes Gesicht und rauschte ab.

Als Valley am Abend seinen Freunden diesen Zwischenfall berichtete, meinten sie unbehaglich, Wiscott würde nun voreingenommen an die Sache herangehen. Da war Valley aber unbesorgt. Er lächelte: »Voreingenommen? Sie kennen doch Wiscott. Er kommt ja gar nicht zu Worte.«

Die erste Sitzung. Wiscott hatte sich besonders elegant angezogen und sich auch einige Kamelien ins Knopfloch gesteckt – das waren die Blumen, die man bei dem Toten fand –, als Erkennungszeichen, wie er erklärte, für den Brauer.

Als nun der zitierte Geist sprach, stellte es sich heraus, daß es nicht der richtige war, sondern einer, den man nicht kannte. Er schien aus Glasgow zu kommen, war sehr höflich, fragte, wie spät es sei, wie man sich befinde und entschuldigte sich, als er merkte, daß man ihn nicht meinte. Er nahm seinen Hut und verschwand mit dem Bemerken, das sei ihm schon öfter passiert.

Wie man Wiscott aufweckte, meinte er schläfrig: dieser Mann sei ihm schon viel begegnet, er stünde überall herum und mischte sich ein. Er glaube, es sei ein Mann, der Hundekuchen herstellte, die Firma existiere nicht mehr.

Der nächste Geist, den das Medium darauf gleichfalls irrtümlicherweise zitierte, war einer, der sich nicht so leicht wie der Glasgower abweisen ließ. Er erklärte, schon lange zu warten, und müsse etwas bestellen. Man zitiere alle möglichen Geister, aber um ihn kümmere man sich nicht.

Diesen ungeduldigen Mann kannten sie alle, er stammte aus E. Er erklärte und ließ sich durch Proteste aus der Mitte der Versammlung, man sei zu einem andern Zweck zusammengekommen, man hätte Wichtigeres zu tun, nicht einschüchtern, er hätte, erklärte er grob, zu seinen Gott sei Dank vergangenen Lebzeiten eine Versicherung zu Gunsten seiner Schwester aufgenommen. Der Betrag sollte, wie ausdrücklich festgesetzt sei, an seine Schwester als ihr Privatbesitz gehen. Statt dessen hätte, genau wie er voraussah, sein Schwager den Betrag erhoben, und gegen diesen Schwager erging sich der Geist in unflätigen Redensarten.

Nun war dieser Schwager, ein begeisterter Spiritist, der auch diese Sitzung finanzierte, anwesend, und offenbar hatte der Geist sich gerade darum eingefunden. Der Lebende erhob ein heftiges Geschrei. Was der Geist nur wolle. Ohne ihn wäre er gar nicht zitiert worden. Er protestiere gegen das freche und unberechtigte Erscheinen des Geistes, gegen die traurige Unordnung im Jenseits, gegen den Mißbrauch des Vereinslokals zu privaten Zwecken usw. Es sei unerhört, diese private Sache hier aufs Tapet zu bringen, die noch dazu von dem Geist in allen

Einzelheiten falsch dargestellt werde, und er, der Lebende, riete dem Toten, etwas mehr auf seinen Nachruf bedacht zu sein, der schon vorher stark lädiert gewesen wäre.

Worauf der erregte Geist in verworrenen und maßlosen Ausdrücken replizierte. Und als in dieser Weise die Unterhaltung zu einer wüsten Schimpferei zwischen Dies- und Jenseits ausartete, blieb dem Vorsitzenden nichts weiter übrig [auch in Rücksicht auf den Vertreter der Kriminalpolizei, der die Mordsache behandelt sehen wollte] als, so ungern er es tat, das Medium aufzuwecken und zu bitten, noch einmal anzufangen. Es wäre schon wieder ein Falscher gewesen, und so lebhaft man sich für Geister interessiere, man verzichte auf diesen. Denn man könne wohl auch von einem Verstorbenen eine gewisse Kenntnis gesellschaftlicher Umgangsformen verlangen.

Aber die Erbitterung des Erbschwagers war auch nachher noch so groß und das Hin und Her der Debatte, ob man den Geist nicht doch hätte zu Ende hören sollen, er würde ja bald wieder kommen und stören, daß das Medium selber bat, die Sitzung aufzuheben. Man sähe übrigens, wie recht er gehabt hätte, vor einer Zitierung des Brauers zu warnen. Man griffe da in ein Wespennest. Es würden noch ernstere Zwischenfälle kommen. Aber wenn man darauf bestünde –

Und man bestand darauf. Denn sogar die Fehlversuche hatten die Mitglieder begierig gemacht, noch mehr über Art und Zusammensetzung des Jenseits zu erfahren, und das Medium war offenbar vorzüglich im Schuß. Drüben ging es sichtlich viel natürlicher zu, als man sich vorgestellt hatte. Zum Beispiel, fand der alte Valley, der Vorsitzende, sähe man schon jetzt: die Geister stünden drüben in Gruppen herum und warteten wie in einem entlegenen Gebirgsort, daß ihnen einer Nachrichten brächte. Natürlich, es hapere mit dem Verkehr, jedenfalls bis jetzt. Gewisse Mängel, wie das Erscheinen falscher Geister, hingen damit zusammen. Wenn einer Post erhielte, stürzten gleich alle darauf zu und dächten, es wäre etwas für sie.

Man schaltete, um Wiscott im Gleichgewicht zu halten, eine öffentliche Sitzung mit Routinedarbietungen ein, die gut verlief. Und dann die nächste Sitzung in Sachen van Steen.

Diesmal kam er sofort. Es stellte sich aber etwas heraus, worauf man nicht gefaßt war. Man wollte doch den Geist nach den näheren Umständen des Mordes befragen. Er aber wußte von nichts, nicht einmal von seinem Tod. Das war die Höhe. Alles war bei Beschwörungen dem Verein schon passiert, aber daß ein Geist überhaupt nicht wußte, daß er Geist war, hatte man noch nie erlebt. Van Steen benahm sich, als er zitiert wurde, in der Tat völlig lebfrisch und genau so, wie ihn seine Vereinsbrüder kannten. Als auf den Wunsch des Vorsitzenden das Medium ihm versicherte und wiederholte, er wäre wirklich nur ein Geist, bat van Steen die Anwesenden, doch mit ihm keinen Spaß zu machen. Er liebe solche Scherze nicht, er hätte ein schwaches Herz, es könnte ihn umbringen.

Darauf ging man schonend vor. Denn was sollte man wirklich machen, wenn einem ein zitierter Geist mitten in der Sitzung erkrankte, vielleicht einen Herzanfall erlitt? Wie sollte man ihm beispringen? Wie würde man ihn los? Und wenn er stürbe – das Medium mit einem toten Geist –, nicht auszudenken. Man lernte und sah immer deutlicher, welche falschen Vorstellungen man sich von den Geistern gemacht hatte und wie natürlich es auch im Jenseits zuging.

Man sprach nun zu van Steen davon [da man doch an die Mordsache heranmußte], daß er sich vor drei Wochen ›aus der Stadt zurückgezogen habe‹.

Ja, bestätigte er, er könnte es in dieser schmutzigen und verkommenen Kleinstadt nicht aushalten.

Das erregte nun wieder einige lokalpatriotische Anwesende. Sie wollten antworten. Der Vorsitzende verstand es, sie im Zaum zu halten. Er tippte gegen seine Stirn: man müßte den Geist nicht für voll nehmen, es sei eben ein ungewöhnlicher Zustand.

Van Steen erzählte darauf durch den Mund des Mediums, er hätte sich auf Reisen begeben und befände sich ›anderswo‹. Er sagte geheimnisvoll und hochmütig ›anderswo‹. Es lohnte ihm offenbar nicht, den Spießern hier, seinen ehemaligen Vereinsfreunden, zu verraten, wo.

Höflich antwortete der Vereinsvorsitzende: Eben darum, weil er sich auf Reisen begeben habe und man so lange ohne Nachricht von ihm sei, habe man diesen Versuch unternommen, sich mit ihm in Verbindung zu setzen, unter gütiger Mitwirkung des ihm ja wohlbekannten Wiscott.

Darauf gab van Steen ein etwas verächtliches Schnüffeln von sich. Man hatte einen wunden Punkt berührt. Wie wir wissen, hatte das Medium vorher mitgeteilt, es fühle sich dem van Steen gegenüber nicht wohl. Nun, van Steen mochte ihn auch nicht. Offenbar setzte nun eine innere Debatte, eine Privatunterhaltung zwischen Geist und Medium ein. Man hörte ein unartikuliertes Flüstern. Das Medium drehte sich und zuckte. Es schien mit dem Brauer zu streiten. Wie würde es auslaufen? Aber es glättete sich alles, und van Steen, der sich nun anscheinend in sein Schicksal fügte, trat nonchalant mit einer merkwürdigen Behauptung hervor:

Natürlich kenne er Wiscott und wisse, welchen Beruf der ausübe. Aber so einfach, wie sie sich die Dinge vorstellten, lägen sie doch nicht. Sie glaubten wohl, sie hätten ihn durch Wiscott [den er plötzlich seinen guten Freund nannte] zitiert. Sie ihn? Nun, Wiscott könne ihnen darüber reinen Wein einschenken. Ihn, den Brauer, hätte niemand zitiert, er ließe sich von niemand zitieren und nun gar nicht in so ein schmutziges Kleinstädtchen [er ließ nicht davon]. Nein, es wäre umgekehrt. Ihm wäre drüben in irgendeinem Zusammenhang dieses Dorf E. eingefallen, und da hätte er Lust bekommen, wieder einmal einen Blick auf die kläglichen Umstände zu werfen, unter denen er eine kleine Zeit seiner Existenz zugebracht hätte, mit Bierbrauen natürlich, womit denn sonst, was könnten denn die Leute hier anders als sich betrinken, um über diesen Jammer hinwegzukommen. Kurz und gut, er und einige Bekannte drüben hätten den Verein beschworen, zitiert, und da wäre er nun, und nun wollte er ein paar Anwesende befragen nach ihrem Befinden, ihren häuslichen Verhältnissen. Er wolle ihnen auch postum noch einige Aufklärungen geben, die für sie und ihre Angehörigen nicht uninteressant wären.

Darauf entstand ein Tumult in der Gesellschaft. Sie waren alle überzeugte Spiritisten, aber einseitige; daß sie das Jenseits zitierte, ängstigte sie. Auch die angedrohte Aufklärung gefiel mehreren Mitgliedern nicht. Wer weiß, was van Steen meinte. Einige Mitglieder erhoben sich. Man stieß die Tür auf. Licht drang ein. Während nun alle aufstanden, saß Wiscott noch in Trance, gestikulierte und flüsterte vor sich. Man brauchte Zeit, ihn aufzuwecken, er wurde einfach von drüben festgehalten. Schließlich, bei offenen Fenstern, schüttelte sich Wiscott, sah sich verlegen um, lachte verlegen und bat um Entschuldigung. Sie hielten es für ihre Pflicht, ihn darüber aufzuklären, was sich ereignet hatte. Sie wiederholten einige Bemerkungen van Steens. Wiscott brummte nachdenklich: ihm hätte schon lange so etwas geschwant. Es sei klar, man arbeite sich von hüben und drüben wie bei einem Tunnelbau entgegen, und da könne man drüben schon zu der Auffassung kommen, sie seien es, die das Diesseits zitierten – was gut zu den Grundideen und zu der allgemeinen

Auffassung des Vorsitzenden paßte. Der Verein hieß übrigens ›Freie Durchfahrt‹.

Natürlich reizte Wiscott durch seine Bemerkung nur die sportliche Ungeduld des Spiritistenklubs, und sie konnten nicht früh genug zu ihrer nächsten Sitzung kommen.

Die Sitzung war da. Der Brauer meldete sich sofort, quasi mit einem Ruck: »Da wären wir.«

Es zeigte sich, diesmal war van Steen mit einer ganzen Truppe angerückt. Ja, er brachte eine Bande von Geistern mit, und alle redeten durch das Medium bzw. suchten durch das Medium zu sprechen, das natürlich einem solchen Ansturm nicht gewachsen war. Sie redeten durcheinander. Man rief vom Diesseits und Jenseits »Sst«. Van Steen suchte sich durchzusetzen, aber es gelang ihm nicht. Im Vorgefühl des Kommenden hatte übrigens Wiscott schon vor der Sitzung gebeten, ihn von seinem üblichen Fauteuil zu befreien und ihm zu gestatten, sich auf die bequemere Chaiselongue zu setzen, mit dem Rücken gegen die Wand. Da saß er, von den Mitgliedern umringt, aber bald legte er sich um; nun redete er, flüsterte, kicherte und protestierte, wie die Geister es ihm eingaben, bald höher, bald tiefer. Es war nicht immer leicht, die Stimmen zu unterscheiden.

Den Spiritisten war klar: Wiscott war jetzt ein Fernrohr, durch das sie hauptsächlich von drüben blickten. Einige fragten sich im geheimen, im Hinblick auf das hohe Honorar Wiscotts und sein üppiges Leben: hatte er sich vielleicht, dieser Tausendsassa, denen drüben verkauft, was mochten sie ihm dafür zahlen, und wie und womit – wenn er sich nur nicht zu sehr mit ihnen einließ.

Man kann sich denken, was für ein Kuddelmuddel entstand, als man gleichzeitig von beiden Seiten das Fernrohr oder Sprachrohr benutzen wollte. Man mokierte sich von beiden Seiten übereinander, gab sich Verkehrsvorschriften, es hielt sich aber in gesellschaftlichen Grenzen.

Nach dieser ersten Fühlungnahme trat man resolut an die Frage des Mordes heran.

»Wer soll ermordet sein?« lachte der Ermordete, den schon das vorangegangene Geplänkel sehr erfrischt hatte. Sehr vorsichtig gab ihm Valley zu verstehen, daß er es selber wäre, aber Valley hätte ruhig deutlicher sein können, der Geist nahm es doch nicht zur Kenntnis. Unentwegt kam er sich auf Reisen vor und glaubte, man scherze mit ihm. Er litt sichtlich an einer postumen Gedächtnislücke, vielleicht entsprechend der Lücke, die der Mörder ihm mit einem stumpfen Instrument in den Schädel geschlagen hatte. Nun fragte sich, wie sag ich's meinem Kinde. Schließlich wieder und wieder von seinen ehemaligen Vereinsbrüdern darauf hingewiesen und bedrängt, mußte van Steen den Tatsachen in die Augen sehen und zog sich nun, wie er nach einer Pause mitteilte, zur Beratung mit seinen Spießgesellen zurück.

Er gab eine Weile kein Zeichen. Inzwischen pfiff das Medium vergnügt auf dem Diwan und schmunzelte mit geschlossenen Augen vor sich hin. Es schien sich gut zu unterhalten, wer weiß mit wem.

Dann erschien van Steen wieder, diesmal ohne Eskorte. Er war mürrisch und tat so, als ob er nichts wüßte, nichts gehört hätte, und man mußte ihm alles nochmal sagen. Er fragte merkwürdigerweise oder dummerweise auch, mit wem er es hier eigentlich zu tun hätte. Man begriff sehr bald, warum er sich so verhielt. Man konnte es den Zwischenrufen entnehmen, die von drüben kamen – einige Geister hielten sich in der Nähe auf. Van Steen genierte sich einfach vor denen drüben. Er wollte weder mit dem Spiritistenverein noch überhaupt mit dem Diesseits etwas zu tun haben oder gehabt haben. Es gehörte drüben zum guten Ton, nicht von den Menschen abzustammen – wie und warum, war eigentlich unverständlich, da sie doch alle von Menschen abstammen mußten [oder gab es welche von anderer Herkunft?]. Jedenfalls taten sie drüben so, als wenn sie durch die Bank vornehme Originalgeister wären, wieder einmal eine Bestätigung dafür, daß die Verhältnisse hüben und drüben gleich sind.

Sobald die Vereinsspiritisten merkten, daß es sich so verhielt und daß ihr guter alter Brauer sich schämte, von Menschen abzustammen, er, ein bodenständiger Geist, ein Originalgeist, er, dieser lustige Bruder, gerieten sie in fröhliche Stimmung und pflaumten das arme Wesen gewaltig an. Sie begrüßten van Steen jovial. Sie machten Anspielungen auf seinen Brauerberuf, der ihm eigentlich von Natur zugefallen wäre und herrlich zu ihm gepaßt hätte, seine Brauerei floriere übrigens noch. Sie wiesen auf gewisse ausgelassene Stunden hin, die man gemeinsam hier in E. vor und nach den Sitzungen erlebt hätte.

Van Steen konnte sich nicht mehr drücken, es standen ihm zu viele gegenüber, und hinter ihm hetzte man und verwirrte ihn, und da suchte er seine Vergangenheit zu vertuschen, brauchte großartige Worte, sprach von theoretischen und philosophischen Dingen, natürlich völlig unsinnig, denn das lag ihm nicht und es waren bloß aufgeschnappte Worte, mit denen er bei seinen Spießgesellen im Verein, die freilich auch nichts davon verstanden, ein helles Hohngelächter erregte.

Die Geister, welche sich hinter und um ihn währenddessen in immer größerer Zahl einstellten, verfolgten diese Debatte mit gespannter Aufmerksamkeit. Sie mischten sich hie und da ein und unterzogen schließlich van Steen einem Kreuzverhör. Man kann es schon, weil es so scharf und so durcheinander ging, ein Kreuz- und Querverhör nennen, kurz ein Verquer. Sie steigerten seine Verlegenheit und trieben ihn in die Enge. Da konnte van Steen, direkt befragt und ersucht, nur mit Ja und Nein zu antworten, nicht mehr leugnen und mußte zugeben, bestimmte anwesende Personen zu kennen und wiederzuerkennen. Man unterstrich mehrmals das ›wieder‹ und trieb ihn so zum Geständnis.

Und da, diffamiert wie er war, biß er um sich und fauchte seine Quälgeister an:

»Gewiß, stimmt, richtig. Und wenn, was ist dann? Wer seid ihr denn? Wo seid ihr her? Stammt ihr etwa aus einem Hühnerei? Oder aus einem Bilderbuch? Bitte heraus mit der Sprache. Jetzt bin ich dran, zu fragen.«

Ein schallendes, sich über Minuten hinziehendes Hohngelächter des Jenseits, in das auch das gesamte Vereinsmeiertum einstimmte, antwortete ihm.

Die Geister fühlten sich, wie wir hier einschalten wollen und um sie nicht in einem falschen Licht erscheinen zu lassen, tatsächlich unschuldig. Sie hielten sich für urwüchsige und einheimische Geister und glaubten Grund zu haben, einen bloßen Passanten oder Zuwanderer, Einwanderer in die Schranken zu verweisen. Sie waren nämlich sämtlich, soweit sie da hinter van Steen geschlichen waren und jetzt den Chor um ihn bildeten, uralt. Einige stammten aus der Eiszeit, einige aus der ägyptischen Frühperiode. Es gab da auch Leute, die noch trockenen Fußes durch das Rote Meer gewandert waren, und einer war beim Bau der Cheopspyramide an Malaria gestorben. Ihnen allen fehlte jede exakte Erinnerung an das Diesseits. Und was soll man zu mehreren Säuglingsseelen sagen, indianischen Säuglingen von aztekischer Herkunft, die erst im Jenseits zu normaler Größe herangewachsen waren – auf was sollten oder konnten sie sich besinnen? Die Erinnerung an die Mutterbrust, das Saugen an einem Gummistöpsel hält nicht lange vor und bietet keinen ausreichenden Stoff für eine Ewigkeit, nicht einmal für Jahrtausende. So konnten alle, Ägypter, Steinzeitler und aztekische Säuglinge, mit gutem Gewissen den Neuankömmling van Steen auslachen, der überführt war, drüben das Brauereigewerbe getrieben zu haben, und dem man dabei den Schädel eingeschlagen hatte, er, ein Schandflecken am Jenseits, ein Dreckspritzer von der pöbelhaften Erde.

Inhaltslos aber, wie Geister nun einmal sind, sind sie auch neugierig, und neugierig in größtem Maße. Gelegentlich fluten förmliche Unruhe- und Sensationswellen über das Jenseits. An solchem Neuigkeitsfieber litten alle hier anwesenden Geister, und deswegen hatten sie sich um van Steen gerottet und waren ihm in die Sitzung nachgeschlichen.

Der Brauer, nun doch schon entlarvt und gereizt [ihm war alles gleich], stellte unter gieriger Aufmerksamkeit seines Gefolges Fragen an die Lebenden in seiner Angelegenheit. Er verlangte Auskunft über seine letzten Tage, die man gern gab: er hätte friedlich und fidel gelebt, sie seien manchmal mit ihm zusammen gewesen, vielleicht äußere er sich selber über einige Damen, die sich an ihn attachiert hätten, vielleicht zu Erwerbszwecken. Man ging dann direkt zu dem Mord über und sprach von den Wertsachen, die man gestohlen hätte, und von den Pyjamas und Oberhemden. Man stellte fest, daß bei Erwähnung dieser Wäschestücke ein verblüfftes und entzücktes »Ah« durch die Reihen der Geister lief, was man absolut nicht begriff. Van Steen aber hielt sich an den Mord, den man an ihm vollzogen hatte, und wollte Details wissen. Er geriet in große Not und schrie: »Das hätte ich erleben müssen. Da hätte ich bei sein müssen!«

Der Kriminalbeamte, als Gast zugegen, hielt seinen Augenblick für gekommen und stellte mit der Naivität des Anfängers die Frage: »Also, wer war es?«

Er berücksichtigte nicht den Zustand van Steens, der ja völlig unter dem Eindruck des ihn betroffenen Unglücks stand, und er empfand es als Unglück und schämte sich dessen vor seinen Geisterkollegen nicht.

»Ich weiß es nicht«, heulte er. »Es ist eine Niedertracht, eine Gemeinheit. Wie soll ich es wissen, wenn man einem solch Loch in den Kopf schlägt!«

Und dann stammelte er, wie gräßlich es bei den Menschen wäre, wie scheußlich sie mit einem verführen und daß man wegen eines solchen Lochs im Kopf sterben müsse. »Ich werde nie wieder Mensch, ich schwöre es, ich laß mich nicht mehr drauf ein. Solch wacklige Existenz. Beim kleinsten Kanonenschuß ist man tot.«

Der Verein saß tief betroffen. Es war leider zu wahr.

Man lud den Brauer, der nun jede Scheu vor seinen Kollegen abgelegt hatte, welche übrigens mäuschenstill zuhörten, so versessen waren sie auf die Geschichte, ein, sich doch anzustrengen. Vielleicht fiele ihm doch dies und jenes ein, was auf die Spur des Mörders bringen könnte. Man schilderte das verhängnisvolle Hotelzimmer und berichtete, wie man ihn da dekoriert hätte. Dabei verließ ihn seine Trauer. Er ließ sich ausführlich über seine postume Ausschmückung aufklären. Er kicherte und fragte mehrmals nach den Servietten in seinem Stiefel, wobei er herzlich lachte:

»Meinen die etwa, ich esse aus den Stiefeln? Halten die mich für so betrunken? Das muß ja heiter zugegangen sein.«

Dann seufzte er elegisch. Die Servietten schienen ihn an etwas zu erinnern. Und da fragte er unvermittelt – es war, als ob eine Bombe einschlug – nach Eveline Dutort! Er beschrieb sie als eine ansehnliche, reizvolle Person, als ein charmantes Wesen. Er wußte den Namen des Theaters, an dem sie spielte, und kannte sogar die Bühnenschau, in der sie [kurioses Ding] noch jetzt mitspielte, Publizität im Jenseits. Melancholisch wiederholte er mehrmals ihren Namen und sann. Die Gedächtnislücke schien sich etwas zu schließen.

»War sie es?« drängte der Kriminalist.

»Vielleicht«, seufzte der Geist. »Wer kann es wissen. Vielleicht sie. Es kommt mir so vor. Einem ein solch Loch in den Kopf zu schlagen. Mit einem stumpfen Instrument? Mit was für einem?« Aber das wollte man grade von ihm wissen.

Er meditierte: »Ein stumpfes Instrument. Ein scharfes muß nicht zur Stelle gewesen sein.« Und er staunte: »So eine Krabbe. Nicht einmal etwas Scharfes.«

Er zog sich kopfschüttelnd mit seinem schweigenden Gefolge zurück, um nach einigen Minuten wiederzukommen und sich für das bewiesene Interesse zu bedanken, auch um sich zu erkundigen, wo man ihn begraben hätte. Er würde gleich hingehen.

Der Verein war schon im Begriff, Hals über Kopf davonzulaufen, um der Presse das großartige Resultat mitzuteilen, als das Medium, noch in Trance, Zeichen gab. Man achtete auf

Klopfsignale aus dem Jenseits. Die drüben wollten wissen, wann man wieder zusammenkäme.

Der Vorsitzende sagte: »Freitag.« [Es war Dienstag.]

Die drüben dankten kurz und meinten, man müsse das Eisen schmieden, solange es warm sei.

Damit endete die Sitzung. Man wird übrigens van Steens Wut auf das Jenseits besser verstehen, wenn man weiß, womit der bequeme und lebenslustige Mann drüben im Jenseits beschäftigt wurde. Mit – Müllabfuhr! Das war die übliche Beschäftigung für eine gewisse Sorte von Neuankömmlingen, deren Herz noch sehr an irdischen Dingen hing und die es drüben sehr wild getrieben hatten. Es betraf auch eitle Gesellen, Berühmtheiten wie Wissenschaftler, Maler, Schriftsteller, Tenöre und Feldherren. Denn es gab Müll im Jenseits, herrührend von der ungeheuren Masse an faulen, trockenen und wertlosen Ideen und Neigungen, die jeder mit sich herschleppte und allmählich von sich warf und quasi ausschwitzte, Dinge, die in dem strengen, edlen und geistigen Jenseits keinen Platz mehr hatten oder haben durften. An diese traurige Latrinentätigkeit war der lustige van Steen verwiesen. Er mußte mit anderen diesen täglichen Abfall zusammenkehren und zur Verbrennung transportieren. In seinem Kummer streute er, wie viele andere, das Zeug oft einfach auf die Erde herunter.

Man kam aber noch früher zusammen, als man festgesetzt hatte, nämlich schon am Donnerstag, weil sich inzwischen etwas ereignete, was den Verein bewog, in der Angelegenheit ein beschleunigtes Tempo einzuschlagen.

Wie man sich entsinnt, hatte van Steen, bevor er sich verabschiedete, angekündigt, er wolle sein Grab auf dem Friedhof besuchen, ein Vergnügen, das Geister seit altersher schätzen und das man ihm nicht abschlagen mochte. Mehrere aus dem Verein hatten sich darauf früh am nächsten Morgen in Bewegung gesetzt und das ziemlich ungepflegte Grab in Ordnung gebracht und mit einigen Blumen geschmückt. Sie hatten es auch sonst, zum Empfang und zur Begrüßung des Geistes, ihres ehemaligen Vereinsbruders, sinnvoll dekoriert mit einigen vollen Bierflaschen seiner eigenen Firma und mit einem Schild oben auf dem Grabhügel, welches dem Besucher zurief: »Willkommen in der Stadt deines früheren Wirkens, und weiter glückliche Reise.«

Am nächsten Morgen, am Donnerstag, meldete nun der Friedhofwärter, daß sich in der Nacht auf dem verschlossenen Terrain ein Akt von Vandalismus ereignet hätte. Unbekannte Personen seien eingedrungen und hätten den pietätvollen Aufbau der Spiritisten zerstört. Die Flaschen seien geöffnet und das Bier vergossen worden, die Blumen zerstreut. Die Begrüßungstafel war verschwunden. Auch in der Umgebung des Grabes hätten die Buben ihren Mutwillen getrieben. Während die Öffentlichkeit sich bloß über das Treiben der Spiritisten amüsierte und behauptete, die Bierflaschen hätte natürlich der Friedhofwärter ausgetrunken und er hätte auch das übrige besorgt, um den Spiritisten etwas vorzumachen, stand es bei den Vereinsbrüdern fest, das hätten die Geister unter Führung von van Steen angerichtet, in Entrüstung über das Verbrechen. Man setzte die Sitzung für den Abend an.

Sofort, wie man in die Verhandlung eintrat, entstand eine technische Schwierigkeit, die man hätte voraussehen können. Wiscott, das Medium, konnte es nicht leisten. Die Leitung war überbesetzt, die Strecke verstopft. Ein gutes Dutzend Geister redeten gleichzeitig auf ihn ein. Er lag auf dem Sofa, warf sich von einer Seite auf die andere und hielt sich die Ohren. Er stieß unartikulierte Laute aus. Zuletzt flossen ihm Tränen aus den Augen, und es blieb nichts weiter übrig, als ihn aufzuwecken. Wie er dann dasaß, mit dem Rücken gegen die Wand, machte er einen kläglichen Eindruck und flüsterte, die drüben hielten keine Ordnung, sie seien außer Rand und Band, was solle er bloß machen.

Man einigte sich darauf, heute nur einen beschränkten Verkehr mit dem Jenseits aufrecht zu erhalten und im beiderseitigen Interesse die drüben zu bitten, auf Ordnung zu sehen. Man würde, um alle Ansprüche zu befriedigen, morgen wieder voll und mit mindestens zwei Hilfskräften arbeiten, worauf man den Personenverkehr, Bummelzug ›Diesseits-Jenseits‹ via Wiscott, wieder aufnahm.

Heute befand sich übrigens Mademoiselle Eveline Dutort an Ort und Stelle, begleitet von einem Kriminalbeamten, um dem Opfer gegenübergestellt zu werden. Nun, hier handelte es sich um ein anderes Konfrontieren als das des Königs Claudius im Hamlet bei einer Theateraufführung mit einem bloß gespielten Opfer. Hier wurde der Verbrecher dem Opfer selber, dem Ermordeten in Person [wenn auch vergeistigt], gegenübergestellt. Da saß nun Eveline üppig und schnippisch an der Tafel vor der Chaiselongue, abwechselnd frech und verschüchtert; meist spielte sie Gleichgültigkeit, warf kokette Blicke und sah sich kichernd in der sonderbaren Umgebung der Spiritisten, lauter kleinen Spießern und Spießerinnen, um, ein echtes Bild der Schuld, zum mindesten der Mitschuld, der Teilnahme, der Mitwisserschaft. Zynisch erwartete sie so die Anklage aus dem Jenseits. Der Beamte neben ihr zischte sie an, als sie das Medium mit einem verächtlichen »Pah« begrüßte: »Haben Sie sich nicht so, Fräulein.«

Sobald die Geister erschienen und ihren Protest gegen die Beschränkung der Redezeit und der Rednerzahl vorgebracht hatten, um sich dann aber in das Unvermeidliche zu fügen, wandten sie, jetzt hintereinander, ihre Aufmerksamkeit Fräulein Eveline zu. Sie richteten das schwere Geschütz ihres Jahrtausende alten Scharfsinns auf sie. Sie begrüßten sie im Gänsemarsch mit: »Hallo, Eveline«, »Hallo, Darling«, »Kleiner Schäker, du auch?« »Wie gefällt's dir bei uns, Puppchen?« »Für wen hast du dich so fein herausgeputzt? Wer ist heute der Glückliche?«

Sehr vornehm waren diese Geister nicht. Und was für eine Sorte man vor sich hatte, konnte man auch aus den Fragen ersehen, die sie an die junge Dame richteten. Ein kurioses Kriminalverfahren, eine fröhliche Gerichtssitzung. Sogar der Beamte neben der Dame gestand, er hätte sich Geister anders vorgestellt. Er hegte eben auch klassische Vorstellungen, aber hier trat ihm die Realität entgegen, derb und saftig, und er staunte und schmunzelte.

Von den Fragen, welche die Geister an Eveline richteten, betraf nicht eine einzige den Mordfall van Steen. Der Ermordete selber hielt sich scheu und geduckt im Hintergrund und ließ die andern machen.

Was die Herrschaften wissen wollten? Lauter Dinge aus dem Gebiet der Fortpflanzung. Das ist für uns erstaunlich, aber wenn man sich in einen Geist und seine Lebensumstände hineindenkt, wird man es begreifen. Zehntausend und fünfzigtausend Jahre sind keine Kleinigkeit. Und wenn einer so alt ist und sich nur noch unter solchen Veteranen tummelt, was muß er wohl empfinden, wenn er sich plötzlich einer zweiundzwanzigjährigen, pikanten und tadellos aufgemachten Dame gegenübersieht, Fräulein Eveline Dutort vom Variété in der Stadt E.?

Die Bande war völlig aus dem Häuschen. Gestern nacht hatten sie sich unter van Steens Führung jungenhaft, man kann schon sagen lümmelhaft auf dem Friedhof benommen, in Zorn über das Kriminalverbrechen, das gegen einen von ihnen verübt war [jedenfalls unterstellen wir, sie waren auf dem Friedhof], das mag sie erfrischt, in Schwung und auf den Appetit gebracht haben – und nun heute unerwartet Eveline gegenüber.

Wenn einer unserer Leser, in Parenthese, etwa fragt: Wie ist es überhaupt möglich, daß Geister, die doch durch Wiscotts Vermittlung mit dem Diesseits kommunizieren, daß sie Fräulein Eveline überhaupt sehen und noch dazu in dem Halbdunkel, das hier herrschte, als junge Dame erkennen, dieses nach fünf- oder zehntausend Jahren, wie soll das möglich sein, so lautet die Antwort darauf, simpel und klar: die Geister taten es. Sie taten es. Und in diesen sauern Apfel müssen die Skeptiker beißen. Übrigens, wenn die Geister durch die geschlossenen Augen des Mediums im Halbdunkel sehen und erkennen konnten, so ist das noch das geringste, was ein Geist kann – wenn er will.

Was ihr Interesse an Eveline und die Frage nach der Fortpflanzung anlangt, so berücksichtige man vor allem das hohe Alter der Geister. Können wir uns zum Beispiel vorstellen [die Frage eines klassischen Dichters]: wie wohl es dem Fischlein auf dem Grunde ist? Wir können es nicht. Dabei stammen wir alle aus dem Wasser und von Fischen ab, und keine Erinnerung lebt in uns, höchstens noch bei kleinen Kindern in Gestalt der Wasserscheu zum Zeichen, daß es auf dem Grund so schön, wie es sich der Dichter vorstellt, doch nicht war. Als man den vergeistigten Alten schmunzelnd den und jenen Wink gab – was Geschlechter seien, wozu eine Dame von Nutzen sein könnte –, lachte Eveline froh und leichtherzig. Sie verheimlichte in diesem Punkte nie etwas. Wie aber die Senioren in Details eindrangen, ergriff die Heiterkeit sturmartig alle. Die Spiritisten selber bogen sich vor Lachen. Nur das Medium blieb ernst, ein Zeichen für die Tiefe seines Trancezustandes.

Es wurde klar, daß die Geister selber sich durch bloße Zufuhr von außen, aus anderen Welten, aus dem kosmischen Reiseverkehr vermehrten. Als sie daher verständnislos die Worte Vater, Mutter, Sohn, Tochter vernahmen, wollten sie wissen, erstens wie das geschehe, und zweitens, warum die Diesseitler sich nicht in der bequemen Weise wie sie selber vermehrten, einfach durch Import, eine Frage, die in der Tat die Vereinsmitglieder stutzig machte. Und man wußte auch nichts der Bemerkung der Geister entgegenzusetzen: das Diesseits könne nicht importieren, weil es offenbar wenig Anziehungskraft auf andere Welten ausübe. Diese Anziehungskraft sei so gering, daß sogar dem auf der Erde wohnenden Menschen nach einiger Zeit nichts weiter übrig bleibe, als sich davonzumachen – oder sich auf schwierige Weise zu teilen. Die Geister staunten:

»Wie könnt ihr das aushalten auf der Erde? Immer bloß unter euch? Und die Neuen stammen auch bloß von euch?«

Der Verein gab zu, es wäre auch nicht leicht.

Die Geister: »Darum veranstaltet ihr wohl auch spiritistische Sitzungen?«

Man bejahte freudig. Man hatte eine neue triftige und ernste Begründung für den Spiritismus gefunden.

Die Geister zogen weiter ihre Schlüsse: »Ihr tut euch also in der angegebenen Weise zusammen und teilt euch im Grunde nur, um die Lücken zu schließen, die immer wieder bei euch entstehen durch das Abwandern in andere Welten.«

Man nickte: »Man nennt das Tod. Keiner kann ihm entgehen.«

Sie lachten: »Kann keiner? Wie das klingt. Ja, wer will denn bleiben? Wer hält es denn aus? Und was geschieht mit den Neuen?«

»Mit den Neugeborenen? Die erziehen wir, wenn sie heranwachsen. Wir erziehen sie und unterrichten sie in den Schulen und Universitäten.«

Die Geister waren sprachlos.

»Entsetzlich«, sagten sie schließlich. »Entsetzlich. Ihr erzieht? Ihr unterrichtet? Dann kann sich ja nichts ergeben. Da verhindert ihr ja jede Möglichkeit, daß sich etwas Neues bildet.«

Die Vereinsspiritisten saßen stumm. Von dieser Seite hatten sie die Dinge noch nicht betrachtet. Die Geister rangen [quasi] die Hände:

»Ihr kommt nicht von der Stelle. Ihr müßt verkommen.«

Dabei schienen sie selber diese elende menschliche Existenz recht schmackhaft zu finden. Es war ein hinterlistiges und verlogenes Gespräch seitens dieser Veteranen, wenn man ihr ungeheures Interesse für Eveline bedenke.

»Das ganze Manöver der Fortpflanzung«, warfen plötzlich die gierigen Herrschaften in die Debatte, »ist offenbar von euch erfunden, um die Stagnation und die Monotonie auf der Erde zu überwinden.«

»Richtig«, kreischte Eveline, »da habt ihr den Nagel auf den Kopf getroffen. Es ist wahr. Dazu haben wir die Liebe.«

Und sie geriet förmlich in Begeisterung und entblödete sich

nicht [aber sie war Schauspielerin und Tänzerin und an Enthüllungen gewöhnt], den Geistern via Wiscott vor den ernsthaften Männern und Frauen des Klubs und vor ihrem Kriminalbeamten ein berauschendes Bild von der Liebe zu entwerfen, welche zu den interessantesten, sehenswertesten, spaßhaftesten und aufregendsten Dingen gehörte, die auf der Erde vorkämen, welche faktisch ohne sie zum Sterben langweilig wäre.

Das elegante Medium warf sich an dieser Stelle heftig auf der Chaiselongue und gab ein, man möchte sagen bremsendes, Räuspern von sich. Eveline nahm es zur Kenntnis. Sie räusperte sich provozierend. Darauf trat mit einemmal der Brauer van Steen hervor, um, nach einem unverständlichen Gemurmel und als wüßte er nichts und wäre blind, die Frage zu stellen, ob in der heutigen Sitzung zur Untersuchung des Mordes an ihm das von ihm benannte Fräulein Eveline zugegen und bereit sei, auszusagen.

Kräftig antwortete der Kriminalbeamte: »Die ist da.«

Van Steen stöhnte: »Einem solch ein Loch in den Kopf zu schlagen.«

Alle spitzten die Ohren, das Verbrechen kam aufs Tapet. Eveline wollte sofort mit ihrer Verteidigung beginnen. Aber der Beamte, der es merkte, drückte sie auf den Stuhl zurück und zischte: »Warten Sie ab, bis Sie gefragt werden.«

Sie schrie: »Lassen Sie mich los.«

Der Brauer, tragisch: »Solch Loch. Ich kann mich noch immer nicht besinnen. Ich bin noch immer ganz benommen.«

Vielstimmiges Gelächter, welches das arme Medium nur mühsam hervorbrachte, folgte. Das Jenseits amüsierte sich unbarmherzig über das alberne Gebaren seines Kollegen. Einer schrie: »Willkommen im Diesseits«, und gleich darauf flog ein Gegenstand durch den Raum und landete an der Tür. Wegen der Dunkelheit und weil man die Sitzung nicht unterbrechen wollte, konnte man nicht nachforschen, um was es sich handelte.

Der tränenselige Brauergeist: »Ja, auf den Friedhof haben sie mich geschleppt und eingebuddelt.«

Das war mehr, als das Jenseits ertragen konnte. Das Medium wurde förmlich vom Gelächter zerrissen. Als die Dame, die Angeklagte, dazwischenrief und sich nicht beruhigte und der Brauer unentwegt stöhnte, verloren mehrere Spiritisten die Geduld und ergriffen Evelines Partei gegen ihren sentimentalen Ankläger, der nichts Substantielles vorbringen konnte. Auch die Geister traten, natürlich, auf ihre Seite. Sie brachen dabei die im Beginn getroffene Verabredung, nacheinander zu sprechen, das Medium geriet in einen üblen Zustand, es hob die Arme, es konnte nicht folgen. Es vermochte dieses fabelhafte Durcheinander von Lachen und Protestgeschrei nicht zu ertragen. Im Jenseits mußte wegen Eveline oder van Steen alles drunter und drüber gehen. Man war sich in die Haare geraten. Das Medium schrie verzweifelt, und es blieb nichts übrig, als die unter so günstigen Auspizien begonnene Sitzung abzubrechen.

Was aber lag am Boden, an der Tür? Das – Willkommensschild von van Steens Grab. Die Geister hatten es apportiert.

Stellen wir, bevor wir weitergehen und den Verlauf der beiden letzten Sitzungen schildern und damit zur Aufdeckung des Mordes kommen, aus den vielen kleinen Mitteilungen, Beobachtungen und Vorgängen während der Sitzungen uns ein ungefähres Bild von den Zuständen im Jenseits zusammen. Es kann nur ein ungefähres sein, weil das Material doch nur relativ klein ist und weil man bei allen Angaben der Geister mit ihrer großen Verlogenheit zu rechnen hat. Dies berücksichtigt, kommt man zu folgendem Ergebnis:

Beim Verlassen des Diesseits verlieren die Geister mit ihren Körpern sukzessive ihre Dichtigkeit und werden im Laufe der Zeit immer leichter, dünner. Es ist ein Prozeß fortschreitender Abzehrung, der schnell verläuft, denn hier geht es nun nicht mehr nach Jahren wie bei uns, sondern nach Jahrzehnten, ja Jahrhunderten. Daß ältere Habitués des Jenseits sich Rendezvous für das nächste Jahrtausend geben, ist nicht selten.

Wenn wir von Abzehrung sprechen, meinen wir damit den Verlust an jeglicher Substanz, wozu auch Erinnerungen, Vorstellungen und Ideen gehören. Sie werden leerer und leerer, das heißt: geistiger. Von uns aus gesehen ist es freilich ein Schrumpfungsprozeß und eine Art zunehmender Verdummung. Man kann ruhig von einem fortschreitenden Verblödungsprozeß mit dem Endziel absoluter Geistigkeit reden.

Da den Geistern nun mit ihren Körpern und der sonstigen Substanz alle Abwechslungen der Erde, des Wassers und der Luft verloren gehen, kann man sich ausmalen, wie langweilig ihr Leben verlaufen muß und wie gütig es die Natur eingerichtet hat, für sie die Zeit in erhöhten Schwung zu setzen und in beschleunigtem Tempo, im Galopp verlaufen zu lassen. Die Geister können so damit rechnen, wenigstens im Laufe einiger Jahrhunderte oder eines Jahrtausends etwas zu erleben.

Im Beginn, frisch von der Erde gekommen, tummeln sie sich noch recht herzhaft. Später, wenn keiner etwas an dem andern bemerkt, keiner und nichts einen fragt und ärgert, sinken sie in eine Art Dolce far niente, in einen Zustand von Faulheit und Trägheit, der notwendigerweise zur Abstumpfung jedes Interesses und aller Gefühle führt, in einen Zustand der Milde und Apathie, wo man nur noch verzeihen kann – ein Gemisch von Wohlwollen und Impotenz, womit man in die Reihen der avancierten Geister eintritt.

Langsam wachsen nun die Weisen heran, die nichts mehr angeht. Sie steigen in die oberen Ränge, in eine Jenseitssphäre, die man die maßgebende und regierende nennt, wo ständig Schlummerlieder tönen und wo man sich nur von Zeit zu Zeit umdreht, um herabzuschnüffeln, ob irgendetwas in der Welt vorgeht, und es bejahendenfalls zu tadeln.

Wir erhalten so die Aufklärung für gewisse Dinge, die einem in spiritistischen Sitzungen auffallen. Denn worüber äußern sich die zitierten, ins Jenseits übergegangenen Wesen, von denen wir eine Vertiefung und Erleichterung aller Fähigkeiten, besonders des Denkens, erwarten? Sie nehmen Grüße von einem Onkel oder einer Tante entgegen, sie geben, als Ehemänner, ihren Witwen Auskunft und Ratschläge, die selten stimmen, sie erkundigen sich nach Verwandten, die gerade zu Besuch sind. Wir hätten von einem Astralleib etwas anderes, etwas Metaphysisches erwartet. So saßen auch hier im Spiritistenklub die Mitglieder um Wiscott und hätten gern, neugierig wie Kleinstädter sind, etwas Authentisches von den ›vier großen Weltrunden‹ erfahren und was ein ›Hyperboräer‹ über die Zustände in E. dachte, aber die Natur richtet sich nicht nach unseren Wünschen.

Wenn die Geister darauf halten, von Haus aus Jenseitsbewohner zu sein, so tun sie es nicht aus bloßer Eitelkeit. Die Senioren wissen wirklich nichts mehr von ihrem Erdenwallen, und wie weit liegt es zurück. Es gilt daher als unanständig, sich überhaupt mit irgendetwas zu befassen, und die Neuankömmlinge werden in den wenigen Schulen, die man drüben eingerichtet hat [einrichten konnte, aus Mangel an Lehrkräften], gedrillt, den erhabenen Stumpfsinn der Alten als Gipfel des Erstrebenswerten zu verehren. Personen, die dabei betroffen werden, wie sie nachdenken und sich erinnern, werden ergriffen und in den betreffenden Straftempel transportiert, deren es vier nach den Himmelsrichtungen gibt, wo sie gezwungen werden, eine Seite eines theosophischen Buches zu lernen, wonach sie rasch das Denken aufgeben.

Damit haben wir Zustand und Natur der Geister beschrieben, wozu noch in allen Stadien die Verlogenheit hinzuzufügen ist. Denn obwohl hier die Jahrhunderte so wie nichts abrollen, bleiben die Herrschaften gierig und lecker, und das müssen sie unter dem Druck ihrer Moral verbergen.

Welche Wohltat daher, um zu unserer Geschichte zurückzukehren, als auf Erden der Spiritismus entstand und sich wenigstens einiger Geister annahm. Und welche Aufregung jetzt in gewissen Zirkeln des Jenseits, als man sich erzählte, der frisch angekommene van Steen sei in eigener Mordsache vorgeladen worden, in einem Kriminalverfahren als Zeuge. Wie stürzten sie sich auf ihn, man möchte schon sagen: schamlos. Sie lauerten nur auf so etwas. Und nun ging im ganzen untern Jenseits ein Klatschen und Debattieren los, und plötzlich gab es unter den Augen der in Weisheit versunkenen Regierung eine Art Emanzipation. Ein Haufen Geister sympathisierte offen mit van Steen und stachelte ihn auf, seinen Fall energisch zu betreiben. Man wollte natürlich nur Betrieb machen; so kam es zu den Exzessen auf dem Friedhof und daß man den Menschen ihr Willkommensplakat vor die Füße warf, was soviel hieß wie: Ihr Banditen, ihr mordet einen von uns und verurteilt ihn durch den Mord zu diesem lausigen Jenseits, und dann denkt ihr ihn mit einem Willkommensplakat abzuspeisen.

Wie die Jenseitigen konstatierten, daß die Bahnstrecke nach dem Diesseits überlastet war, verfielen sie, da sie keineswegs gewillt waren, im Gänsemarsch anzutreten, auf denselben Gedanken wie die Spiritisten. Sie verlangten mehrere Leitungen, Verdoppelung und Verdreifachung der Strecke.

Ihr Hauptschreier war ein gewisser Nulpe aus der Steinzeit, welcher verlangte, man müsse die ganze Sache den Spiritisten entreißen und selbst in die Hand nehmen, erstens der Gerechtigkeit wegen und zweitens – aber das Zweite sprachen sie nicht aus, es verstand sich in diesem Kreis von selbst, weil man dann größeren Ulk machen konnte. Nulpe stellte seinen Leidensgefährten vor, wie man im Jenseits zurückgeblieben sei. Nichts unternehme man hier. Man mausere sich wie ein Vogel, ließe erst den schönen Körper auf der Erde zurück, dann spaziere man in einem Astralleib herum, um zuletzt als bloßer Geist seine Tage zu beschließen. Ob das Ganze nun wirklich so ideal und erstrebenswert sei? Die Menschen jammerten zwar über ihre Existenz, aber was sollten die in den Astralleibern sagen? Und Nulpe griff heftig das Jenseits an, das völlig verschlampt sei. Die Geister lägen unbeschäftigt herum und seien nicht einmal imstande, trotz ihrer ungeheuren Neugier eine einzige Verbindung nach der Erde herzustellen.

Es erfolgte wirklich etwas.

Vier Mitglieder des Vereins, sämtlich ältere Personen, freilich an Alter nicht mit Nulpe oder andern Astralwesen zu vergleichen, zwei Damen und zwei Herren, einfache Leute mit geringem Einkommen, deren einzige geistige Bezugsquelle der Spiritismus bildete, sahen sich genötigt, einander und ihrem entzückten Vorsitzenden zu gestehen, sie fühlten in ihren Gliedern etwas Ungewisses, eine Unruhe, Getriebenheit – Liebe sei es nicht –, vielmehr –. Und sie gestanden, sie könnten [glaubten zu können] in Trance verfallen! Sie seien wie influenziert. Sie wären bereit, neben dem hochbezahlten Medium zu arbeiten, ohne Bezahlung. Nichts konnte dem Vorsitzenden mehr gelegen sein, nachdem zwei ältere Medien schon höhere Beträge verlangt hatten. Wir erkennen das Wirken der konspirierenden Geister.

Und tatsächlich verfielen, als nun die große Sitzung kam und das Licht abgedreht war, nacheinander erst der professionelle Wiscott, dann zu seiner Rechten und zu seiner Linken mehrere Personen in Trance, zum Schrecken der Übrigen, nicht Eingeweihten, die fürchteten, dasselbe Schicksal zu erleiden. Valley beruhigte sie durch Zeichen.

Die Spannung wuchs. Mit dem Kriminalbeamten war Eveline erschienen und sperrte die Augen auf und spitzte die Ohren.

Sie hatte Grund, sich zu erregen. Hier wurde schweres Geschütz gegen sie aufgefahren. Denn nun begannen alle fünf in Trance befindlichen Personen durcheinander zu reden, geführt von Wiscott. Je mehr und je unverständlicher sie sprachen, um so größer wurde die Erregung der anderen, nicht Spiritisierten. Eine Unruhe ergriff sie. Sie fühlten, es würde auch auf sie übergreifen, sie würden nicht widerstehen können, sie würden auch sprechen und sprechen, der Himmel weiß was.

Die Astralier unter Nulpes, des Steinzeitlers, Führung hatten sich für diese erste massive Fühlungnahme mit dem Diesseits eine bestimmte Marschroute vorgenommen, nach ausreichender Beratung und nachdem man sogar schon die Eröffnung der neuen Strecke auf Geisterweise durch reichliches Luftschlucken begossen hatte.

Nulpe hatte sich als Sprecher das eine der Amateurmedien, den Kurzwarenhändler Schnüffel, direkt der jungen Eveline gegenüber, erkoren. Infolgedessen konnte jetzt Schnüffel nicht umhin, sich über den Tisch zu beugen und an die Dame eigentümliche und süße Worte zu richten, im Auftrag des ehrwürdigen Nulpe. Die Worte waren freilich derart, daß man sie von einer so hochgradig vergeistigten Person nicht erwartet hätte. Die Bemerkungen Schnüffels bzw. des greisen Nulpe, offenbar Schmeicheleien aus der Steinzeit, betrafen die gut entwickelte Büste der Dame.

Die anderen Medien, auch die beiden spiritisierten Damen, platzten darauf mit einem Lachen heraus, der Vorsitzende selber wieherte, rief sich aber sofort zur Ordnung, worauf man sich das Lachen verkniff, auf dem Stuhl zappelte und nur krampfhaft ernst vor sich starrte.

Als die angeschnüffelte Dame zwar im Dunkeln errötete, aber nichts erwiderte, immerhin auch den galanten Steinzeitler nicht zurückwies, knüpfte Nulpe [die hier vertretenen Geister waren durch die Bank Männer, der Geruch der Geschichte van Steens hatte fast ausschließlich Herren angelockt] mit Jung-Eveline eine Konversation an und erkundigte sich, wie sie sich auf Erden fühle, ob ihre üppigen Reize hier genügend Anklang fänden. Er wollte auch wissen, ob sie gern reise, und als sie bejahte, empfahl er ihr die wunderbaren Jenseitslandschaften und lobte diese Gegend über den grünen Klee. Er bot sich ihr vorkommendenfalls als Führer an.

Das Jenseits, so prahlte er, sei für jede Art Gesundheit zuträglich. Seit Jahrtausenden seien hier keine Krankheiten vorgekommen. Das mache die freie offene Landschaft, in der alles luftig, von innen und außen ventiliert sei. Und alles Schöne, das man auf Erden unter Kleidern verbergen müsse, könne man hier ohne Gefahr offen tragen.

Der Alte aus der Steinzeit, wild wie eine junge Ziege, schien die Dame animieren zu wollen, sich seinem Zustand [bzw. ihm] zu nähern, wobei er ihr verschwieg und wohl selber nicht bedachte, daß man drüben ja ohne Körper antritt.

Ein gewisser Depp aus Oberägypten, Dynastie des Tut-anchamon, mischte sich ein und lockte noch gröber, handgreiflicher. Alles war wie gemacht, um Eveline bloßzustellen und zu verhöhnen.

Während dieser kuriosen Konversation wuchs die Unruhe in dem Vereinslokal, das mehr und mehr seinen wissenschaftlichen und kriminalgerichtlichen Charakter verlor, und zwar besonders infolge des auffallenden Gebarens der vier Aushilfsmedien, welche unter astralem Einfluß periodisch unartikulierte Laute ausstießen wie »Hot« und »Hü« und »Hüäh«, womit zunächst keiner etwas anfangen konnte. Auch stammelten und knurrten sie. Dieser Enthusiasmus sprang auf andere Vereinsmitglieder über. Und während des auf- und abwogenden Tumultes gab es plötzlich eine Lichterscheinung mitten auf dem Tisch. Eine Flamme züngelte grell auf und erlosch.

In ihrem Schein sah man das Meistermedium Wiscott auf dem Diwan liegen, mit einem ekstatischen Ausdruck, als wenn er in die Ferne lauschte. [Übrigens waren auch in früheren Sitzungen gelegentlich rätselhafte Leuchtbänder um ihn aufgetreten.]

Wiscott bewegte sich, er hob die Arme und rief entzückt:

»Oh, sie tanzen, Astralleiber. Die Geister tanzen.«

Wahrhaftig, sie hatten sich in Bewegung gesetzt, der reizenden Eveline zu Ehren.

Und nun stieß auch Wiscott rhythmische Laute aus, und erst er, darauf die Nichtprofessionellen klatschten in die Hände, rhythmisch.

Die Astralier, die Uralten, tanzten, irdischen Augen nicht sichtbar, eine Huldigung des Jenseits vor dem Diesseits, genauer: eine Huldigung unausrottbarer alter Herren vor dem Ewig-Weiblichen, das Ganze ein Ballett zur Eröffnung der neuen Bahnstrecke und, wenn man es grob materialistisch sieht, ein Exzeß, der auf übermäßiges Lufttrinken zurückzuführen war.

Einige Anwesende, hingerissen, hörten förmlich die Knochen der Geister klappern und ihre Gelenke krachen zum Tanz. Aber das waren Sinnestäuschungen, denn hier gab es nichts zum Klappern und zum Krachen. Äther waren sie vom Kopf bis zu den Füßen, aber nicht bloß auf Äther eingestellt.

Die Beimedien zählten lustig: »Eins, zwei drei« – ein Tanzrhythmus, der eines irdischen Polkas, als Wiscott plötzlich verblüfft ausrief:

»Sie haben Pyjamas an. Sie tanzen in Pyjamas.«

Keiner wollte es glauben, es war sensationell, es widersprach jeder Theorie. Man reckte die Hälse, man sperrte die Augen auf, um auch etwas zu sehen. Nur Eveline, die wohl merkte, daß ihre Stunde nahte, hatte die Hände vors Gesicht geschlagen und sank über dem Tisch zusammen. Es schien, als ob sie weinte. Aber keiner achtete auf sie. Alle wollten nur die Geister sehen, wie sie in Pyjamas tanzten.

Und da rauschte es an der Tür – nun über dem Tisch – nun hinter dem Diwan – nun in der gegenüberliegenden Ecke.

Man fuhr zusammen. Man drehte sich um. Man konnte aber von den Stühlen aus nichts bemerken, und erheben durfte man sich nicht.

Da stöhnte Wiscott auf, und man bekam Angst, weil obendrein das Händeklatschen und Zählen der Spiritisierten einen orgiastischen Charakter annahm. Jetzt sprang man doch auf und beeilte sich, Licht zu machen und Wiscott aus seiner tiefen, zu tiefen Trance zu wecken.

Das erste aber, was man bemerkte, wie es hell im Raum wurde, waren – zwei Pyjamas, quer über die Tafel geworfen, andere an der Wand, in der Ecke hinter dem Diwan.

Der Kriminalbeamte griff sofort ein. Er bemächtigte sich der apportierten Gegenstände, besichtigte sie und las zum Entsetzen aller Anwesenden die Initialen, die sich an ihnen fanden: »H. v. St.«, das war Henrik van Steen. Es waren die geraubten Pyjamas des Ermordeten!

Man hatte nicht verstanden, wer an ihnen Interesse hatte. Da waren sie. Die Geister hatten sie genommen. Man trug offenbar gelegentlich Pyjamas im Jenseits, vielleicht bei Feiern, bei festlichen Gelegenheiten, gewissen spiritistischen Sitzungen.

Dem Kriminalbeamten war in den Sitzungen schon der Sinn für das Jenseits aufgegangen, der Sinn für das Diesseits war bei ihm nicht entwickelt. Er nahm alle apportierten Wäschestücke an sich, bündelte sie zusammen und bat die Anwesenden, tiefstes Stillschweigen über die heutige Sitzung zu bewahren. Es sei klar, erläuterte der eingeweihte Mann, daß man sich jetzt auf der richtigen Fährte befinde. Man sei in den Besitz von Beweismaterial gelangt. Er verschwieg vor den Laien, was das Material bewies. Die völlige Aufdeckung des Falls, verkündete er, werde nun unter Mitwirkung des Jenseits nicht mehr auf sich warten lassen.

Damit schleppte er das Fräulein Eveline, die laut wehklagte, hinaus, um sie bis zur nächsten Sitzung unter Polizeiaufsicht zu halten. Er war überzeugt, daß sie sich der drohenden Aufdeckung des Mordes, an dem sie bestimmt als Mittäterin oder Mitwisserin beteiligt war, durch die Flucht entziehen würde.

Aber auch das Medium Wiscott wurde unter Polizeiaufsicht gestellt, er freilich nur, damit man seiner sicher sei und damit man ihn vor Beeinflussungsversuchen schütze.

Wie man sich denken kann, versammelten sich am nächsten Abend, der der letzte in dieser Angelegenheit und überhaupt die letzte Sitzung dieses Vereins werden sollte, alle Mitglieder des Klubs in größter Spannung. Es war bis jetzt tatsächlich nichts von den sensationellen Vorgängen der letzten Sitzung an die Öffentlichkeit gelangt.

Prompt fielen Wiscott und die Beimedien in Trance. Eveline war von dem Kriminalisten herangeschleppt worden. Sie sah wütend aus. Die Zarte wollte sich beim Anblick Wiscotts wie ein Tiger auf ihn stürzen und mußte von dem Beamten gebändigt und auf den Stuhl neben ihm gedrückt werden. Sie zeigte immer mehr, wie sie sich vor der Entlarvung fürchtete.

Zum Ärger aller, die sich auf einen raschen, dramatischen Verlauf vorbereitet hatten, erschien zuerst der harmlose Mann aus Glasgow, der unvermeidliche Fabrikant von Hundekuchen. Er blickte sich still um und fragte höflich, wie spät es sei. Man sagte es ihm, worauf er ohne weiteres abzog.

Natürlich zog er den Kerl, den sie alle kannten, den mit der Erbschaft und der Lebensversicherung, hinter sich her. Aber auf den Empfang, den man ihm diesmal bereitete, hatte er sich nicht gefaßt gemacht. Kaum er den Mund öffnete und man ihn erkannte und er über das Betrugsmanöver seines Schwagers zu schimpfen begann, wurde er von allen Seiten niedergeschrieen. Verschüchtert zog er sich zurück, verbissen. Man konnte gewiß sein nach diesem Empfang, daß er sich so bald nicht wieder sehen lassen würde.

Wenn man aber geglaubt hatte, nunmehr zum Fall van Steen zu gelangen, so täuschte man sich. Es schien, als ob die Astralwelt ihre Schleusen geöffnet hätte [oder war es das Müllkommando?] und ihre unruhigen Geister auf die Menschen losließe. Da tauchte ein Selbstmörder auf, der à tout prix wieder zum Leben zugelassen werden wollte unter dem Vorgeben, er hätte sich irrtümlicherweise umgebracht. Es hätte sich inzwischen, wie er gehört hätte, herausgestellt, daß die Angelegenheit mit seiner Braut anders lag, wie er seinerzeit nach ihrer eigenen Darstellung annahm. Sie liebte ihn dennoch, sie hatte ihm nur etwas vorgemacht. Es sei also ein irrtümlicher Selbstmord. Was sollte man damit anfangen?

Bevor man sich entschied, drängte sich ein anderer vor, der Lärm schlug und gegen das ganze Diesseits kollektiv eine Anklage erhob. Sie hätten ihn vor fünfundzwanzig Jahren in Bosnien, in Serajewo, nach dem Attentat auf den Erzherzog Franz Ferdinand, wo es so wild zuging, überfahren. Wegen des Erzherzogs hätten sie einen riesigen Krieg gemacht. Ihn hätte man einfach in einen Wagen geworfen und beiseite geschleppt.

Was er denn wolle? fragte man ihn. Solle man seinetwegen etwa auch einen Krieg führen?

»Warum denn nicht?« schrie er. »Was dem einen recht ist, ist dem andern billig.«

Und er brüllte wütend: »Das ganze Diesseits besteht aus Leuten, die zu unrecht leben.«

Und dann noch einer und wieder einer. Keiner hätte sich so was träumen lassen. Es war wie eine umgekehrte Wiederauferstehung. Wie kam die vielverleumdete Erde hier zu Ehren, nachdem man sie verloren hatte!

Endlich tanzte der gestrige Haupttroß an. Diese Astralier befanden sich noch in heiterster Verfassung. Wegen der Zeitverschiebung dauerte die gestrige Fröhlichkeit bei ihnen an. Möglicherweise hatten sie auch neue Luft geschluckt.

Nulpe, der Senior, richtete wiederum aus dem Mund Schnüffels, des Kurz- und Schnittwarenhändlers, einer selber kurzgeschnittenen Figur, seine Zoten und zweideutigen Schmeicheleien an Eveline. Wie aber der lüsterne Steinzeitler ihr von neuem vorschlug, mit ihm sein Jenseits zu besuchen, antwortete sie, die geladen war, mit dem schnöden, freilich für Menschen selbstverständlichen Wort:

»Jenseits? Ihr Quatschköppe. Laßt mich mit eurem Jenseits zufrieden. Da komm ich noch früh genug hin.«

»Nie früh genug«, hauchte der Verführer, der tiefverlogene Nulpe, und schilderte ihr das idyllische Leben drüben, besonders die allgemein geübte Nacktkultur, an der ihm wohl am meisten lag.

Mit ihr war aber nicht zu spaßen. Sie schlug auf den Tisch:

»Wie meinen Sie das? Was fällt euch eigentlich hier ein? Was erlauben Sie sich? Ich bitte endlich um Schutz gegen diese Ferkel.«

Dem Kriminalisten neben ihr gefiel dieser Ton. Er wollte aufs ganze gehen und flüsterte ihr zu:

»Fragen Sie ihn: Warum ziehen Sie sich eigentlich selber Pyjamas an, wenn Sie tanzen? Wissen Sie, daß es gestohlene Pyjamas sind, gezeichnet H. v. St.? Feine Geisterwelt. Wo haben Sie sie gestohlen?«

Eveline ging ihm auf den Leim. Sie fragte:

»Was öden Sie mich an? Führen hier Tänze auf, faulen Zauber, und wollen mich nur bloßstellen. Wenn Sie ein Geist sind, wie alt sind Sie eigentlich? Schämen Sie sich nicht, sich so unanständig vor fremden Leuten zu benehmen? Und mit gestohlenen Pyjamas um sich zu werfen? Wo haben Sie die Pyjamas her? Wer hat Ihnen die Schlüssel zu van Steens Villa gegeben?«

Eveline wußte nicht – wofern sie überhaupt Anstoß daran nahm, daß die Astralier in Pyjamas tanzten –, daß sie sich ja nur mit leichten Wäschestücken bekleiden können, also mit Hemden, Pyjamas, Servietten oder, wenn sie sie finden, auch mit Papiertüchern, am liebsten mit Seidenpapier, welches freilich den Nachteil hat, daß es stark knistert, woran man drüben Anstoß nimmt.

Was für eine drückende Stille nach Evelines Frage entstand! Welch Unterschied zu dem fröhlichen Tumult vom Vortage.

Die Geister, als Herren zurückgewiesen und noch obendrein des Diebstahls beschuldigt, grollten. Sie wollten den Menschen, denen sie ein Angebot gemacht hatten, noch eine Chance geben. Weshalb Nulpe nach einer kurzen Beratung zu einem letzten Vorstoß anrückte. Er streichelte quasi Eveline, die er die Schöne, die Wunderbare, die Vollbusige nannte, die jetzt ihre Reize auf Erden zur Schau stelle und viele beglücke. Warum sie sich ihnen, den Astraliern, versagen wolle, die sie in das Astralklima führen wollten, wo sie aufblühen würde wie ein Mammut, wie eine Wildsau, wie ein Ichthyosaurus.

Die kleine Soubrette aber hatte es gefaßt. Sie machte nicht mehr mit. Der eine Tag Haft, wobei sie im Theater wegen Krankheit absagen mußte, hatte ihre ganze Laune verdorben. Sie rief über den Tisch:

»Man wird mich noch kennen lernen. Wenn man mit mir spielt, ich kann auch spielen!«

Ein rätselhaftes Wort. Wer spielte mir ihr? Die Geister meinten es ernst. Aber man begriff drüben den groben Ton, den sie beliebte, und reagierte entsprechend.

Sämtliche Medien traten in Aktion. Sie wiegten die Häupter, tuschelten und murmelten. Sie murmelten dunkel, furchtbar dunkel. Es klang gefährlich. Man quakte. Ein Medium gackerte, es schien von einer prähistorischen Henne inspiriert. Die Gefühle des Steinzeitlers waren abgekühlt bis zur Eiszeit. Momentan bildete sich drüben eine Einheitsfront unter Führung des rachsüchtigen Nulpe, welche den Antrag stellte, wenn es die Dame denn durchaus wollte, nunmehr zur Tagesordnung überzugehen, zur Untersuchung des Mordfalls van Steen.

Depp aus Oberägypten gab eine Erklärung ab zusammen mit einer erst jetzt auftauchenden Astralierin, einer gewissen Frau Nebbich, Schwiegermutter eines durch seinen Humor bekannten Eseltreibers Omai-Omi in Damaskus; der Himmel weiß, was sie hier zu suchen hatte. Sie war erst wenige Jahrhunderte tot und steckte ihre Nase überall hinein. Die beiden also erklärten im Namen vieler anderer: es sei auf einen der Ihren, als er sich zu Besuch bei den Menschen aufhielt, einen Reisenden, der unter dem Schutz des Gastrechts stand, ein schändliches Attentat verübt worden. Es handle sich um ihren hochachtbaren Freund Süffel, alias Schnurzerl, welcher sich bei den Menschen, um sein Inkognito zu wahren, van Steen nannte. Diesem hätte man drüben in einem Hotelzimmer mittels eines stumpfen Instruments den Schädel eingeschlagen, ein Kriminalverbrechen, mit welchem die anwesende hochbusige Dame in Verbindung stünde. Sie erhöben Anklage.

Darauf setzten sich die Geister bzw. schwiegen.

Omai-Omis Schwiegermutter schrie noch hinterher, aus einem weiblichen Nebenmedium heraus: Das Jenseits wisse alles, Eveline solle sich bloß nicht tun, dem Jenseits könne sie nichts vormachen. Madame Nebbich sagte übrigens beharrlich »Nebeltrine«, ein Name, unter dem Eveline wahrscheinlich ins Jenseits eingehen wird.

Danach drohte noch der restliche Troß anhangweise: Man werde Justiz üben, man würde Schadenersatz fordern, Süffel hätte sich für die Reise in große Unkosten gestürzt. Sie würden in Zukunft, erklärten sie, ihre Reisenden so schützen, daß dem Diesseits die Lust verginge, sich an ihnen zu vergreifen.

Der Vorstand warf respektvoll ein: grade an einer solchen friedlichen und gesetzmäßigen Zusammenarbeit läge auch dem Verein.

Eveline, die sich schon als Nebeltrine sah, schien einem Zusammenbruch nahe. Sie weinte und bettelte, man möchte sie doch endlich zufrieden lassen, sie hätte mit der Sache nichts zu tun. Aber der Kriminalbeamte, der sie hinterlistig zu ihrer Frage getrieben hatte, holte seine Handschellen aus der Tasche und ließ sie unternehmungslustig klirren.

»Nicht fesseln, nicht fesseln!« kreischte sie entsetzt.

Der Kriminalist: »Dann gestehe.« Er duzte sie verdächtig. Er war Hilfsbeamter, und ihr Geständnis konnte ihm eine gesicherte Position schaffen.

Der Vorsitzende fühlte sich nun bewogen, selber zu einer Befragung des Brauergeistes überzugehen:

»Schnurzel, Süffel, erinnern Sie sich: waren Sie gelegentlich Ihres Besuches im Diesseits am Abend Ihrer Ermordung, die wir innigst bedauern, in Gesellschaft der Dame Nebeltrine? [Sie schrie auf, sie wurde hier schon offen zum Geist erhoben.] Haben Sie sie in Ihrem Hotelzimmer einmal, öfter, speziell zu der fraglichen Zeit, empfangen?«

»Wieso fraglich?« empörte sich Frau Nebbich aus dem Hintergrunde. Sie begriff schlecht und hörte schwer, der Vorsitzende mußte schreien und sie aufklären. Er fügte die letzte Frage hinzu: »Wer hat die Ausschmückung des Hotelzimmers vorgenommen, und was bedeutet diese Dekoration?«

Darauf verhielt sich der Geist via Wiscott zurückhaltend. Endlich kam er mit seiner Antwort heraus, und sie war so klar und eindeutig, wie man nur wünschen konnte. Er hätte die Nebeltrine schonen wollen, die ihm Bitteres angetan habe. Jetzt aber lasse er jede Rücksicht fallen. Sie solle büßen. Sie solle für ihre Schändlichkeiten bestraft werden.

»Ja, ich war mit ihr am Abend meines letzten Besuchstages zusammen, in fröhlicher, ja fideler Stimmung.«

Nun, das war eine glatte Aussage, ein wirkliches Faktum. Sie hatte es bestritten.

»Sh«, knurrte der kriminalistische Hilfsbeamte, der nun über seine Zukunft genau Bescheid wußte. Er rückte ihr näher und näher.

Worauf eine Pause entstand. Die Geister, als wären sie durch die eben gewordene Aussage überwältigt, schnarchten über die vier Hilfsmedien, sie schnarchten sehr laut. Vielleicht holten die Geister auch zu einem neuen Schlage aus.

Aber Eveline schrie in diese Spannungspause hinein:

»Der Lump, der Lügner, es ist nicht wahr. Ich weiß nicht, was er überhaupt vorhat und was er noch alles vorbringen will. Ich bin unschuldig. Ich kann mein Alibi nachweisen.« [Aber das konnte sie grade nicht.]

Schnurzel-Süffel-van Steen:

»Kannst du das? Wagst du das zu behaupten? Was hast du schon alles behauptet in deinem Leben! Was hast du mir vorgelogen und mir unterschlagen! Mit wem hast du dich herumgetrieben, und immer konntest du dein Alibi nachweisen!«

Er war in grimmiger Verfassung. Ein sonderbar knirschender irdischer Ton kam aus Wiscott. Man empfand, dieser Geist war sehr vorzeitig aus dem Leben geschieden, bevor er mit der Dame abgerechnet hatte – und wer weiß, vielleicht hatte sie, um dem zuvorzukommen, ihn umgebracht, allein oder mit einem Gehilfen.

Man fühlte sich erleichtert, als mit tiefer sonorer Stimme eine Person aus dem Ältestenkolleg des Jenseits eingriff, um in versöhnlichem Tone nahezulegen, die Verhandlung in einem ruhigen Tone weiterzuführen. Man möchte die vollbusige Dame unbehindert sprechen lassen. Zwang gehöre nicht zu den Methoden des Jenseits.

Aus den Seitenmedien, gewissermaßen in den Rängen, grunzten die Geister Beifall.

Nun bat Wiscott im Namen des beleidigten Jenseits [unklar für welche Instanz] die Dame, die er hartnäckig »die vollbusige« nannte, sich darüber äußern zu wollen, und zwar ohne Scheu und Scham, was sich an jenem verhängnisvollen Abend abgespielt habe zwischen ihr und dem inzwischen als Schnurzel-Süffel erkannten van Steen. Ob vielleicht während ihres intimen Beisammenseins ein Dritter, eine sehr unerwünschte Person, eingedrungen sei und sie überrascht habe? Ob es vielleicht eine männliche Person gewesen sei? Die sich dann auch an dem Mord beteiligt habe? Eine Person, die sich vielleicht noch in der Stadt, vielleicht sogar hier im Raum befände? »Heraus mit der Sprache, Nebeltrine«, zischte er.

Das sensationslüsterne astrale Publikum applaudierte: »Nebeltrine soll sprechen, Nebeltrine soll erzählen«, voran natürlich der lustige Steinzeitler.

Der Vorsitzende wandte sich an Süffel und ermahnte ihn, auch seinerseits ohne Scheu alles zu berichten, was sich damals ereignet habe, mit wem – ersichtlich seien ihm jetzt schon mehr Punkte gegenwärtig.

»Ja«, knurrte Schnurzel-Süffel und stieß ein behagliches Lachen aus. Er tat diskret.

Sie wartete erst ein wenig, ob er sprechen würde, dann legte sie los und fuhr ihn an: Der Kerl solle nur reden, er solle es nur wagen, sie sähe seinen Anklagen mit Ruhe entgegen. Was sie anlange, so bliebe sie dabei, sie könne ihr Alibi nachweisen – aber wie stehe es mit ihm? Wie verhielte es sich mit den Pyjamas?

Sie klopfte auf den Tisch: »Wer hat hier Pyjamas fallen lassen, die van Steen gehörten? Etwa ich? Wer hat die Pyjamas gestohlen?«

Van Steen, so apostrophiert, van Steen-Schnurzel-Süffels Reaktion ließ Wiscott zusammenfahren. Es konnte ihn aus der Trance wecken. Der Verein fuhr in corpore zusammen. Was war das? Worauf zielten die geheimnisvollen Worte Evelines? Sollten wirklich die Geister selber den Mord begangen haben, mit einem stumpfen, natürlich dann verschwundenen Instrument, aus Zorn, vielleicht in Neid auf ihren reisenden Kollegen [auch die oben zerrissene Gardine, das zerbrochene Fenster sprach dafür]? Das Ganze also eine innere Angelegenheit der Astralwelt? Die Geister hatten sich dann nach dem Mord in den Besitz der Wäschestücke gesetzt, für ihre Tänze. Alles wurde klar.

Eveline rief über den Tisch:

»Und die Oberhemden? Trage ich Herrenwäsche? Und vielleicht habe ich auch van Steen noch dekoriert, alles ich? Sagen Sie es doch. Wenn andere drohen können, ich kann es auch.«

Nun, das an die Adressen von Geistern gerichtet, war schon sensationell. Das Jenseits schwieg bestürzt. Es brachte keinen Laut hervor. Den Spiritisten standen die Haare zu Berge. Wer log hier? Geister waren heimtückisch, aber so, solche Hinterlist.

Die sonore Stimme Depps aus Oberägypten meldete sich: Das Jenseits nehme mit Entrüstung Kenntnis von der Beschuldigung, welche die vollbusige Dame gegen X aus der Astralwelt erhöbe. Man hätte schon vorher, der einfachen Gerechtigkeit wegen, eine rasche Klärung des Mordes an einem harmlosen Reisenden gewünscht. Nunmehr müsse man auf eine Erledigung der Sache unter Hintanstellung aller Formalien drängen. Das Jenseits, der aktiven oder passiven Teilnahme an dem Verbrechen beschuldigt, wünsche, daß nunmehr Schnurzel-Süffel, auf Reisen van Steen, der Nebeltrine gegenübergestellt werde.

Das Folgende verlief sehr rasch.

Eine Instanz, die sich ›Überwachungsstelle‹ nannte, meldete sich: Sie fordere Ausschluß der Öffentlichkeit wegen Gefährdung der Sittlichkeit [ein schwerer Schlag für die vergnügten alten Herren aus der Steinzeit, Eiszeit usw.]. Der Überwachungsausschuß beantrage, daß alle mit Ausnahme Wiscotts, des Interpreten, und der beiden gegenüberzustellenden Personen, Schnurzel-Süffels und der Nebeltrine, zunächst den Raum verließen, man müsse das Resultat einer Konfrontierung der Mörderin und ihres Opfers abwarten. Der Vorsitzende entschied nach einer kurzen Besprechung mit seinem Nachbarn, Herrn Weißkäse, einem professionalen Milchpantscher, daß man besser selber hier bleibe und daß sich die Konfrontierung ohne Zeugen [auch ohne Gericht] im Nebenzimmer vollziehen solle. Ja, auch das Gericht mußte als Öffentlichkeit ausgeschlossen werden, man wollte die Wucht der Gegenüberstellung der beiden durch nichts mildern.

Sofort sprang Eveline, die nicht zu halten war, auf. Sie wurde von dem triumphierenden Hilfsbeamten mit festem Arm in den Nebenraum geführt. Wiscott, in tiefer Trance, geleiteten vorsichtig die Spiritistenhäuptlinge Valley und Weißkäse. Aufatmend, als alles glücklich verlaufen war, kehrte man in den Sitzungssaal zurück. Mit einem energischen Ruck schloß der Mann der Polizei die Tür hinter dem Toten und seiner verschlagenen Mörderin.

Vergraust saß der Verein um seinen Tisch vor dem leeren Diwan des Mediums. So, jetzt hatte van Steen sie. Wenn es nur nicht mehr als eine Konfrontierung der beiden wurde. Wenn nur nicht schon jetzt die Rache erfolgte. Die Zeit war vorgerückt, Mitternacht nahte. Der Hilfsbeamte gab seiner Genugtuung durch häufiges Klappern der Handschellen Ausdruck. Der graubärtige Valley war den ganzen Abend ungewöhnlich gedrückt und schreckhaft. Bei den Angriffen Evelines auf die Geister hatte er Zeichen des Entsetzens gegeben. Als die Geister via Wiscott den Antrag auf Ausschluß der Öffentlichkeit stellten, schien er nichts mehr zu begreifen und hob ratlos die Arme, um dann aber nachzugeben. Nun saß er verfallen an seinem Platz, sichtlich in Kummer, denn was war aus seinem herrlichen Bahnprojekt geworden, gleich solch Zwischenfall und gegenseitige Beschuldigung der Kontrahenten. Er blickte beklommen auf die verschlossene Tür – und alle Vereinsmitglieder hatten den gleichen Gedanken wie er: Eveline, die hübsche frivole Soubrette, von den rasenden Geistern überfallen, gekillt und ruckweise zur Nebeltrine gemacht. Wer konnte jetzt die Geister kontrollieren, wer konnte diese Öffentlichkeit ausschließen?

Kein Wort wurde im Sitzungsraum gesprochen, der jetzt zum Wartezimmer geworden war. Am Tisch meckerten, gackerten und kicherten die Hilfsmedien, wahrscheinlich von einer neuen Garnitur Geister besetzt oder besessen, die hier anscheinend als Reporter fungierten.

Es zog sich lange hin drin. Im Beginn vernahm man die leise stockende Stimme des Mediums, dann [Entsetzen] ein Klatschen und wieder ein Klatschen, ein Aufschrei Evelines und darauf nichts, Stille, Totenstille. Jetzt ging es vor sich. Die Reportergeister meckerten gierig.

Was geschah drin, während im Sitzungsraum sämtliche Beimedien und auch einige Vereinsmitglieder [mit Ausnahme des wachsamen Beamten und des auf Kohlen sitzenden Valley] tief schnarchten und man kaum mehr von einer spiritistischen Sitzung sprechen konnte – es erinnerte an die Abgeklärtheit in den höheren astralen Rängen –, was geschah drin?

Wie nur der siegesgewisse Polizist die Tür hinter der wütenden Eveline schloß und sie sich mit dem aus seinem Stuhl ihr zunickenden und schmunzelnden Wiscott allein sah, zerrte sie ihn an den Jackenknöpfen hoch, rüttelte und schüttelte an ihm. Er suchte sie zu besänftigen. Da versetzte sie ihm ein paar kräftige Ohrfeigen, die nebenan gehört wurden, und als er ihr Ruhe gebot [nichts weiter], drängte sie ihn mit einer Serie von Rippenstößen in eine entfernte Zimmerecke, und dort – er war wörtlich an die Wand gedrängt – vollzog sich ihre Auseinandersetzung.

Die kleine üppige Person agierte vor Wiscott wie eine Furie. Sie brauchte, um das zu werden, nicht erst in die Geisterwelt übergeführt zu werden.

Wie er zu der Frechheit käme, sie derart vor den Leuten bloßzustellen? Vollbusige Dame? [Er bekam einen Puff gegen die Brust.] Üppige Reize? Nacktkultur? [Stöße gegen den Bauch.] Wie ihr Name sei? Nebeltrine? [Er drehte sich. Die Püffe regneten.]

Er antwortete, während er sich krümmte, um die Angriffsfläche zu verkleinern: Das alles sei nicht er gewesen, das waren die Geister.

Worauf sie ihn an den Haaren packte, seinen Kopf gegen die Wand stieß, und als er sich umdrehte, versetzte sie ihm einen Tritt. Alles quittierte Wiscott mit ganz kleinen Quietschlauten, aus denen sich die Megäre nichts machte. Sie war scharf.

Dann trat sie einen Schritt zurück, damit er sich erholte, ließ ihn aber nicht entwischen, sondern fing wieder an: Was er sich dabei denke, die Pyjamas zu apportieren? Ob er sich nicht denken könne, daß sie das belasten müsse, ob er ein solcher Idiot sei?

»Dich belasten?« grinste er. »Es sind die Geister.«

Sie hatte es jetzt mit seinen Ohren, empfindlichen Organen rechts und links am Kopfe des Menschen. Sie knautschte an diesen knorpligen Gegenständen, als wären sie Papier. Er ging wieder herunter, er kniete, sie ließ nicht von den Ohren, er kroch am Boden.

Sie: »Und seine Oberhemden trägst du, am hellen Tage, vor den Leuten.«

Er: »Es sind neue seidene, Evy. Hier merkt keiner was.«

Sie: »Du hast genug Oberhemden. Ich hätte dir welche gekauft.«

Er: »Wer wird so mit dem Geld werfen.«

Sie hatte von ihm gelassen. Sie blickte ihn mit Tränen an, wie er dastand, sich seine roten Ohren rieb und an seiner Jacke zupfte. Sie griff nach einem Stuhl hinter sich und ließ sich nieder:

»Tom, wir sind verloren. Wozu hast du das gemacht?«

Er zog seinen Handspiegel und strich sein braunes Haar, das sie in Unordnung gebracht hatte, glatt:

»Verloren, das möchte ich sehen.«

»Warum hast du das gemacht, Tom? Was hab ich dir bloß getan? Wir hätten längst fliehen sollen oder alles sagen, wie es verlief.«

Er faßte sie um die Schulter, er sah nicht freundlich aus:

»Warum ich das gemacht habe? Das fragst du noch? Um dir einen Denkzettel zu geben. Evy, willst du etwa leugnen, daß du auf dem Schoß dieses dicken Bierbrauers saßst, als ich ins Zimmer kam und euch überraschte?«

»Er hat mich gezogen. Er war ja auch schon angetrunken.«

»Evy, keine Ausreden. Er ist nicht der erste, mit dem ich dich so oder ähnlich traf.«

»Ich bin keine Nonne, ich habe das noch nie behauptet. Ich kann mich nicht einschließen. Und wenn man mir Geschenke macht, für wen nehme ich sie an? Wer spielt und wettet, ich oder du? Wer kommt jede Woche zu mir und zeigt mir seine leere Brieftasche? Und, Tom, wer hat die Hunderte für dein Sanatorium bezahlt?«

Er setzte sich auf den Tisch und hielt sich die Ohren zu. Dann sank er in sich zusammen und blickte müde vor sich. Er murmelte:

»Ich hab genug von dem Unsinn hier. Das hält der stärkste Mann nicht aus. Wenn ich noch eine Woche hierbleibe, bin ich reif fürs Irrenhaus.«

Sie nahm zärtlich seine Hand, sie streichelte seine von ihren Ohrfeigen noch geröteten Wangen mütterlich:

»Tom, ich habe dich doch so gebeten, diese Art Arbeit zu

lassen. Deine Nerven vertragen es nicht, und gleich nach dem Sanatorium.«

Er wehrte sie ab, er hatte eine finstere Miene:

»Das Schwerste bist du, mit deinen Liebschaften. Aber jetzt bist du bestraft, deinen letzten Schatz hast du gründlich verloren.«

»Tom, hör auf mit den Dummheiten.«

Sie ängstigte sich vor seinem irren Ausdruck.

»Komm, Tom, wir müssen weg. Man wird uns festnehmen. Komm.«

Er drehte sein Gesicht zur Tür:

»Da sitzen sie. Sie warten auf uns, auf das Ergebnis deines Verhörs, Nebeltrine.«

»Laß das, ich bitte dich, Tom.«

»Der gute Valley schwitzt Blut. Ich habe ihm gestern alles gebeichtet. Er hätte beinah geweint. Ich habe ihm gesagt, wir wollen von der Bildfläche verschwinden.«

Mit einem trüben Lächeln zeigte Wiscott seine Brieftasche, sie war mit Banknoten gespickt:

»Alles von Valley.«

Die Tischgesellschaft nebenan hätte bis zum nächsten Morgen geschnarcht und geschlafen, wenn sich nicht einiger, als drüben alles so lange ruhig blieb, eine unbändige Furcht bemächtigt hätte. Die Geister hatten, heimtückisch, wie sie manchmal sind, den Pakt gebrochen, sie hatten selber kurzerhand Justiz geübt, alles war hin, und das war das schreckliche Ende einer so festlich begonnenen Begegnung von Dies- und Jenseits.

Und sie konnten sich nicht halten, sie erhoben sich und näherten sich angstvoll der geschlossenen Tür. Der Kriminalist hatte die größte Angst, er sah alle seine Hoffnungen schwinden.

Und als sie an der Tür standen und drin sich nichts regte, blickten sie sich an, und dann gab man sich einen Ruck und öffnete.

Mit einem Schrei fuhren die ersten zurück.

Der Raum war – leer.

Nichts von der Nebeltrine noch von dem Brauergeist Schnurzel-Süffel, nicht einmal etwas von dem Medium. Sie hatten sogar das Medium entführt, wahrscheinlich um nun von sich aus gegen das Diesseits vorzugehen.

Man war so bestürzt und von Grauen erfüllt, daß man sich nicht auf einen der Stühle zu setzen wagte, die die Entführten berührt haben mußten. Man fand kein Blut im Raum. Nur eine glimmende Zigarette am Boden.

Es war Mitternacht. Als man Lärm schlug, erschien der Wirt, der im übrigen Feierabend ansagen wollte. Man klärte ihn auf.

Es erwies sich, daß die Mehrzahl der Anwesenden blöde vor sich hinstarrte und sich von dem Einfluß gewisser Jenseitssphären noch nicht befreit hatte. Sie brummelten in einem hohen Grad von Vergeistigung, meckerten und gackerten, einige vermochten auch zu unken und blickten sich von Zeit zu Zeit verschämt um, vermutlich nach Geistern.

Auf den Wirt machte dies Gebaren keinen Eindruck. Er war den Umgang mit Okkulto-Spiritisten gewöhnt.

Jovial klärte er die Herrschaften, die ihn holten, auf. Sie sollten sich um die Verschwundenen nicht sorgen. Was wenigstens den Herrn Wiscott und die Soubrette anbeträfe, so hätte er beide noch vor einer Stunde in seiner Gaststube gesehen. Geister wären nicht beigewesen. Dafür lege er die Hand ins Feuer. Die beiden wären ein Herz und eine Seele gewesen und hätten mehrere Glühweine und Cognacs verzehrt. Schließlich hätten sie sich eine Taxe bestellt und seien fidel abgezogen. Valley fragte, ob Herr Wiscott bezahlt hätte. Der Wirt schmunzelte: »Wie üblich nicht. Er meinte, es ginge auf Kosten des Vereins.« Als der Wirt sich entfernt hatte, bemerkte der Vorsitzende, der trotz der vorgerückten Stunde wieder frisch und ruhig aussah: »Natürlich ist alles Unsinn, was der Mann erzählt. Wir wissen nicht, wer sich da in der Gaststube als Medium und Nebeltrine aufgehalten und gezecht hat.«

Weißkäse, der zweite Vorsitzende, meinte:

»Es werden dieselben wie auf dem Friedhof gewesen sein.«

Valley: »Sie nehmen verschiedene Gestalten an, sie täuschen.«

Der Kriminalist war verblüfft [er war ein Anfänger in okkulten Dingen]:

»Ich habe jedenfalls das Fräulein auf den Stuhl da gesetzt.«

Valley zuckte die Achsel:

»Überzeugen Sie sich: sie ist nicht mehr da. Und das Medium ist auch verschwunden.«

Der Kriminalist, wie gesagt ein Anfänger auch im Spirito-Okkultismus, stammelte:

»Immerhin haben sie unten Glühwein und Cognac getrunken.«

Valley, überaus höflich: »Von wem sprechen Sie, lieber Freund? Von wem?«

Der Beamte verstand nichts mehr. Er fragte nicht mehr. Er klirrte nur unsicher mit den Handschellen [als wenn er lockte, aber die Verbrecherin meldete sich nicht]. Dann schüttelte er den Kopf, nur um sich zu überzeugen, daß er ihm noch zwischen den Schultern saß, denn er drehte sich ihm – er begriff nur, daß es auch diesmal mit seiner festen Anstellung nichts war.

Die Öffentlichkeit nahm herzlichen Anteil an der Sache.

Die nicht entrückten und entführten Beimedien fand man am nächsten Morgen, als man sie ausfragen wollte, in einem merkwürdigen Zustand. Sie waren ihrer Sinne nicht völlig mächtig und redeten dummes Zeug wie: sie hätten den Weisungen eines gewissen Seniorenkollegs des Jenseits zu folgen. Eine der Damen erzählte tolle Dinge von einer Schwiegermutter Nebbich aus Damaskus, welche mit einem Omai-Omi großen Ärger gehabt hätte, erst vor wenigen Jahrhunderten.

Was sollte man davon denken. Valley ließ sich nicht sprechen. Als sein Vertreter ließ der Milchpantscher, aber selber wasserscheue Weißkäse die Reporter, die ihm das Haus einliefen, wissen:

»Für uns Spiritisten verhält sich die Sache nicht so einfach wie für die Vertreter des sogenannten gesunden Menschenverstandes. Uns erscheint vieles, was dieser gesunde Menschenverstand vorbringt, zweifelhaft und verdächtig.«

»Was auf Gegenseitigkeit beruht«, murmelten im Kritzeln die Reporter.

Weißkäse: »Das Verschwinden der beiden und die Mordtat hängen in der Tat eng zusammen, sogar noch enger als das Laienauge sieht. Denken Sie an die unverändert rätselhafte Seite der Sache, an die Vorgänge auf dem Friedhof, an den Apport der verschwundenen Pyjamas usw. Für uns Jenseitsforscher steht es so: an diesem Mord hat sich die Astralwelt in einer noch nicht dagewesenen und noch nicht aufgeklärten Weise beteiligt.«

»Das ist also Ihre Erklärung für den Mord und das Verschwinden der beiden?« fragten keineswegs überrascht die Reporter, die während des Interviews Weißkäse in verschiedenen Stellungen photographierten. Andere Mitglieder des Vereins, soweit bei voller Besinnung an diesem Vormittag, erläuterten noch: Es hätte sich bei diesen Sitzungen um den ersten gelungenen Versuch einer Zusammenarbeit von Dies- und Jenseits gehandelt. Man habe Wichtiges über Natur und Lebensweise der Astralier erfahren. Das Schlimme im Jenseits sei die Unbeschäftigung. Das verträgt niemand. Die Geister finden keine Abwechslung, weil ohne Körper, werden zur Faulheit angehalten und gezüchtet. Müßiggang ist aller Laster Anfang. Sie werden launenhaft und hinterlistig. Man dürfe sich daher wohl keinen Illusionen über einen wirklich prompten Verkehr von und nach drüben hingeben. Welche Neuigkeiten die Zeitungen am selben Abend brachten mit den Überschriften:

»Die gefoppten Spiritisten« und

»Auf Wiedersehen im Jenseits oder im Gefängnis«

Das verschwundene Duo, der elegante Spieler und die Soubrette Dutort, wurden nach zwei Monaten in London ermittelt, wo sie ihn auf eine Polizeistation transportierte mit der Bitte, sie von ihm zu befreien.

Sie erzählte:

Er sei ihr Mann. Sie sei mit ihm seit fünf Jahren verheiratet. Er hätte viele Begabungen, aber nütze keine richtig aus. Er mache viele Dummheiten. Er spiele und wette und ließe sich in den letzten beiden Jahren von ihr ernähren. Und das hätte sie auch immer gern getan.

Aber er sei furchtbar eifersüchtig. Der Beruf als Soubrette bringe sie mit vielen Menschen zusammen, natürlich auch mit Herren. Das nähme er ihr übel. Auch gelegentliche Geschenke, die man ihr mache, auf die sie aber nicht verzichten könne, weil er so viel im Spiel verliere.

Da hätte sie einmal der verstorbene van Steen zu einem Glas Wein auf sein Zimmer eingeladen – er wohnte oben im Hotel auf demselben Flur.

Sie weinte einige Minuten, als sie zu diesem Punkte ihres sehr glaubwürdig klingenden Berichts kam [auf einer westlichen Polizeistation von London – Wiscott saß dabei stumm in der Ecke, als wenn ihn das ganze nichts anginge].

Da, fuhr sie fort, hätte sie ihr Mann mit van Steen überrascht. Erst habe er, von van Steen eingeladen, mitgetrunken, und man habe sich was erzählt. Er ließ sich nichts merken, und sie war froh, wie gut er sich benahm. Dann –

»Er ist seit seinem Autounfall krank. Mit einmal kriegt es ihn. Wie? Er ist nicht richtig da. Er sieht ganz vernünftig aus, bloß der Blick wird eigentümlich starr und er spitzt öfter den Mund, was er sonst nicht tut. Dann erzählt er verrückte und unverständliche Dinge. Deswegen habe ich ihn ja ins Sanatorium geschickt.

Da fängt er also mit van Steen zu tanzen an. Dem macht das Spaß, aber ich sehe doch, was mit Tom ist, und ich weiß doch auch, wie eifersüchtig er ist. Und mir ist gleich so angst geworden. Aber er tanzt mit van Steen und erzählt wildes Zeug und van Steen kommt nicht aus dem Lachen heraus. Dabei verzieht Tom keine Miene. Ich möchte bloß, daß wir gehen. Aber van Steen macht es so viel Spaß, er denkt, Tom ist bloß angeheitert. Und da müssen die nochmal tanzen, und ich muß durchaus mitmachen, obwohl mir Tom gar nicht gefällt, und da gibt er mir und van Steen solchen Schwung, und er hat solche Kraft, daß ich den Tisch mit den Gläsern umwerfe und van Steen fliegt gegen den Ofen.«

Wieder unterbricht sie sich. Sie schluchzt. Wiscott blickt mit gerunzelter Stirn zu ihr herüber, er hört zu, aber man weiß nicht, ob er alles versteht.

Sie: »Weiter weiß ich nichts. Van Steen blieb liegen. Ich war selbst betäubt. Ich dachte, ich muß so rasch wie möglich hier weg, sonst passiert noch etwas. Ich bin auf mein Zimmer gerannt. Tom ist nach einer Weile nachgekommen und eine Weile bei mir gewesen. Er wurde dann auch wieder vernünftig. Dann ist er gegangen.«

»Und die Dekoration der Leiche?« fragte der Kommissar.

»Aber Tom wußte ja nicht, daß er tot war. Mir sagte er nur: Der liegt auf dem Teppich. Den lassen wir da.«

»Nachher, wie er von Ihnen kam, ist er also zur Villa van Steens gegangen und ist eingebrochen. Und wie verhält es sich mit der zerbrochenen Scheibe im Hotel und mit den zerrissenen Gardinen?«

Wiscott, der blaß und abgerissen aussah, ließ sich vernehmen: »Das haben die Geister gemacht. Der lag da und blutete und bewegte sich noch. Da brachen die die Scheibe entzwei und holten ihn.«

Die verhärmte Soubrette gab noch zu Protokoll: Wiscott sei Bauchredner und Zauberkünstler von Profession. Sie könne, bloß um auf ihn aufzupassen, keine Stellung annehmen. Er hätte jetzt schon einen Klapps, einen spiritistischen Klapps. Er unterhielte sich im Dunkeln mit einem gewissen Depp aus Oberägypten [»Kennt er den?« wollte der Kommissar wissen. Sie: »I wo, alles Einbildungen von ihm.«] und mit einer Figur, die er für den »Oberdussel aus dem höheren Ring« ausgebe. Ihr würde angst dabei.

Man steckte ihn in eine Anstalt.

Er erholte sich da ziemlich rasch von seinen spiritistischen Zuständen. Er nahm unter anderem Namen seinen Beruf, dem er selber zum Opfer gefallen war, wieder auf und verwies alles, was mit seiner Mitwirkung in den spiritistischen Sitzungen in der Stadt E. sich ereignet hatte, in den Bereich der Fabel, nämlich einer von ihm produzierten Fabel. Alles sei von ihm erfunden und arrangiert. Es wäre ihm sehr contre cœur gewesen, gerade mit der Affäre van Steen befaßt zu werden, und Eveline, seine Frau, sei ja auch zu ihm gekommen und hätte ihm abgeraten und hätte gewarnt. Aber grade wie er gesehen hätte, wie sie sich fürchtete, wegen ihres Rufes, wegen ihrer Stellung, hätte er sich vorgenommen, ihr einen ordentlichen Denkzettel zu verabfolgen. Er wollte sie zappeln lassen – gewiß, er wollte sie bloßstellen, sie bestrafen und sich rächen. Aber nun sei alles gut zwischen ihm und ihr. [»Soweit mir wenigstens bekannt ist«, fügte er mit einem Lächeln und Achselzucken hinzu.]

Was seine Erklärungen betreffend die Sitzungen in E. anlangt, so stehen sie freilich in schärfstem Widerspruch zu dem, was andere Sitzungsteilnehmer verlauten ließen. Es wäre bekannt, sagte zum Beispiel Herr Valley, der sich übrigens wieder auf den einfachen diesseitigen Postverkehr zurückgezogen hatte, daß Medien lügen. Anderseits wisse man aber auch, daß Medien sich selbst nicht verstehen. Im wachen Zustand haben sie eine völlig laienhafte Vorstellung von ihrer Gabe. Sie sehen ihre Leistungen wie der Mann von der Straße durch eine rationale Brille. Viele Medien hielten sich außerhalb des Trancezustandes für Betrüger.

Was sie wohl auch oft wären, meinten die Reporter.

Gewiß, wie jeder andere Mensch, und der Geldverdienst mit dieser Gabe verdürbe viele. Aber was besage das gegen echte und überzeugende Phänomene?

Und seien wir ehrlich: Wiscotts Erklärungen stehen auch in Widerspruch zu unserer eigenen Auffassung.

Denn wenn wir diese Erklärungen ernst nähmen, so würden alle unsere eben erst gewonnenen Vorstellungen über das Jenseits wieder ins Schwanken geraten – unsere Einsicht in die drüben herrschende haarsträubende Unbeschäftigung und Langeweile, in die chronische Abzehrung, unter der die Astralier leiden, ihren Erinnerungs- und Gedankenverlust, woraus eine große Weisheit und Vornehmheit resultiert, welche dem ganzen Jenseits seinen Charakter gibt und seine wunderbare Struktur bestimmt: an der Spitze die allmächtigen Blödiane, die schon nicht mehr wissen, wer sie sind [Schwund der Persönlichkeit], dann die Ränge der Depps mit Nulpe und den Dussels – und in der Tiefe, noch erdennah, viele heitere Figuren, die es unwiderstehlich abwärtszieht, wie Frau Nebbich, die Schwiegermutter des Eseltreibers Omai-Omi, die noch nach so vielen Jahrhunderten ihre Nase in alles stecken muß.

Döblin machte sich zuerst mit kleinen Erzählungen einen Namen, die noch nichts von der außerordentlichen Phantasiegewalt seiner Romane ahnen ließen. Diese abseitigen Miniaturen erregten Aufsehen durch ihre vehemente Sprache, die Kühnheit ihrer Darstellung, die Originalität und Mannigfaltigkeit ihrer Motive, die Verbindung hellsichtiger Verzücktheit mit naturalistischem Sarkasmus. Döblin schrieb sie als Assistenzarzt an wechselnden Kliniken und veröffentlichte sie mit andern Beiträgen seit 1910 in Herwarth Waldens revolutionärer Berliner Wochenschrift ›Der Sturm‹, später auch in andrn Zeitschriften. Da er sie in zwei Sammelbänden herausgab und manche von ihnen in Anthologien oder bibliophilen Publikationen nachgedruckt wurden, galt er in seiner Jugend als ein Hauptvertreter der neuen Novellistik, die im Expressionismus aufblühte.

Der erste Sammelband erschien 1913 unter dem Titel ›Die Ermordung einer Butterblume und andere Erzählungen‹ [bei Georg Müller, München und Leipzig]. Die darin vereinigten zwölf Erzählungen waren teilweise schon früher entstanden und von Döblin für den ›Sturm‹ aus dem Schreibtisch hervorgeholt worden. Im Nachlaß liegen als seine ältesten dichterischen Versuche ein Roman ›Jagende Rosse‹ mit dem Vermerk »Beendet September 1900« und eine zweite Fassung davon mit dem Zusatz »Den Manen Hölderlins in Liebe und Verehrung gewidmet« aus den Jahren 1900–1901[1], ferner zwei Novellen ›Erwachen‹, die »Anfang September 1901« datiert sind, und eine Novelle ›Adonis‹ von 1902. Die ›Jagenden Rosse‹ schrieb der Primaner, das Folgende der angehende Mediziner nach dem 1900 verspätet bestandenen Abitur. Aus dieser Frühzeit sind auch zwei Aufsätze über Nietzsche erhalten: ›Der Wille zur Macht als Erkenntnis bei Friedr. Nietzsche‹, vom 8. Oktober 1902 datiert, und ›Zu Nietzsches Morallehre‹ vom 16. März 1903. Im ›Ersten Rückblick‹ sagte Döblin später: »Hölderlin, Schopenhauer, Nietzsche haben schon unter meiner Schulbank gelegen. Ich habe schon als Quartaner gedacht und geschrieben.«[2] Einige

[1] Das Vorhandensein zweier Manuskripte steht in merkwürdigem Widerspruch zu Döblins wiederholter Erzählung vom tragikomischen Verlust der ersten Fassung; vgl. Döblin, ›Die Zeitlupe. Kleine Prosa‹ S. 117 f., 142 [1962].
[2] Alfred Döblin im Buch – zu Haus – auf der Straße S. 72 [Berlin 1928].

der im ›Sturm‹ gedruckten Novellen stammen aus den Jahren 1904 und 1905.

Diese Erstlinge geben sich bewußt revolutionär. Sie umkreisen ketzerisch die Liebe, blasphemisch die Religion und polemisch den Bürger, dessen eingebildete Sicherheit sie ad absurdum führen. Ein schneidender Intellekt gefällt sich in höhnischen Entlarvungen und durchstößt die dünnwandigen Illusionen, hinter denen ein dämonisches Dunkel lauert. Aber Döblin ist hier noch nicht der Wortführer der naturalistischen, sozialistischen Kunstrevolution, für die er nach dem Ersten Weltkrieg heftig eintrat, sondern selbst noch erstaunlich in abgelebten literarischen Konventionen befangen. Wie so viele Umstürzler seiner Generation erlag auch er noch den Stimmungszaubereien des Symbolismus, die damals in den Gedichten und lyrischen Dramen Hofmannsthals, in den Frühwerken Rilkes, in den Novellen Thomas Manns die Jugend faszinierten. Der vom Studenten Döblin verfaßte kleine Roman ›Der schwarze Vorhang, Roman von den Worten und Zufällen‹ [1912 im ›Sturm‹, 1919 als Buch erschienen] ist eine sentimentale, egozentrische Liebesgeschichte im Geschmack des mit Nietzsches ästhetischem Nihilismus getränkten Jugendstils. Der Träumer Johannes umkreist darin die rothaarige Irene in Haßliebe, stößt sie immer wieder sadistisch von sich, weil er seine Liebe für unerfüllbar, seine Einsamkeit für unüberwindlich hält, und umwirbt sie nach jedem Zerwürfnis aufs neue; zuletzt begeht er im Wald den Lustmord an ihr und verbrennt sich mit ihrer Leiche. Er empfindet sich als lebendig Toten, als fensterlose Monade. Der Weg zum Mitmenschen, ins Meer des Lebens ist ihm versperrt, er scheitert wehleidig an sich selbst und berauscht sich umsonst an seiner fanatischen Vision des Glücks: »Man soll in ein Menschenleben wie in ein Meer hinabsteigen, von einer Welle, die ihre Bahn läuft, von einer großen Zuckung bis an den Strand getragen, über Steine und Zufälle hinweg.«

Das war die neuromantische Décadence, der Döblin später seine gefühllosen Massenepen ohne Helden entgegenstellte. Er erlebte die Romantik noch am eigenen Leib, und sein erstes Buch verrät, wie schwer er sich von ihr losmachte. Von den Geschichten der ›Ermordung einer Butterblume‹ schwelgt die Hälfte noch derart in der morbiden Sprach- und Seelenmusik des Fin de siècle, daß sie nur noch als Zeugnisse seiner Entwicklung interessant sind. Damals frappierten auch diese Stücke durch ihre sprachliche und gedankliche Energie, heute überraschen sie durch ihre künstlerische Unfreiheit. Sie kleiden das zerstörende seelische Abenteuer noch in das Stilkostüm des Märchens oder der katholisierenden Legende und gefallen sich im preziösen Bilderprunk einer sterbenden Epoche. Der junge Döblin ist der schönheitstrunkenen Sentimentalität des dekadenten Kunstmärchens im Stil Oscar Wildes verfallen. Er greift wie der frühe Trakl und Bartók auf den Frauenmörder *Blaubart*, um das blutige Geheimnis der Geschlechterliebe zu enthüllen. Am weitesten verliert er sich in der von uns ausgeschiedenen Märchennovelle ›Die Verwandlung‹, die von der zwischen Liebe und Haß taumelnden Leidenschaft einer blassen Königin und eines stillen Prinzen erzählt. Sie setzt den erotischen Ästhetizismus des ›Schwarzen Vorhangs‹ in schwülstige Rührseligkeit um und gibt den gemeinsamen Liebestod der beiden im Meer mit dem tränenschweren Schlußsatz wieder: »Oben auf dem flinkernden Wasser schwammen nebeneinander ein runder Stab und eine goldene Königskrone.« Romantisch ist auch die Gruselgeschichte *Die Helferin*, obschon sie im modernen Amerika spielt. Sie ist dem Vorbild E. A. Poes verpflichtet und zeigt mit ihrer nüchternen Sachlichkeit die Richtung an, in der sich Döblin dann überzeugender dem Irrationalen näherte. Noch *Die Memoiren des Blasierten* gehen nur scheinbar über den neuromantischen Zeitstil hinaus, indem sie den Zauber der Liebe durch einen Skeptiker zynisch analysieren lassen. Seine Verzweiflung über die Weiber ist ja seit alters nur die Kehrseite der erotischen Schwärmerei, die den ›Schwarzen Vorhang‹ und die Blaubartromantik der Märchen kennzeichnet. Auch der Blasierte rächt sich schreibend an einem Idol, an das er im Grund immer noch glaubt.

Das Herzstück dieser romantischen Gruppe ist *Die Tänzerin und der Leib*, weil sich Döblin darin mit dem Thema der Kunst auseinandersetzt. Diese Tänzerin, die als Kind über jeden Tanz »Kälte zu sprühen« vermag, deren straffer Leib »wie eine Flamme weht« und deren Stimme »hell, ohne Buhlerei und Musik, abgehackt« tönt, verkörpert das Ideal, das ihm als Dichter vorschwebt. Daß sie ihren erwachsenen Leib als unerträgliche Last empfindet, weil er sich nicht mehr als Spielzeug behandeln läßt, ihn als »ein Stück Aas« verleugnet, sich feindselig von ihm trennt und mit dem »trägen Tier«, an das sie gekettet ist, triumphierend in den Tod hineintanzt, ist das Sinnbild einer ungelösten Spannung in Döblin selbst, die sich in den grellen Gegensätzen seiner ersten Dichtungen äußert. Vielleicht wurde er zu dieser programmatischen Skizze durch Kleists Aufsatz über das Marionettentheater inspiriert, denn auch Kleist gehörte zu den guten Sternen über seiner Jugend. Sie wirkt wie eine Illustration zu den im ersten Jahrgang des ›Sturms‹ gedruckten ›Gesprächen mit Kalypso über die Musik‹, in denen er die Ästhetik einer unpersönlichen, unromantischen, rein geistigen Musik und eines ihr entsprechenden Tanzes entwarf. Die echte Musik, erklärte er darin, ist nicht Ausdruck menschlicher Gefühle, wie alle Welt glaubt, sie ist ursprünglich ein eigenes Reich des Tönens mit eigenen Gesetzen, also nicht die gehorsame Dienerin, sondern die unberechenbare Lehrmeisterin des Menschen. »Die Musik kennt keine ›Seele‹; sie wandelt unter den wirklichen Dingen; einfach und sehr klug ist sie Fürsprecherin des ausgebreiteten Lebens.«[1] Das berührt sich mit Valérys Essay ›L'âme et la danse‹ und anderen späteren Ansätzen zur Theorie der modernen Kunst, steht aber auch noch im Bann der vom Symbolismus gesuchten ›absoluten Poesie‹.

Diesen Bann durchbricht Döblin erst dort, wo er auf die Stilkünste der Décadence verzichtet. Da spürt man, daß er als Psychiater in einer anderen Welt zuhause ist. Der Märchenzauber wird von der Dämonie des Unbewußten verdrängt, dieser umwälzenden Entdeckung der Jahrhundertwende, die den Arzt Döblin von Anfang an beschäftigte. Sie befreite seine Schreibweise und ermöglichte ihm eine neuartige Einheit von dichterischer Intuition und sachlicher Präzision. Der Ruhm seines ersten Buches beruhte vor allem auf einigen Kabinettstücken tiefenpsychologischer Schilderung, in denen er den Ausbruch der im Normalbürger schlummernden seelischen Unterwelt beschreibt. In einem Augenblick gerät ein pedantisch umzirkeltes Menschendasein aus den Fugen, oder ein latent drohender Zwang führt es schrittweise und unausweichlich in die innere Katastrophe. Das blieb ein immer wiederkehrendes Thema des Erzählers Döblin, schon die Novellen wandeln es mehrmals ab. Das Musterbeispiel dafür ist die Titelnovelle *Die Ermordung einer Butterblume*, in der dem kleinen Geschäftsmann Michael Fischer eine spazierenderweise mit dem Stock geköpfte Blume zum Verhängnis wird. Diese scheinbar zufällige Begebenheit wächst dem Spießer über den Kopf, denn sie ist das Symptom einer in ihm vorbereiteten Krise und löst den Mechanismus der beginnenden Geisteskrankheit aus, durch den die fixe Idee zum unheilbaren seelischen Defekt wird. Als exakte Beschreibung einer Psychose erinnert

[1] ›Der Sturm‹ Nr. 17, 23. Juni 1910.

diese Geschichte an die Novelle ›Lenz‹ des von Döblin geliebten Georg Büchner. Sie verrät aber den Schüler Freuds und wurde mit Recht als Schritt in eine neue Darstellung des Seelenlebens bewundert. *Die Segelfahrt* überträgt diesen psychologischen Blick auf das erotische Thema. Die Zerrüttung durch das Verhängnis der Liebe ist hier nicht mehr märchenhaft aufgeschönt und verfälscht, sondern als Einbruch einer unbekannten Macht in die mondäne Existenz heutiger Menschen dargestellt.

Einen andern Weg über den Ästhetizismus hinaus fand Döblin im Humor. Der Eulenspiegel war schon damals in ihm lebendig, er durchkreuzte schon sehr früh seine angelesene Sentimentalität und Schönrednerei. Er hatte ihm seine dramatische Eskapade ›Lydia und Mäxchen, Tiefe Verbeugung in einem Akt‹ [1905 geschrieben, 1906 veröffentlicht] eingegeben und trieb auch den Erzähler zu einer surrealistischen Gaukelei, die er seinen ›Döblinismus‹ nannte. Auf diesen Ismus berief er sich in einem Sendschreiben an Marinetti, in dem er eine phantasievollere Revolution der Literatur verlangte, als dieser sie proklamierte, und auf eine Freiheit der Dichtung pochte, die ihre Vorgeschichte in Deutschland habe.[1] Auch dieser Widerruf seiner ersten Liebeserklärung an die Futuristen verrät sein Schwanken zwischen Romantik und Naturalismus. Er rettete sich daraus am sichersten durch den Sprung in die Freiheit des Spiels. In witzigfrechen Schwänken und Parodien schlägt der tragische Ernst in den trockenen Humor einer hintergründigen Frivolität um, in dem sich sein Temperament am wohlsten fühlt. Die gleichen Themen dienen ihm jetzt zu Spaß und Spott. Der abrupte Stil, der in den Legenden und Märchen, in den psychiatrischen Studien oft als forcierte Verrätselung wirkt und nur eine verstiegene oder intellektuelle Mystik erzeugt, wird nun zur mutwilligen Mystifikation, die den Leser in eine heitere Spannung versetzt. *Astralia* beschreibt den Moment, wo der kleinbürgerliche Bußprediger und Sektengründer Adolf Götting, ein skurriles Seitenstück zum Butterblumenmörder Michael Fischer, aus der Borniertheit in die Verrücktheit überschnappt. *Der Dritte* parodiert die Dämonie des Ritters Blaubart in dem Frauenarzt, der sich im eigenen Netz fängt, indem er seine Sekretärin zur Dirne abrichtet und einem noch abgebrühteren Zyniker zum Opfer fällt, den er mit seiner Gemeinheit anlockt. *Die falsche Tür* zerspielt virtuos-elegant den Schicksalsglauben der ›Segelfahrt‹ in der

[1] Futuristische Worttechnik. Offener Brief an F.T. Marinetti: ›Sturm‹ Nr. 150/151, März 1913; wieder abgedruckt in: Paul Pörtner, Literaturrevolution 1910–1925. Dokumente, Manifeste, Programme II, S. 63 f. [1961].

witzig-unheimlichen Geschichte vom Kismet, das zwar in Erfüllung geht, aber ganz anders, als der abergläubische Oberleutnant Irfen glaubt.

Der zweite Novellenband ›Die Lobensteiner reisen nach Böhmen, zwölf Novellen und Geschichten‹ [bei Georg Müller, München 1917] zeigt noch vielfach das gleiche Bild, jedoch mit starken Akzentverschiebungen. Es ist kaum begreiflich, daß Döblin auch nach dem Erscheinen der ›Drei Sprünge des Wang-lun‹, seines ersten genialen Romans, als Novellist immer wieder in den preziösen Ton zurückfiel. Da stehen abermals einige naive romantische Märchenfabeleien der populärromantischen Art, die dem ›Kunstwart‹ Ehre gemacht hätten. *Die Nachtwandlerin* versetzt die Unheimlichkeit Poes in das moderne Berlin und greift wieder das Motiv der ausbrechenden Geisteskrankheit auf, hier eines Spießbürgers, der seine Geliebte brutal mißbraucht und im Bewußtsein seiner Schuld an ihrem Untergang zerbricht. Das gauklerische Element vertritt die übermütige, nicht in den ›Lobensteinern‹ enthaltene, sondern 1917 selbständig publizierte Ärztefarce *Das verwerfliche Schwein*, eine echte Probe des ›Döblinismus‹.

Mit der Arbeit am ›Wallenstein‹, der 1920 veröffentlicht wurde, ging Döblin endgültig zur monumentalen Epik über. Seither war von ihm nur noch ausnahmsweise eine Novelle zu lesen. Die ›Neue Rundschau‹ brachte 1917 den ›Feldzeugmeister Cratz‹, einen Seitentrieb des großen historischen Kriegsromans, der als novellistisches Gebilde nicht überzeugt und nicht in die ›Lobensteiner‹ aufgenommen wurde. Im zweiten Band von Wolfensteins Jahrbuch ›Die Erhebung‹ von 1920 stand *Die Flucht aus dem Himmel*, die in expressionistisch geballter Sprache die nazarenische Linie der frühen Versuche fortsetzt. Sie nimmt schon das Erlösungsthema des ›Manas‹ auf, um so bemerkenswerter ist ihr Festhalten am christlichen Mythus, den Döblin nie ganz aus dem Auge verlor. Als letzter Nachzügler entstand 1931 noch die mit überlegener Sicherheit geformte *Sommerliebe*, die als innerer Monolog eines erotisch aufgerüttelten, spät noch vom Wunder der Verwandlung gestreiften Philisters gleichsam die ›Memoiren des Blasierten‹ mit der ›Ermordung einer Butterblume‹ vereinigt und zu einer späten Blüte aufgehen läßt.

Statt novellistischer Miniaturen stellte Döblin in den zwanziger Jahren für Vorabdrucke in Zeitschriften oder als Beiträge in Anthologien gern Ausschnitte aus seinen Romanen zur Verfügung. Das war kein Notbehelf, denn es finden sich in diesen immer wieder novellistisch abgerundete Kapitel, in denen seine anfängliche Liebe zur gestrafften Kleinform weiterlebt.

Der durch Schicksalsschläge gebrochene, zum frommen Christen und französischen Staatsbürger gewordene alte Döblin, der sich nach dem Ende des Zweiten Weltkrieges vergeblich bemühte, wieder in Deutschland heimisch zu werden, war ein Zauberer, der den Glauben an seine unerhörte Kunst verloren hatte. Er ließ die Dichtung jetzt nur noch als ein Mittel gelten, den Menschen in ihrer Not beizustehen, und nahm willig den Hohn auf sich, den eine solche Gesinnung nach sich zieht. Eine unheilbare Krankheit trug dazu bei, daß er alle Pracht der Bilder und Worte von sich abtat und sich auch als Schriftsteller zur Armut und Demut bekannte. Man kann dies als Folge eines geistigen Zerfalls hinstellen, man kann darin aber auch das Einmünden in eine große Tradition der religiösen Literatur sehen, für das dieser Unterlegene in unserer Zeit nicht das einzige Beispiel ist. Wer die Maßstäbe kennt, mit denen solche Werke des Leidens an der Welt beurteilt werden müssen, wird die Novellen, die Döblin in seiner letzten Zeit als Ausklang seines Schaffens schrieb, nicht missen wollen. Seine Energie des Formens und Prägens ist in ihnen gesunken, er läßt sich gehen und nimmt das Geschriebene nicht mehr allzu ernst. Aber er hat doch noch starke Momente, und hie und da regt sich sogar noch der Gaukler in ihm. Ein solcher Spaß ist der 1945 publizierte *Reiseverkehr mit dem Jenseits*, von dem er selbst sagte: »Ich hatte mich nicht verloren, ich war kein Finsterling geworden. Überraschend schossen ein paar Erzählungen auf, ich schrieb sie schnell nieder und gestehe, ich weiß nicht recht, wie ich zu ihnen kam: wieder Koboldstücke. Das sind ›Der Oberst und der Dichter‹ und die beiden heiteren Geschichten, burleske Späße und Mischungen von Ernst und Clownerie: ›Märchen vom Materialismus‹ und ›Reiseverkehr mit dem Jenseits‹.« Diese amüsante Satire auf den Spiritismus, die den naiven Jenseitsglauben parodiert, hängt immerhin mit der biologischen Auffassung des Todes zusammen, die er theoretisch und dichterisch oft genug dargestellt hat, und ist ein Beweis der geistigen Freiheit, die er sich auch nach seiner Bekehrung bewahrte.

Es ist das Einzigartige an Döblin, daß er in jedem Werk ein anderes Gesicht zeigt. Bei andern Erzählern ist man sicher, im Grund immer wieder den gleichen vertrauten Autor zu finden, und sie werden eben deshalb geliebt und verwöhnt. Döblin dagegen ist ein Proteus, der sich ständig verändert, weil ihn keine Wahrheit, die er findet, auf die Dauer befriedigt. Er erschreckt und befremdet durch seine Vielgestaltigkeit, die der Ausdruck einer religiösen Unruhe ist. Darum konnte er kein Publikumsliebling werden, denn das Publikum, auch das gebildete, ist bequem und will sich bestätigt, nicht aufgestört sehen. Diesen aufrührerischen Charakter seiner Kunst spiegelt auch die vorliegende Auswahl aus seinen Erzählungen. Es gibt keinen zweiten deutschen Dichter, von dem sich ein an Überraschungen so reicher Novellenband zusammenstellen ließe.

Von den zwölf Erzählungen des Bandes ›Die Ermordung einer Butterblume‹ wurden ›Die Verwandlung‹, ›Mariä Empfängnis‹, ›Das Stiftsfräulein und der Tod‹ weggelassen. Das Manuskript dieser Sammlung ist, mit einer grünen Seidenkordel zusammengebunden, im Nachlaß vorhanden, auch ein kartoniertes Heft mit eingeklebten und von Döblin beschrifteten Besprechungen hat sich erhalten. Die Handschrift entspricht jedoch nicht der Druckfassung, es fehlen in ihr zwei Stücke, und die vorhandenen liegen, in anderer Reihenfolge, zum Teil in Vorfassungen samt Entwürfen und Stichwortniederschriften vor, so daß eine durchgehende Textvergleichung nicht möglich ist. Die Buchausgabe von 1913 wurde von Döblin offenbar flüchtig korrigiert, sie enthält zahlreiche Druckfehler und Versehen, die sich in unserem Neudruck meist verbessern ließen, so daß nur wenig Zweifelhaftes stehen blieb.

Zu den einzelnen Erzählungen ist Folgendes zu bemerken.

Seite 5: *Die Ermordung einer Butterblume*. Erstdruck: ›Der Sturm‹ Nr. 28 und 29, 8. und 15. September 1910.

Seite 16: *Die Tänzerin und der Leib*. Aus ›Die Ermordung einer Butterblume‹. Erstdruck: ›Der Sturm‹ Nr. 2, 10. März 1910. Döblins erster Beitrag im ›Sturm‹.

Seite 20: *Astralia*. Aus ›Die Ermordung einer Butterblume‹. Erstdruck: ›Der Sturm‹ Nr. 31, 29. September 1910. Im Manuskript neben dem Titel: »Oktober 1904«.

Seite 25: *Die Helferin*. Aus ›Die Ermordung einer Butterblume‹. Erstdruck: ›Der Sturm‹ Nr. 62, 13. Mai 1911. Im Manuskript nur zwei unvollständige Fassungen, wovon eine ganz in Stichworten, beide mit dem Titel ›Der Helfer‹.

Seite 32: *Die Segelfahrt*. Aus ›Die Ermordung einer Butterblume‹. Erstdruck: ›Der Sturm‹ Nr. 69, Juli 1911.

Seite 40: *Die Flucht aus dem Himmel*. Aus ›Die Erhebung, Jahrbuch für neue Dichtung und Wertung‹, herausgegeben von Alfred Wolfenstein [S. Fischer, Berlin 1920].

Seite 45: *Der Ritter Blaubart.* Aus ›Die Ermordung einer Butterblume‹. Erstdruck: ›Der Sturm‹ Nr. 85/86, November 1911.

Seite 56: *Der Dritte.* Aus ›Die Ermordung einer Butterblume‹. Erstdruck: ›Der Sturm‹ Nr. 77/78, September 1911.

Seite 66: *Die Memoiren des Blasierten.* Aus ›Die Ermordung einer Butterblume‹.

Seite 75: *Die falsche Tür.* Aus ›Die Ermordung einer Butterblume‹. Erstdruck: ›Der Sturm‹ Nr. 54, 11. März 1911. Im Manuskript nicht vorhanden, aber in dessen Inhaltsverzeichnis aufgeführt.

Seite 82: *Die Nachtwandlerin.* Aus ›Die Lobensteiner reisen nach Böhmen‹. Erstdruck: ›Der neue Merkur‹, April 1914. Liegt handschriftlich in mehreren Fassungen und Entwürfen vor.

Seite 96: *Das verwerfliche Schwein.* Erstdruck: ›Die neue Rundschau‹ 1917.

Seite 108: *Sommerliebe.* Erstdruck: ›Unser Dasein‹ (S. Fischer, Berlin 1933).

Seite 119: *Reiseverkehr mit dem Jenseits.* Erstdruck: ›Die neue Rundschau‹ 1945/46, Zweitdruck: ›Heitere Magie, zwei Erzählungen‹ [Baden-Baden 1948]; darin außerdem das ›Märchen vom Materialismus‹.

Walter Muschg

Inhalt

oseph Roth

. . einer der besten
utschen Erzähler
zwanzigsten Jahrhundert.«
ermann Kesten)

Die Kapuzinergruft
Roman
dtv 459

Der Leviathan
Erzählungen
dtv 1127

tel Savoy
Roman
1336

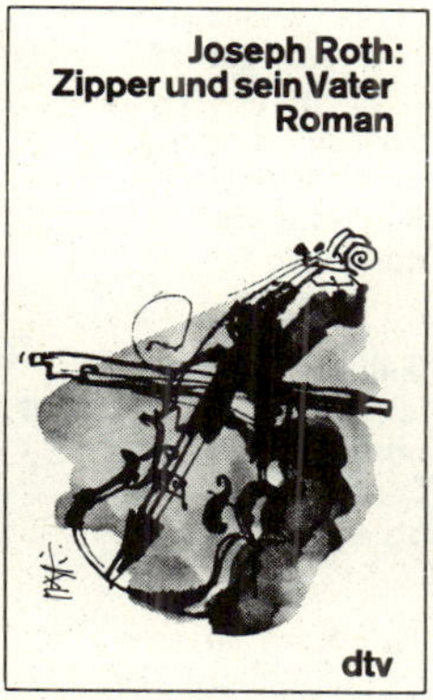

Zipper und sein Vater
Roman
dtv 1376

Die Flucht ohne Ende
Ein Bericht
dtv 1408

Das Buch

Alfred Döblin, der neben seinen großen Romanen niemals die kleine novellistische Form vernachlässigt, ja, der gerade in ihr Besonderes geleistet hat, zeigte bereits in den ersten expressionistischen Erzählungen seine Fähigkeit zur knappen, atmosphärisch dichten, pointierten Darstellung einer Handlung. Die vorliegende Auswahl umspannt den Schaffenszeitraum eines halben Jahrhunderts und läßt den Stilwandel der ganzen Epoche erkennen, aber auch die erstaunlichen Wandlungen dieses großen Erzählers. Kraß expressive und bizarr surrealistische Geschichten stehen neben farbigen Naturvisionen und tief verinnerlichten religiösen Bekenntnissen. Gemeinsam ist allen diesen Erzählungen die urtümlich reiche Sprache und eine außerordentliche Phantasie. – »Es ist das Einzigartige an Döblin, daß er in jedem Werk ein anderes Gesicht zeigt. Bei andern Erzählern ist man sicher, im Grund immer wieder den gleichen vertrauten Autor zu finden, und sie werden eben deshalb geliebt und verwöhnt. Döblin dagegen ist ein Proteus, der sich ständig verändert, weil ihn keine Wahrheit, die er findet, auf die Dauer befriedigt.« (Walter Muschg)

Der Autor

Alfred Döblin (1878–1957), Sohn einer jüdischen Kaufmannsfamilie, war Nervenarzt in Berlin; dort Mitbegründer der expressionistischen Zeitschrift ›Der Sturm‹. 1933 Emigration nach Paris, 1940 Flucht nach Amerika und Konversion zum Katholizismus. Nach dem Krieg Rückkehr als französischer Offizier nach Deutschland. Herausgeber der Literaturzeitschrift ›Das goldene Tor‹ (1946–1951) und Mitbegründer der Mainzer Akademie (1949). Aus Enttäuschung über das Nachkriegsdeutschland 1953 Rückkehr nach Paris. Wichtige Werke: ›Die drei Sprünge des Wang-lun‹ (1915), ›Wallenstein‹ (1920), ›Berge, Meere und Giganten‹ (1924), ›Berlin Alexanderplatz‹ (1929), ›November 1918‹ (4 Bde., 1939–1950), ›Hamlet oder Die lange Nacht nimmt ein Ende‹ (1956).